神と王

主なき天鳥船《あめのとりふね》

文春文庫

神　と　王

主なき天鳥船

浅葉なつ

文藝春秋

目次

主な登場人物

斯城琉劔　しき・りゅうけん

［22歳］

広大な領地を持つ大国・斯城の王。人々が恐れ敬う聖眼《ひじりのめ》を持つが「神殺し」と噂される。スメラを探すため日樹とともに各地に赴く。別名「風天《ふうてん》」。

斯城飛揚　しき・ひよう

［32歳］

琉劔の叔母。斯城国の副宰相。天文学、語学、財政学ほかを修める才女だが、あらゆるモノを解体・研究する「壊し屋」。人間より虫に興味を持っている。

日樹　ひつき　［21歳］

植物や『種《たね》』の深い知識を持ち、手首で羽衣《はごろも》と呼ばれる『種』を飼いならす杜人《とじん》。梯子《はしご》の闇戸《くらと》出身。

慈空　じくう　［22歳］

沈寧《じんねい》に滅ぼされた祖国・弓可留《ゆっかる》国の宝珠「弓《ゆみ》の心臓《しんぞう》」「羅《ら》の文書《もんじょ》」を守り、そこに記されている「世界のはじまり」の解読を進めている。

瑞雲　ずいうん　［24歳］

行商集団「不知魚人《いさなびと》」の出身だが今は籍を置いていない。陸群《おかむれ》を率いる妹・志麻《しま》に頭が上がらないが、古今東西の武器に精通する強靭な肉体と美貌の持ち主。

ダギ［15歳］

泛旦《はんたん》国の王。尾の生えた混《ま》ざり者《もの》で「狗王《いぬおう》」と呼ばれる。

浬灑《りしゃ》［19歳］

ダギ専属の侍女。混ざり者とも分け隔てなく接する。

趠砂《たくしゃ》

泛旦国の参議。先々代の王の頃より仕え、同国の政《まつりごと》に絶大な力を振るう。

彗玲《すいれい》［26歳］

泛旦国の離宮に出入りする素性不明の若い男。王太后の情夫のようだが……。

用語解説

杜人《とじん》

世界に三か所あるという、御柱《おんばしら》のある森・闇戸《くらと》に住む人々。都市部に比べ「文明の劣った種族」とされている。

不知魚人《いさなびと》

世界中を渡り歩く行商集団。国籍を持たず、陸と海の群がある。甲羅を持つ巨大生物・不知魚《いさな》を飼いならしている。

スメラの伝説

命を生む正神《まことのかみ》スメラが、人々をいつか『新世界』に連れて行く、と闇戸で言い伝えられてきた。

混《ま》ざり者《もの》

体に獣《けもの》のような特徴を持って生まれた者。杜人《とじん》と同様に忌《い》み嫌われ、差別されている。

神と王
の世界

泛旦国
はん たん

春江
しゅんこう

酬垃
すうら

泛川
はんかわ

砂漠

N

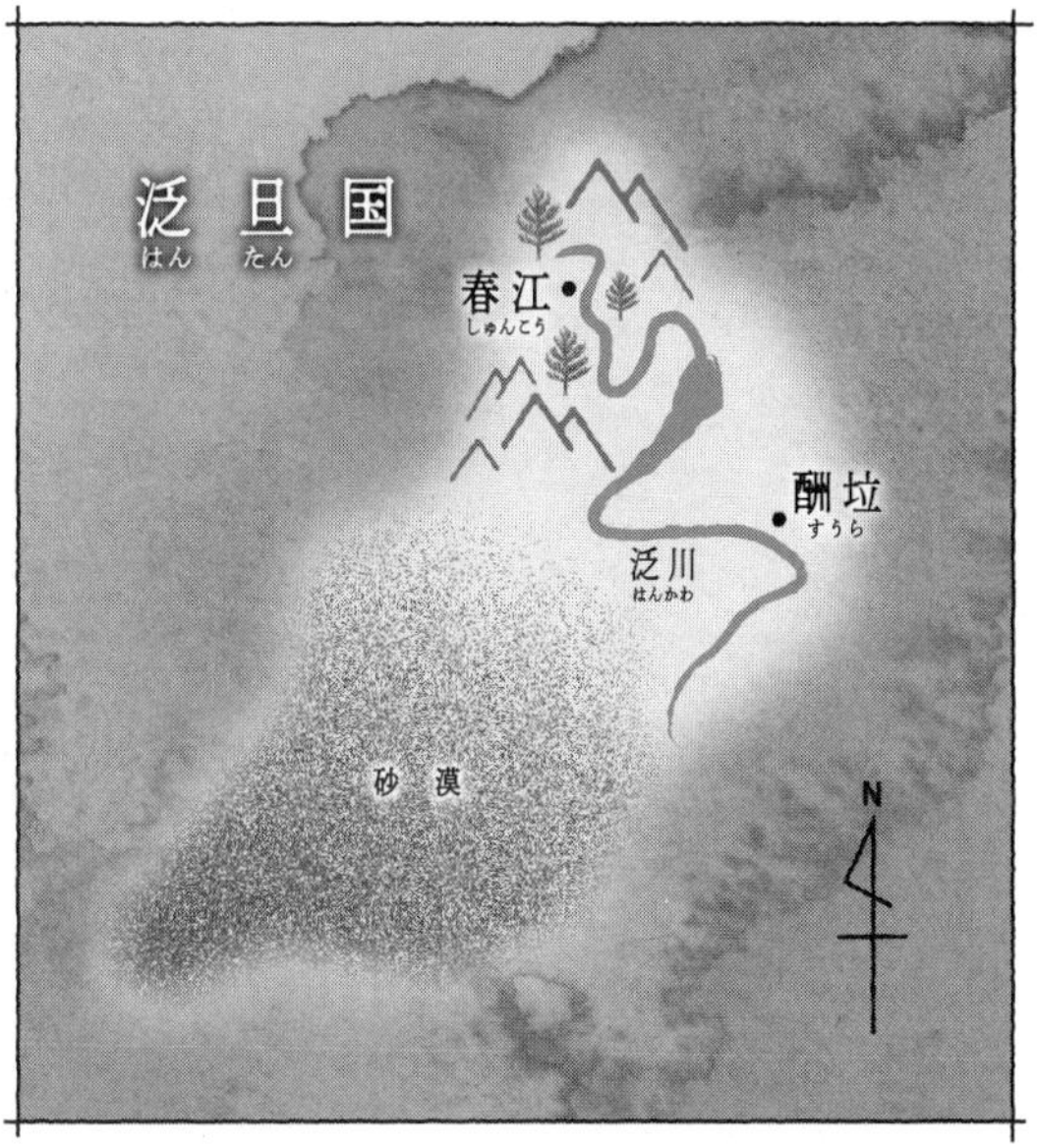

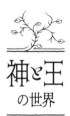

序章

「いいか！　お前ら全員よく見とけ！」

それは先代の王が亡くなって百日が経ち、若き新王が民へとお披露目される佳《よ》き日。

先代王の紛うことなき長子であり、新王となる十五歳の少年は、城壁の上で身につけていた衣装をすべて脱ぎ捨て、狗《いぬ》のような尾が生えた自身の尻を民衆に晒した。

「俺は混《ま》ざり者《もの》だ！　混ざり者がこの国の王となった！」

それは体の一部に獣《けもの》を宿し、忌み嫌われる不完全な「人」。

差別され、追いやられ、虐《しいた》げられて生きることを強いられる最下層のもの。

「俺の名はダギだ！　ダギ王だ！　名を表す文字すらない、この混ざり者の名前をしかと覚えておけ！」

凍り付くような沈黙の後の、悲鳴と怒号。

城壁の前に集まった民から、なぜ我らの王が狗のような混ざり者なのだと、嵐のような叫び声が渦巻いた。事情を知らされていなかった女官や小臣が何名か卒倒し、この国は終わりだと泣き崩れる者さえいた。それほどに、混ざり者が王になることは、この世であってはならないことだった。

豪人《たけひと》に城壁から引きずりおろされながら、ダギは虚《むな》しく民の叫びを聴く。

あの日、不知魚人《いさなびと》のお頭《かしら》と会えていたら、自分はきっとここにはいなかった。

一度自分を捨てた、こんな胸糞の悪い王宮に連れ戻されることもなかった。

王になれと乞われて、逃げられなかったのではない。

王の長子として生まれた、使命感などではない。

ただそこにあるのは、復讐だった。

一章　混ざり者の王

一、

「見えてきたぞ」

瑞雲《ずいうん》に言われて、琉劔《りゅうけん》は黒鹿《くろじし》の上で彼の指さす方角に目を向ける。天中にある太陽の光が白く視界を灼《や》く中で、遥か彼方に広がる大きな町が、陽炎《かげろう》に揺らいでいた。

遠目には、起伏のある赤茶色の山のようにしか見えないが、あの色は赤土の混じった日干し煉瓦で街が作られていることを意味する。山のように隆起した、巨大な岩盤を削って作られた王宮もまた紅《あか》く、町全体が夕陽を浴びたような彩《いろ》をしていた。

「さすがに長かったな」

日除けの領巾《ひれ》を頭からかぶったまま、琉劔は息をつく。

斯《し》城《き》国を出発してひたすら西に向かい、さらに南下してすでに二カ月が経とうとしている。黒鹿の負担を考えると毎日思い切り走らせるわけにもいかず、彼らの機嫌を取りながらの旅となった。

「あれが泛旦国《はんたんこく》？」

長旅のわりに疲れた様子のない日樹《ひつき》が、瑞雲の隣に鹿首《ししくび》を並べて問う。

「そうだ。あの国の神が『招來天尊《しょうらいてんそん》』」

瑞雲は暑さに負けて結った髪を、なびかせながら頷く。

「夜空で満ち欠けする星のひとつから来た『神』だ」


三カ月ほど前、丈《じょう》国の一件が片付いてしばらく経ち、琉劔が王として治める斯城国がいよいよ本格的な秋を迎える頃、弓可留《ゆっかる》に帰るタイミングを逸していた慈空《じくう》が、ふと口にしたのがそもそもの始まりだった。

「ずっと考えていたんですけど、スメラと丈国の丹内仙女《にないせんにょ》の両方に、『夜空で満ち欠けする星のひとつから来た』という伝承があるのって、偶然なんでしょうか」

寝ぐせのついた頭で、慈空は神妙な面持ちで眼鏡を押し上げた。

丈水山《じょうすいさん》に祀《まつ》られた、水の神であり、薬の神でもあった丈国の丹内仙女のことは、琉劔の記憶にも新しい。

「つまり、どういうことだ？」

目の前では、斯城国禁軍の中でも特に精鋭ばかりを集めた天兵――王の直轄部隊――が、一対一で組みあう稽古をしている。先ほどまでは琉劔が、部隊長であり友人でもある梨羽謝《りうじゃ》と模擬試合を見せていたところだった。その汗も引かないうちに慈空がやってきたので、余程急ぎの用事かと思っていたのだが。

「ふと思いついただけなので、確証はないんですが……。各国や各部族で祀られている神々は、山や海などの自然であったり、元々その地に伝わる神話が元になっていたりと様々ですよね？　燕《えん》国の燕老子《えんろうし》などは、過去の偉人が神になっています。仮にスメラや丹内仙女も『実在した偉人』だったとしたら、同じ場所からやって来た『仲間』だとは考えられないだろうか、と思ったんです」

訓練着の襟《えり》を直しながら首に垂れる汗を無造作に拭い、琉劔は椀に入った水を飲んだ。言われてみれば、確かに『夜空で満ち欠けする星のひとつから来た神』という文言は珍しく、他に聞いたことがない。

「仲間か……。だから同じような伝承を持ってるってこと？」

慈空をここまで案内してきた日樹が、興味深そうに尋ねる。

「はい。ここまで似通った伝承であることを考えれば、スメラと丹内仙女が同一神である可能性もあるかと……」

「同一神!?」

「あくまでも、可能性の話ですが……！」

驚いたように繰り返す日樹に、慈空はやや焦って弁明した。

「二柱《ふたはしら》が同一神かどうかはわからんが、その話は一理ある。他にも同じような伝承を持つ神を探すのは、悪くない手だ」

民が生きる上で重要なことは、安心して口にできる食事があること。温かい寝床があること。病や怪我のための薬があること。それらは全て、神ではなく王が用意すべきものだ、というのが琉劔の持論だ。

では神とは何のために存在するのか。

幼い頃より両親と引き離され、神の依《よ》り代《しろ》である祝子《ほおりこ》として生きて来た琉劔にとって、それは長年の疑問だった。神とはもっと大きな、個人などには関与しない命の源のようなものだと、今は亡き弓可留の羽多留《わたる》王に聞いて以来、ずっとそれを証明したいと思っている。そして、杜人《とじん》たちが古くから暮らす闇戸《くらと》に残る、命を招く正神《まことのかみ》であるというスメラの伝説は、まさに琉劔の問いに答えるようなものだった。しかし杜人以外にはほとんど知られていないため、必然的に集まってくる情報は少ない。伝承を元に動いてみるのは、闇雲に探し回るよりずっと建設的だ。

「琉劔！　琉劔見てくれ！」

訓練場をあとにした琉劔が、慈空らとともに王宮へ続く回廊を歩いていると、不意に庭木の枝葉を掻《か》き分けて飛揚《ひよう》が顔を出した。琉劔の叔母であり、れっきとした斯城国の副宰相である彼女は、相変わらず染みのついた袍《ほう》を着て、靴は左右で色が違う。しかしそんなことは一向に気にせず、飛揚は赤毛に葉っぱをつけたまま、握りしめた虫網を嬉々として掲げてみせた。

「鐘虫《かねむし》だ！　今年の初ものだぞ！　こいつを捕まえるといよいよ秋になったと感じるな！」

「……それは何よりだ」

慈空と日樹にも嬉しそうに鐘虫を見せている叔母を横目に、琉劔は小さく息をつく。虫集めが趣味の彼女は、遠方の業者に砂漠地帯に生息する糞虫《くそむし》の捕獲を依頼したものの、こちらに届くまで一年以上かかり、その上中身は斯城国でも日常的にみられる黒中虫《くろなかむし》――しかも死骸だった――という詐欺にあったばかりだ。昨日までは大層憤慨していたが、どうやら一晩経って機嫌は直ったらしい。

「おいおい姐《ねえ》さん、俺を置いていくなって」

やがて庭木の向こうから、虫籠を持たされた瑞雲が顔を出す。おそらく朝から叩き起こされて、虫採りに付き合わされたのだろう。もしくは朝まで呑んでいたところを見つかって、そのまま駆り出されたか。どちらにしろ、その倦《う》んだ表情さえ絵になる美丈夫だ。

「もういいだろ虫は。飯食おうぜ」

うんざりした様子で、瑞雲が虫籠を琉劔に押し付ける。反射的にそれを受け取って、琉劔は叔母に目を向けた。

「飛揚、少し聞きたいことがあるんだが」

「鐘虫の雌雄の見分け方か？　それなら腹の下にある卵管が――」

「いや、虫のことじゃない」

即座に遮《さえぎ》って、琉劔は続ける。

「『夜空で満ち欠けする星のひとつから来た』という伝承を持っている神に、心当たりはないか?」

飛揚は虫網から慎重に鐘虫を取り出し、琉劔に目を向けた。

「なんだ、今更気付いたのか?　スメラや丹内仙女と同じような伝説を持つ神が、他にもいる可能性に」

さらりと言われて、琉劔は渋面を作る。この叔母はとてつもない変人であると同時に、おそらくこの国でも一、二を争う賢女だ。ただ彼女の中の知識の引き出しは、常にとっ散らかっている上、どこからでも虫が飛び出してくるので、本人しか何が入っているのか把握できていない。それなのに、当たり前のように他人も自分の引き出しの中身を理解していると思っている節がある。

「やっぱり、飛揚さんも気づいていましたか!」

眼鏡を押し上げつつ、慈空が興奮気味に詰め寄った。

「たまたまにしては、文言が一致しすぎている気もしてね。他にもいないか調べたら、わりとあっさり見つかったよ。『夜空で満ち欠けする星のひとつから来た』神」

そう言いながら、飛揚は琉劔の持つ虫籠へ鐘虫を入れる。

「泛旦国の国神《くにがみ》、『招來天尊』だ」

「招來天尊……」

琉劔は低く口にする。泛旦国は、斯城国からは遠く離れた砂漠地帯を有する国だ。斯城とは交易があるものの、琉劔自身は訪れたことはない。

「知ってたんなら、もっと早く教えてよ」

日樹が不満そうに口にしたが、飛揚は顔を上げてからりと笑う。

「言ったつもりだったんだけどな」

「どうせ言おうと思ってるうちに、虫探しに行っちゃったんでしょ」

日樹の言葉を、否定も肯定もせずに飛揚は一笑に付した。

「ああそれと、泛旦国といえば面白い噂を聞いた」

ふと思い出した様子で、飛揚が琉劔に目を向ける。

「なんと彼《か》の国では、一年ほど前に尾の生えた混《ま》ざり者《もの》が王になったらしい」

「え、混ざり者が!?」

琉劔の代わりに、慈空が思わず声を大きくした。

体の一部に、獣《けもの》のような部位を持って生まれてくる者は、少数だが一定数存在する。大半が忌み子として虐《しいた》げられ、生まれると同時に捨てられたり、殺されたりしてしまう。運よく生き延びたとしても、まともに稼げる職に就くことはできない。杜人と同じか、それ以上に差別をされているのが現状だ。感情の昂《たかぶ》りによって首筋に羽を生やす瑞雲や、聖眼《ひじりのめ》を持つ琉劔も混ざり者の一種だとされている。

それでも琉劔が王になれたのは、その目が聖なるものとして、神殿や民に好意的に受け入れられたからであり、獣の身体を持っている王の話は、古今東西聞いたことがない。

「それって、泛旦国の民にとっては、青天の霹靂《へきれき》だったんじゃ……」

慈空が複雑な顔で口にする。最初は混ざり者を忌み嫌い、恐れていた彼だが、混ざり者を多く抱える不知魚人《いさなびと》との交流によって、その意識は随分変わってきたようだ。

「私も詳細を知りたいと思っていたんで、ちょうどいい。行ってきたらどうだ、琉劔」

飛揚がえらく太っ腹に言うのを聞いて、琉劔はふと我に返る。

「……糞虫は採って来ないぞ」

「一匹でいいから！」

案の定、飛揚が琉劔の袖に縋《すが》りついた。

「一匹くらい採ってやれよ。また詐欺に引っかかるぞ」

瑞雲が呆《あき》れ気味に口にする。

虫籠の中で、秋を知らせる鐘虫がリンと鳴いた。


『東の斯城《しき》国、西の梦江《ぼうえ》国』とは、東西を繋《つな》ぐ大街道を行く商人たちがよく口にする言葉だ。どちらも大国であり、そこで生まれる工芸品や香料、武具や衣料品などは、誰もがこぞって手に入れたがる。琉劔《りゅうけん》たちが目的地とした泛旦《はんたん》国は、梦江国の南に位置し、王都周辺では製紙産業が盛んな国だ。国内を流れる泛川《はんかわ》流域で、衣草《ころもそう》と呼ばれる水草を栽培し、それを紙の原料としている。川が肥沃《ひよく》な土を運んでくる上、南方の気候も相まった結果だが、国土の南側は砂漠地帯であるため耕作地が少なく、穀物などは他国からの輸入に頼るところが大きい。また北側には三つの山脈を有し、こちらも乾燥地帯ではあるが、冬には山間部で雪が降る。いずれにせよ作物の栽培には向かない風土だ。約百年前に王の直系の男子が途絶え、以降王朝が替わり、現在の場所へ遷都《せんと》したという。

「二年前に亡くなった先代王は、まだ三十代だったと聞いている。朝議の終わりに、椅子から立ち上がろうとしてそのまま斃《たお》れたらしい」

琉劔たちは、黒鹿《くろじし》を歩かせながら泛旦国の王都である『酬垃《すうら》』を目指した。随分南に来たからか、斯城国では一年のうちで一番寒さが厳しくなる織物候《おりもののこう》だというのに、毛皮の上衣《うわぎ》などは必要がないほど空気は温く、少し歩けば汗をかくほどだ。おまけに日射しは、琉劔が味わったことがないほど強い。

『酬垃』を目指して歩く他の人々に目を向けてみても、皆薄手の袖のない垂領《たりくび》服や貫頭衣、それにこの辺り独特の、一枚の布を体に巻き付ける漠衣《ばくい》を着用している者が多く目についた。女性は大判の布で肩から足首までを覆い、男性はほぼ腰巻のようにして上半身は裸であることがほとんどだ。斯城においては、男性も肌を見せないこと——つまりそれだけの布地を買う余裕があること——が裕福さの証でもあるのだが、この国ではそういうわけではなさそうだった。

「当時末息子はまだ四歳で、王位を継げる十歳になるまでの間、玉座を維持するために、地方へ預けられていた十四歳の長男が呼び戻されたらしい。それが、一年前に即位した今の混ざり者の王だ」

飛揚《ひよう》から聞いた話では、それ以上の詳しいことはよくわからなかった。何しろ斯城から遠く離れた国の話だ。それでも、斯城王の長子として生まれながら、王宮を出されて祝子《ほおりこ》になる運命が決まっていた自分と、どこか重なるような話だった。

「しかし、混ざり者に王位継承権なんてあったのか？　繋ぎでいいなら、王后が王の代理をやったっていいだろう。わざわざ呼び戻すってのが腑《ふ》に落ちねぇよなぁ」

瑞雲《ずいうん》が不満そうに顔を歪《ゆが》める。自身が混ざり者であることに加え、その不完全さを愛している彼にとって、混ざり者がいかにも都合のいい扱いを受けることが気に入らないのだろう。それに、王になることが必ずしもその者にとって、いいことだとは限らない。その双肩にかかる重圧は、琉劔が一番よく知っている。

「泛旦国の民は、尾の生えた新王のことを『狗王《いぬおう》』と呼んでいるらしい」

彼が即位すると決まった時、一体どんなやり取りが王宮の中であったのだろう。尾だけであれば比較的容易に隠し通せるが、民へのお披露目の際に新王自ら暴露したということなので、平和的な話し合いで決まったことではないのだろう。

「なんか、ややこしそうな国だねぇ」

日樹《ひつき》がぼやいて、空を仰ぐ。相変わらず強い日差しが、地面に濃い影を落としていた。

道なりに黒鹿を歩かせているうちに、商人や旅人の列と重なり、その向こうに王都の門が見えてくる。そこから先は下乗の札が立っているので、琉劔たちは黒鹿を降り、轡《くつわ》を取って進んだ。

王都の門は、門壁と柱が紅い日干し煉瓦で作られているのに対し、門口には深い水の底のような濃緑の化粧石が使われており、細やかに彫られた無数の三角形が組み合わされて、三重の見事な円形の文様を描いていた。小さな図形を組み合わせて大きな文様を仕上げるというやり方は、斯城国も得意とする技法だ。

「あれ、なんだろ」

人々がくぐる門口の上部に、石製の一脚の椅子が置いてあることに日樹が気づいた。装飾にしては大きく、意匠も凝っている。そして皆、その椅子に向かって拝をして門をくぐっていくのだ。

「玉座……か?」

意味を図りかねて、瑞雲も首を傾げる。すると、近くを歩いていた商人らしき男がこちらを振り向いた。

「ありゃ招來天尊《しょうらいてんそん》様がお座りになる椅子だよ」

「招來天尊っていうと、国神《くにがみ》の?」

日樹が問い返すと、男はそうそう、と頷いた。

「この門をくぐる者は、皆招來天尊様に忠誠を尽くせっていう意味だよ」

それを聞いて、琉劔は再度門上の椅子を見上げる。神像ではなく、あえて空の椅子を置くことで人々に神を想像させ、その心により留めさせているのだろうか。

「お前さんたち、この国は初めてなのか？」

男に問われて、日樹が人懐っこく頷いた。

「うん。だから信仰のこととかも疎くてさぁ」

「この国は、招來天尊様が唯一絶対の神だ。ただ、招來天尊様を信仰することを条件に、今まで戦をして併合してきた国や部族の神々を、街の神堂《しんどう》に入れてやってんだよ。今じゃ十柱以上の神が鎮座してるぜ。全部、招來天尊様の子分になったっていう名目だ」

「それは太っ腹だねぇ。普通、制圧した国や部族の神なんか迫害するもんでしょ？」

「あえて拠《よ》り所《どころ》を残してやる方が、まとめやすいって気づいたんだろうよ。ま、おかげで俺みたいな異教徒も、商売しやすいんだけどよ」

そんな雑談を交わして、男は連れの者たちとともに市が立つ場所へ向かっていく。

「もしかすると、過去に無理やり従来の神を捨てさせようとして、余程大きな反発を食らったことがあったのかもな」

琉劔はつぶやくように口にする。通常、国神とは、国と民に深く根ざし息づいているものだ。あえて亡国の神の存在を許しているとなれば、それなりの理由があるのだろう。

「百年前に王朝も替わって、遷都もしてる国だ。いろんな歴史があるだろうよ」

瑞雲がさして興味もないように言って、三人は街の中に今日の宿を探した。


適当な宿を見つけて黒鹿《くろじし》を預けた琉劔《りゅうけん》たちは、食事を摂るために再び街に出た。王都酬埣《すうら》は、小さな商店や住居がひしめき合うように乱立しており、そのすべての建物が紅い日干し煉瓦で建てられ、しかも外観も間取りも同じような造りになっている。そのため大通りから逸れて一歩路地に入ると、どこを見ても同じ道に思え、途端に迷宮に迷い込んだように方角すらわからなくなってしまうのだ。地上を歩いていると思っていたら、いつの間にか地下にいたり、知らぬ間に誰かの家の庭先に入り込んでいたり、行き止まりに突き当たってしまったりするため、右往左往しながら大通りを目指した。

ようやく王都の中心を貫く大通りへと出てくると、そこには両側に商店が多く建ち並び、大勢の人々が様々なものを買い求めていた。通りは荷を積んだ赤鹿《あかじし》と、店先で商談する人々で溢《あふ》れており、歩いている琉劔たちの鼻先をかすめるような近さで、鹿車《ろくしゃ》が走っていく。その鹿車が、太い化粧石の柱がある、ひときわ目を引く立派な店の前で停まると、待機していた下男たちが鹿車から大量の紙を下ろしはじめた。

「紙問屋か。儲かってそうだな」

瑞雲《ずいうん》がどこか羨《うらや》ましそうにつぶやいた。店の前で待っていたらしい商人たちがこぞって動き出し、店員と交渉して上質な紙を何巻きも買い求めていく。

「あの紙問屋は、天領《てんりょう》店ですか？」

すぐ傍にある衣料品店の店員に、琉劔は尋ねた。泛旦《はんたん》国にとって紙は重要な交易品であるがゆえに、生産や販売を国が管理していることは充分あり得る。

「そう見えるかもしれないけど、違うんだよ。あえて言うなら、神堂店かね」

店員の女は、肩をすくめながら紙問屋へ目をやった。

「この国じゃ、紙の生産は神堂の神官が握ってんのさ。だからあの店も、神堂の直轄《ちょっかつ》。でもその稼ぎを、子どものための服やら食べ物やらに換えてくださるんで、みんな有難がってるよ。王宮でふんぞり返ってる奴らより、よっぽどましさ」

店員は声を潜めて言って、さあさあと切り替えるように手を叩いた。

「紙もいいけど、お兄さんたち、うちの店も遠慮せず奥まで見て行っておくれ。そこの漠衣《ばくい》は珍しい色だろ？　うちの店で綿花から作ってるんだよ」

そう言われて、瑞雲と日樹《ひつき》も店先の商品を覗《のぞ》き込む。生地の質は驚くほど粗雑でもなければ、とびきり上質でもない。衣料品以外にも、首飾りなどの小物も扱っているようで、その品数は思った以上に豊富だった。おそらくは、大半を梦江《ぼうえ》国からの輸入品が占めているのだろう。砂漠を抱える僻地だと聞き、さほど豊かではないだろうと想像していたが、いい意味で予想を覆《くつがえ》された。

「あ、招來天尊《しょうらいてんそん》の椅子だ」

店の片隅に、先ほど門上で見かけた椅子が祀られているのを見つけて、日樹がつぶやいた。祭壇の中に収められたそれは、掌《てのひら》ほどの大きさではあるが、門上のものより鮮やかな着色がされている。そしてその隣には、一体の神像が寄り添っていた。腰に巻いた鎖を威嚇《いかく》するように振り上げたその姿は、かなり迫力がある。

「こっちの像も神様なんですか？」

日樹が尋ねると、店員の女は愛想よく頷いた。

「そうだよ、馬尭神《ばぎようしん》様。五十年くらい前に併合した尭国《ぎよう》の神だよ。出迎えと祓《はら》いの神と言われてきたけど、今じゃ商売繁盛の神だね。招來天尊様にお仕えする神の中でも、一番人気だよ」

女の言葉に、琉劔は供え物で彩られた祭壇をまじまじと見つめた。国神《くにがみ》以外の神もいるとは聞いていたが、実際に目にしてみると、一神教で育った自分にとっては妙な感覚だった。

「あんたたち旅の人かい？」

そう問いつつ、店員の目はしっかり瑞雲を捉えている。どこの国でも、男女問わず虜《とりこ》にする彼の美貌は健在だ。

「携帯用の食器なら隣の店で買えるよ。干し肉ならそのまた隣。ご入用のものは全部この蹄印《ひづめ》の『蹄屋《ひづめや》』で揃うから」

「蹄印?」

日樹が問い返して、三人は日除けの店幕に黒々と描かれたそれを見つけた。おそらくは黒鹿の足跡だろう。

「全部同じ主人の店なのか?」

琉劔が問うと、店員の女は愛想よく頷いた。

「ええ、おかげさまで。他州にも続々と支店を出してるてね。蹄屋の威氏《い》といったら、この王都じゃ飛ぶ鳥を落とす勢いの豪商だよ」

女はどこか誇らしげに腰へ手を当てた。

改めて平積みになった商品に目を向けた琉劔は、直後に鹿上で感じるようなわずかな揺れを覚えて、思わず靴底で確かめるように地面を踏みしめた。

「――なんだ?」

顔を上げると、店頭にある商品の首飾りが、左右に揺れている。

「地面が揺れてる!?」

日樹が、自分の足元を見つめて驚いたように叫んだ。

振り返れば、通りを行く人々も立ち止まり、不安そうに周囲を見回したり、空を見上げながら、左胸に手を当てる神への拝を繰り返したりする者もいた。

「こりゃ地破《ちわり》だな」

瑞雲が落ち着いた様子でつぶやく。

「地破……これが……」

琉劔は小さく繰り返した。斯城《しき》国では体験したことのない大地の揺れだ。話だけは聞いたことがある。

「また揺れたね。最近多いんだよ。大したことない揺れなんだけど、やっぱり混ざり者が王になったから、招來天尊様がお怒りになってるのかもしれないね」

店員の女は小さく息を吐いて、祈るように「どうか神の御名《みな》のもとに」とつぶやいた。

「地破が王のせいとか、そんな噂が流れてんのか?」

瑞雲が露骨に顔をしかめて尋ねる。

「みんな言ってるよ。狗王《いぬおう》が即位してから地破の回数だって増えたみたいだし」

「ってことは、狗王が即位する前からも地破はあったんだよな?」

「あったけど……こんなに頻繁《ひんぱん》じゃなかったってことだよ」

瑞雲の追及に、店員の女はやや面倒くさそうな口ぶりになり、他の客に呼ばれてその場を離れた。地破を新王のせいにすることは、もはや巷《ちまた》で挨拶代わりのようになっているのかもしれなかった。

「皆、落ち着きましょう。招來天尊様はお守りくださいます。どうか神の御名のもとに」

紙問屋から数人の神官が姿を見せて、通りを歩く人々へ呼びかける。人々は足を止め、神官とともに神へ拝をし、祈りの輪はあっという間に大きくなった。

「やはり狗王のせいでしょうか」

「混ざり者が王になどなったから……」

「この地破は呪いなのでは？」

店員の女と同じようなことを口々に訴える人々に、神官たちは、大丈夫です、安心してくださいと、微笑みながら声をかける。

「招來天尊様は、この国と民を正しき道へお導きくださいますよ」

ただそこに、王のせいではないという否定の言葉は一切なかった。

「混ざり者の王が原因かどうかはともかくとして……」

日樹が、通りの方からこちらに視線を戻す。

「なんで揺れるんだろ？　地面の中に何かあるのかな？」

「地中にいる巨大な鹿が跳ねてるだとか、不知魚《いさな》の寝返りだとか、大地の神が踊っているだとか、いろいろと話は聞いたことがあるが、実際のところはどうなんだろうな」

琉劔は改めて地面に目を落とす。動かないと思っていたものが突然目覚めたように震え始めると、人々はそこに人知を超えたものを想像する。

たとえばそれが、混ざり者のせいだというように。

「不知魚の寝返り程度で、地面が揺れてたまるかよ。どんだけでかいと思ってんだ」

瑞雲が呆れ顔で腕を組んだ。市井の人々にとって、山奥の秘境に生息し、巨大な甲羅《こうら》を持つ不知魚など滅多にお目にかかれるものではない。そういう意味では、神と同じような認識なのかもしれなかった。

「まして混ざり者が王になったから地破が起きるとか、んなことができりゃあ、とっくに気に入らねえ国のひとつやふたつ潰してるっつーの」

やれやれと盛大に息を吐いて、瑞雲は歩き出す。

大通りには、蹄屋のように衣料品を売る店の他に、手軽に食べられる軽食を出している屋台もあれば、酒を出す店もある。琉劔たちは、豆と野菜を専用の鍋で鹿肉と一緒に蒸した、炊汁《タシル》という郷土料理を出す店で腹を満たし、しばし旅の疲れを癒した。日干し煉瓦で建てられた店の中は、日射しが遮られる分、外よりも涼しい。習慣として床に敷いた敷布の上へ直に座って食事をするので、卓と椅子を置くよりも隣席との仕切りは曖昧《あい》《まい》になるが、それが気にならないだけの充分な広さがあった。壁際には紗幕で囲われた席もあり、おそらくは商談や会食などに使われるのだろう。店内には食事以外にも、茶や酒を呑みながら話し込んでいる人々の姿もあった。

「この後どうする？　神堂に行く？」

食後に花の香りがするお茶を飲みながら、日樹が尋ねる。すでに陽は西に傾いているが、濃紺の天幕が下りるのはまだしばらく先だ。

「急ぐ旅でもねぇんだ、神堂は明日でいいだろ。俺は呑み直しに行くぞ。ようやく気兼ねなく飲めるからな」

すでに三杯の果実酒を空にしている瑞雲が、そう言いつつ四杯目を飲み干した。

「道中だってずっと気兼ねなく呑んでたじゃん」

「あれでも自重してたんだよ」

普段から水のように酒を呑む瑞雲は、ほとんど酔わないばかりか、どれだけ呑んでも翌日に引きずらない。ただ、こちらが気絶するように眠りに落ちるまで付き合わせるので、性質《たち》が悪いのだ。

「好きにしろ。俺は宿に戻る。さすがに今夜は体を休めたい」

琉劔は呆れて息を吐いた。まともな寝台で眠ったのは、もう五日前だ。野宿は慣れているとはいえ、疲労の蓄積は無視できない。

「ちょっと呑むくらいいいだろ。付き合えよ」

席を立とうとした琉劔の腕を、瑞雲が強引に摑んだ。

「お前に付き合うと長い」

「日樹！　お前は来るよな？」

「えー、どうしよっかなぁ」

瑞雲が両腕で二人を抱き込み、琉劔は暑苦しくなってその腕の中から無理矢理抜け出した。その直後、紗幕で覆われた奥の席から、怒声とともに器の割れる音が響く。

「なんで俺には出せねえんだよ！」

その声とともに、奥の席を覆っていた紗幕が引き千切られる勢いで開けられた。

「お前じゃ話になんねえから、弥樋《やび》を出せよ！　いるんだろ⁉」

「延哲《えんてつ》様、落ち着いてください……！」

露《あら》わになった席には、琉劔たちより若い、十代後半と思われる四人組の男たちが陣取っていた。玉の首飾りや、腰に下げた日金《あかがね》の鎖などを見る限り、いずれも裕福な家の子らだろう。中でも若い女性の店員に詰め寄っているのは、絹で織られた漢衣を身に着けている男だった。

「前に親父と来た時には、一等の八明《ヤーメイ》を出しただろ？　なんで俺には出せないんだよ！」

不機嫌に叫ぶ彼の後ろで、綿入れに身を預けたままの二人はどこか意地の悪い笑みを浮かべ、残りの一人は心配そうに腰を浮かせていた。

「よせよ延哲、もうわかったから」

「前は出してもらえたんだよな、親父さんがいたから」

からかうように言って、二人は嗤《わら》い合った。それを見て、延哲と呼ばれた男は、悔しそうに顔を歪める。

そのやり取りを眺めて、琉劔は床に置いていた剣を無意識に腰へ差した。八明は、この地方で親しまれている酒の名前だ。等級が高いほど、上等な品だとされていたはずだ。

「なんだなんだ、若者は元気だな」

店内の客が遠巻きに眺める中、瑞雲がわざとらしく大きな声で囃《はや》し立てた。それを聞きつけ、延哲が不愉快そうにこちらを見やる。しかしそこに目を瞠《みは》るほどの麗姿を見つけて、一瞬鼻白んだ。

「う、うるせえな！　関係ない奴は引っ込んでろよ！」

後には引けない様子でそう叫び、彼は女性店員の腕を強引に摑んだ。

「じゃあせめて酌《しゃく》をしろよ！　それくらいならできるだろ！」

「延哲様！」

そこへ店主らしき初老の男が、慌てて駆け寄ってきた。

「申し訳ございません、一等の八明はただいま切らしておりまして――」

「俺だから出さないのか!?」

「決してそんなことは……」

「弥樋、お前誰の土地で商売をやってると思ってんだ？　ここは威家の土地だぞ？」

どうやらこの延哲という男は、仲間に上等の酒を吞ませてやる、などと調子のいいことを言って連れて来たはいいが、思い通りにはいかなかったので癇癪《かんしゃく》を起こしているといったところか。もっとも、薄笑いを浮かべて延哲を見ている者たちが、果たして仲間なのかどうかは怪しいが。

「それに、最近三番通りに新しい店を出したよな？　なんでその報告が俺にないんだ？　あそこの管轄は俺だぞ!?」

まるで後ろの三人に虚勢を張るように、延哲は店主に詰め寄った。

「報告は、関哲《かんてつ》様にきちんとしております」

「親父のことは訊いてねえよ。なんで俺に報告がないのかって訊いてんだよ！」

「それは……関哲様がそれでいいとおっしゃったので……」

「そんなはずないだろ！　あそこは俺に任すって親父が言ったんだ！」

延哲が精いっぱい大声を張り上げるが、彼が望む言葉が店主から返ってくることはなかった。

「なんかちょっと、延哲くんがかわいそうになってきた」

茶を飲みながら日樹が素直な感想を漏らすと、隣の席にいた客たちがここぞとばかりに身を乗り出した。

「同情なんかいらねえよ。延哲は親父の権力を笠に着て、調子に乗ってるだけの馬鹿息子なんだ」

「そうそう、馬鹿すぎて仕事を任せてもらえねえんだ。跡取りは妹の方だって、みんな噂してらあ」

「しょっちゅうああやって威張り散らしてんだぜ」

「小さい頃はもうちょっとかわいげがあったんだが、妹と比べられ始めてから捻《ひね》くれちまってな。最近は親父にも見放されて、やけくそなんだよ」

「なるほどねぇ」

納得したように頷く日樹の隣で、琉劔は改めて延哲に目を向ける。ここまで言われてしまうとは、よほど日頃の行いが悪いのだろう。

「もういいよ延哲、お前がこの店でどう思われてるか、よくわかったから」

「今度はお前ひとりでも、呑ませてもらえるといいな」

仲間の二人が席を立って、笑いながら店を出ていく。残った一人は、出て行った二人と延哲を交互に見て、結局その場に留まった。そして気遣うように声をかける。

「延哲、もう行こうよ」

「――ちくしょう！」

叫んだ延哲は、目の前にいた店主を突き飛ばし、傍にあった皿や水差しを蹴り上げた。食べ残した料理が飛び散り、宙を舞った食器が近くにいた客に当たり、床に落ちて割れる。被害を受けまいと、周囲にいた客たちが一斉に延哲から距離を取った。

「どいつもこいつも俺を馬鹿にしやがって！」

両膝を突き、悔しそうに床を拳で殴った延哲は、先ほどまで客が飲み食いしていた食器を、力任せに薙《な》ぎ払おうとする。その腕を、流れるような動きで琉劔が摑んだ。

「それくらいにしておけ」

不愉快そうに顔を歪めて、延哲がこちらに目を向ける。

「……なんだよお前」

「ただの客だ。久しぶりにまともな飯を食っていい気分になっているのを、これ以上台無しにされたくない」

「なんだと!?」

延哲は琉劔の腕を振り払って立ち上がる。憂さ晴らしに、何が何でも喧嘩してやろうという構えだ。

「よせよ延哲！」

一人残っていた仲間が止めに入ったが、延哲はうるさい！　と一喝して黙らせた。

「どうせお前だって、俺のことを馬鹿にしてるんだろ！」

「そんなことない！」

「あいつらと一緒にとっとと帰ればよかったんだ！」

よほど頭に血が上っているのか、延哲が仲間の言葉に耳を傾ける様子はない。

「友人の忠告は聞いておいた方がいいぞ」

琉劔の嘘偽りない言葉だったが、延哲は「黙れ！」と叫んで、勢いに任せて殴りかかってくる。琉劔はその右腕を難なく捕らえ、相手の体を背負うようにして床へ投げ倒した。時間にしてわずか数秒。喧嘩慣れしている相手であれば、まずこんなに簡単に腕を取らせてはくれない。

「いいぞ、にいちゃん！」

一部始終を見ていた客から、どっと歓声が上がった。瞬きの間に倒された延哲は、何が起こったのかわからない様子で呆然と天井を見上げている。

「俺が帯剣しているのが見えなかったのか？　武器を持っている相手に、素手《すで》で殴りかかってくるとはいい度胸だ」

仲間に抱き起こされる延哲に、琉劔は呆れ気味に告げた。おそらく体術や武術の類《たぐい》では素人だろう。それでよく喧嘩を吹っ掛けてきたものだ。

「……威家を敵に回して、ただで済むと思ってるのか」

延哲が苦々しく吐き出したが、ただの成り上がりの豪商だろ！　という野次が飛んで、客たちが笑う。ようやく自分が見世物になっていることを悟った延哲は、くそ！　と吐き捨て、早足に店をあとにした。その背中を、仲間が追いかけていく。

「お客さん、助かりました！」

「ありがとうございます！」

店主と女性店員から礼を言われて、琉劔はご無事で何よりですと、短く返す。自分としては、とっとと宿に引き上げて休みたいだけだ。

「ぜひお礼をさせてください！　お好きなものをご馳走させていただきます！」

「いや、食事はもう……」

「よっしゃ！　じゃあ酒だ！　なんでもいいから酒持ってきてくれ！　皆で乾杯しようぜ！」

断ろうとした琉劔を遮《さえぎ》って、すかさず瑞雲が声を上げた。それに賛同した他の客たちが、次々と杯を片手に集まってくる。

「あー、これはもう、あと二刻は帰れないかなぁ」

日樹が言って、自分の隣の綿入れを叩きながら、立っている琉劔に座れと促した。

「なんでこうなるんだ……」

「まあ、ちょっと付き合ってあげようよ」

悄然《しょうぜん》とする琉劔のもとに新たな酒が届けられ、無理矢理杯を持たされたかと思えば、即座に瑞雲の音頭で乾杯が始まった。

「威《い》氏ってさ、あの紙問屋の前にあった店の主人でしょ？」

日樹《ひつき》の予想通り、約二刻後に店を出た琉劔《りゅうけん》たちは、宿に向かって歩いていた。前を歩く瑞雲《ずいうん》はまだ呑み屋を探しているが、隙《すき》を見て置いていくつもりだ。子どもではないので、朝には戻ってくるだろう。

「繁盛してるって言ってたし、この街ではそれなりに力があるんだろうね」

先ほどの店にいた客たちから、威家についての愚痴は腹いっぱい聞かされた。商売で稼いだ金で土地を買い漁った大地主でもあり、賃料の値上げや立ち退きをかなり強引にやるので、あまり評判は良くないようだった。

「まあ、どこの国でも珍しくはない話だな」

琉劔は、腰の剣に左腕を預ける。成金の息子の性格が歪むのも、よく聞く話だ。

「御前《ごぜん》である！」

不意に通りを歩く人々の向こうから声がして、琉劔は足を止めた。

「御前である！　道をあけろ！」

琉劔たちの進行方向にいた人々が、その声に促されて道の両端に避《よ》けていく。人波が分かれた向こうに姿を見せたのは、二人の兵士だった。鎧《よろい》の胸に、国章である五芒星《ごぼうせい》が描かれている。

狗王《いぬおう》だ。

狗王が来た。

不満そうに顔を歪める人々から、そんな声が漏れ聞こえた。

「平伏せよ、じゃないんだね。避けるだけでいいなんて親切だねぇ」

道の端に移動しながら、日樹がのんびりと口にする。国によっては王の直視を禁じているところもあることを思えば、確かに膝を汚さずに済んでありがたい。

「こうも早く混ざり者の王を拝めるとはな」

瑞雲が興味深そうに、人混みの向こうを覗き込んだ。

「あ、来たよ」

日樹が囁《ささや》くように言って、琉劔はそちらに目を向ける。

人波を割って出てきたのは、思ったより小柄な少年だった。先ほどの若者たちと同じような漠衣《ばくい》を着ているが、彼らの腰巻よりもよほど上質な光沢のある生地だ。そして権威を示すように、その腰にはいくつかの玉を繋いだ装飾がある。しかし陽に焼けた露わな上半身は逞《たくま》しいとは言えず、薄い筋肉の下にあばら骨が浮いていた。足元は沓《くつ》さえ履いておらず裸足だ。夜の色を写し取ったような黒髪と、灰がかった瞳。好奇心の強そうな、言い換えれば生意気にも見えるその顔には、まだ少年のあどけなさが残っている。彼はどことなく気だるげな二人の兵に誘導され、店で買い求めたらしい串焼き肉を頬張《ほおば》りながら、王宮の方へ歩いていく。集まっている人々には興味もないのか、視線すら向けない。

そしてその尻に確かにある、黒の尾。

ふさふさとした毛並みのそれは、漢衣に入れた切れ目から、主張するようにわざと出しているようだった。

「あれが泛旦王《はんたん》……」

琉劔は口の中でつぶやく。自分より年若い王には初めて会ったが、それよりも本当に混ざり者であることに驚いた。おまけに彼は、そのことを微塵《みじん》も隠そうとしていない。

集まった人々の中には、ひそひそと王を蔑《さげす》む言葉を交わし合う者もいれば、気持ち悪そうに眉を顰《ひそ》める者もおり、かと思えば、一部には面白がって狗王万歳！　などと叫ぶ者もいる。まるで、見世物のような状態だった。

一体どんな事情で、彼は玉座に上ることになったのか。

王自身は、人々から投げられる声などさほど気に留めることもなく、小鳥のさえずりを聞くような面持ちで、轍《わだち》の残る砂の道を歩く。

「……ちょっと待て」

思慮に沈んでいた琉劔の隣で、瑞雲がぼそりとつぶやいた。

目を上げると、彼の双眼は真っ直ぐに狗王の姿を捉えている。

「嘘だろおい……」

もう一度つぶやくと、彼は胸に吸い込んだ息を全力で吐き出すように叫んだ。

「ダギ！」

ざわついていた人々の目が、一斉に瑞雲に向けられる。彼は人混みを掻き分け、訝《いぶか》しげに振り返った王の前に出た。警戒した兵の一人が、腰の剣に手をかけながら瑞雲を見やる。

「貴様、主上の名を気安く――」

「ダギだよな？　俺だ！　瑞雲だ！」

咎《とが》めようとした従者の言葉など聞かず、瑞雲は口にする。その顔を見て、怪訝《けげん》そうにしていた狗王が呆然と目を見開いた。

「……兄貴？」

親とはぐれた仔犬が、細く鳴くような声だった。

それは不知魚人《いさなびと》たちが、親愛を込めて瑞雲を呼ぶ言い方だ。

「やっぱそうだよな？　ダギだよな？」

瑞雲が唇を持ち上げて両腕を広げる。

「久しぶりじゃねえか！」

狗王が手にしていた串焼き肉が、力なく抜け落ちて地面に転がった。

「——兄貴!!」

確信に変わった瞬間、狗王は一瞬泣きそうな顔をして、それを隠すように迷いなく駆け寄り、瑞雲の胸に飛び込んだ。

二、

「俺がまだ不知魚人《いさなびと》の一員だった頃、泛旦国《はんたん》の『春江《しゅんこう》』って町に立ち寄ることがあった。しけた町だが、美味い麦麪《ばくほう》を焼く店があって、そこで日数調整を兼ねて何泊かするんだ。ダギとはそこで会った。不知魚人《うちち》の小人《ちび》たちとしょっちゅう遊んでたんで、よく覚えてる」

懐かしい顔との再会をこれ以上ないほど喜んだダギは、瑞雲《ずいうん》に紹介されて、琉劔《りゅうけん》——風天《ふうてん》と名乗った——と日樹《ひつき》との挨拶を済ませると、すぐに三人を王宮へと招いた。すでに自分たちの周りには、何重にも人垣ができており、落ち着いて話せる状況ではなくなっていたのだ。見物していた人々にとっては、狗王《いぬおう》が生き別れの兄と再会したように見えていただろう。明日になれば、王都中がその噂で持ちきりになるはずだ。

「だが、お前が王族だったなんて聞いてねぇぞ。どういうことだ」

ダギに連れられるまま王宮への道を歩く途中、瑞雲が先を歩くダギの頭に遠慮なく手を置いて詰め寄る。

「俺だって王宮から使者が来るまで、自分の生い立ちなんか知らなかったんだって！」

ダギは十代の少年らしい顔で、苦笑しながら年上の友人を見上げた。

泛旦国の王宮は王都の北側に位置しており、王宮へ続く道の両端には、王都の門よりも巨大な、大樹を思わせる石の列柱がある。まるで、訪問者を石柱の森へ誘い込むような様相だ。中央部分がやや膨らんだその円柱の一つ一つには、泛旦国の歴史が刻まれているらしいが、長年の風雨によって削られ、色や文字が判別できなくなっているものもあった。

そしてその先にある王宮はさらに巨大で、紅い岩盤を削って作られた表宮の正殿を中心に、日干し煉瓦に白い化粧石を貼った建物がいくつか組み合わさって構成されているが、いずれも過度な装飾はなく、窓も小さいため要塞のような印象を受ける。左右に聳《そび》える二対の高い砦は、見張り台も兼ねているのだろう。王都の周辺に高い山はないため、あそこに登れば王都はおろか、州全体を見渡せてしまえるはずだ。

「俺も後で知った話だけど、俺は生まれてから七日後に王宮から出されて、春江の養い親に預けられたんだって。要は混ざり者だったから、厄介払いだよ。まさか王の嫡子に尻尾があるだなんて、認められなかったんだろ」

ダギが琉劔たちを連れて行ったのは、王宮の表宮、外殿の東側にある建物だった。外殿と比べると、彫刻の装飾などが目立ち、おそらくは他国からの使者や、高客をもてなすための場所だろう。中に入ると、細かく砕かれた色とりどりの化粧石が壁や床に貼られ、国章でもある五芒星を入れ込んだ、独特の繊細な幾何学模様を生み出している。吹き抜けの天井は高く、天窓には色硝子《いろがらす》が入っていた。また、岩盤を削った壁は思っていたより厚く、外よりも随分と涼しい。窓が小さいのは外の熱気を入れず、中の冷気を逃がさないためでもあるのだろう。

「でも一昨年、王が急に死んで、弟が十歳で王になるまでの繋ぎとして呼び戻されたんだよ。ちょうどその頃俺も、養い親が死んで一人だったし」

ダギはさして感情も込めず、やや面倒臭そうな素振りで、さらりと説明する。巷に流れている噂と、おおよそが一致する話だった。

主上が突然客人を連れて帰ってきたせいで、下女や侍女、小臣たちが慌ただしく動き出す。彼女たちは客人を、膝を折って左胸に手を当てる最上級の拝の形で迎えたが、そこには笑顔も言葉もなく、ただ淡々と与えられた仕事をこなしているだけの印象だ。その態度は、この狗王が歓迎されていない王だということをよく伝えるものであり、同時に彼の孤独を思わせた。

「まさかお前がなぁ……。その尻尾がなきゃ気付かなかったぜ」

瑞雲がしみじみとダギを眺める。彼が不知魚人を出奔したのは十五歳のときだと聞いているので、ダギと最後に会ったのは、少なくとも九年近く前のことだ。

「俺はすぐわかったよ。こんな別嬪《べっぴん》、王宮に来たっていなかったし」

「お、言うようになったじゃねぇか」

瑞雲がダギの頭を片腕で抱え込んで、遠慮なくかき回すように撫《な》でた。そこに王だからという遠慮は微塵もない。そしてダギもまた、身をよじって笑いながら受け入れている。不知魚人自体が大きな家族のような集団であることを思えば、ダギも身内同然だったのだろう。

しかしそれを考えると、自分の生い立ちを知って、繋ぎとはいえよくも王になることを了承したものだと、琉劔は無意識に腕を組む。自分を捨てた親への感情は、そう簡単に整理できるものではない。これだけ不知魚人と親しかったのであれば、その一員に加わるという選択肢もあったはずだ。

「お茶をお持ちいたしました」

やがて部屋の入口から白練色《しろねりいろ》の女官服を着た女が姿を見せて、大きな盆に載せた茶器を静々と運んでくる。

「お茶だけ？　あそこの万桃《ばんとう》食っていい？」

「主上のお気に召すままにどうぞ」

先ほどの女官たちと違い、こちらの侍女はきちんとダギと目を合わせ、笑みすら浮かべて会話をする。その様子を、琉劔は興味深く眺めた。

「なんか気になる？」

その視線を認めて、ダギが尋ねた。

「いえ……、そちらの侍女は、ダギ王と親しそうだなと思っただけです。申し訳ありません、出過ぎたことを」

「いや、全然いいよ。それに敬語も使わなくていいぜ。風天も日樹も、兄貴とおんなじようにしゃべってよ。兄貴の友達なら、俺の仲間も同然なんだからさ」

ダギは屈託なく言って、皆を敷布の上へ座るように促した。

「俺は所詮狗王だから、俺が即位した途端に宮仕えを辞めていった奴も多いんだ。浬灑《りしゃ》はその後で雇った俺専属の侍女。他の女官がやりたがらねぇから、俺の世話を全部引き受けてる」

果実の盛ってある高杯《たかつき》を引き寄せ、ダギはその中から握り拳より少し小さい万桃を取る。そしてかぶりつこうとした寸前で、浬灑が制した。

「主上、切り分けますので、その食べ方はおやめください」

「だってこの方が早いじゃん。春江じゃ皆こうして食べてたぜ？　まあそこで食えたのは、こんないい万桃じゃなかったけどさ」

「ここは泛旦国の王宮ですよ。いい加減、春江での暮らしはお忘れくださいませ」

呆れたように言い返して、浬灑は月金《しろがね》製の茶器でお茶を淹れていく。身体を冷やす作用があるという、薄水花《はくすいか》の清涼感がある香りが部屋の中に漂った。そして各々に茶を配ると、今度はダギの要望に沿って万桃を切り分ける。

万桃は泛旦国周辺の山間で採れる果実で、中央部分に大きな種があり、上手く切るには勘所がいる。琉劔たちも旅の途中で買い求めることがあったが、なじみのない果物の食べ方に悪戦苦闘し、結局地元民の多くがそうするように、齧りつくのが一番食べやすいという結論に落ち着いた。小刀で切り分けようとした浬灑も案の定苦戦し、見かねた日樹が交代を申し出る。

「申し訳ありません、お客様にこんなことを……」

「気にしないで。俺、下に弟妹いるからさあ、なんでも食べやすいように切るの、慣れてるんだよね」

恐縮する浬灑に明るく言って、日樹は迷いのない手つきで万桃を切り分けた。

「何かあれば、すぐにお呼びくださいませ」

浬灑は日樹に礼を言い、丁寧に拝をして部屋を出て行く。その後ろ姿を、日樹が目で追いかけた。

「……変わった侍女だねぇ」

「肝《きも》は据わってるかもな」

茶の注がれた器を手にして、瑞雲が意味ありげに苦笑する。

「浬灑と、あと片手に収まるくらいかな。この王宮で、俺とまともに話してくれるの。俺が混ざり者だってことは、王宮の一部の人しか知らなかったから、即位させるかどうかで内部でもめちゃっくちゃ揉《も》めたみたいだぜ。神堂なんか未だに納得してねえし、神官は俺のこと見かけると、露骨に避けて歩くしな」

ダギは他人事のようにさらりと口にする。

「あと、兵部《ひょうぶ》の大青司長《だいせいしちょう》、蜂籏《ほうき》っていうんだけど、そいつがもう混ざり者に対して拒否反応がすごくてさ。俺が即位することを最後まで猛反対してたって聞いたし、今でも目の敵にされてる。蜂籏以外にも俺のことを無視する奴とか、挨拶しない奴とかはごろごろいるし、飯に残飯を出されるとか、寝台に泥が塗られてるとか、倉庫に閉じ込められたこともあったな。まあでも春江の貧乏暮らしに比べりゃ、全部温《ぬる》かったけど」

指折り数えながら、ダギは当時のことを思い出すように語った。

「国や両親に、わだかまりがないわけではないんだろう？　そんな仕打ちまで受けて、よく王になろうと決意したな？」

琉劔は同情気味に尋ねる。彼が王宮に連れ戻された当時、味方などほぼいなかったのではないか。

「わだかまりどころか、恨《うら》みしかねえよ。王太后なんか、実の親のくせに俺が即位した途端会いに来なくなったし。それまでは、菓子だのなんだのを持ってしょっちゅう会いに来て、自分が知らない間に俺が捨てられてしまったとか、王に先立たれた自分は不幸だとか、そんな話ばっかりしていった。でも俺に王になって欲しいとは絶対はっきり言わねえんだ。遠回しに、そうしてくれれば助かるって、なんとなく察しろよって、そればっか強いる。弟に会ったのも一回きりだ。頰についた髪の毛を取ってやろうとしたら、ものすごい勢いで王太后に引き離された。結局実の母親だって、混ざり者が帰ってきたことを、心から喜んでなんかないんだよ。都合よく隙間を埋めるもんが、たまたま俺だったっていうだけ」

ダギはひとくち茶を啜《すす》って、唇を湿らせる。

「最初は、王になんか絶対なってやるかって、ふざけんなって思ったし、誰がお前らの思い通りになってやるかって、今でも思ってる。それでも俺が王になったのは、復讐になると思ったからだよ」

自嘲《じちょう》気味に笑って、ダギは続ける。

「王太后たちの計画では、俺が混ざり者であることを伏せて即位させようとしてたんだ。俺はそれに従ったふりをして引き受けて、即位式の日に城壁の上で、集まった王都の連中に向けて尻を出してやったんだ。そしたら大騒ぎになった」

あっけらかんとしたダギの告白に、茶を飲もうとしていた瑞雲がむせて咳《せ》き込んだ。

「おま……思い切りが良すぎだろ……！」

「どうしても王太后の鼻を明かしてやりたくてさ」

ダギは歯を見せて笑う。

「混ざり者が王になる国なんて、それだけでいい恥さらしだろ？　それを産んだ王太后の評判だってがた落ちだ。俺が春江で暮らした年月の分だけ、嫌な目に遭えばいいと思ったんだよ。だからわざと尾を隠さずに街中練り歩いてやったし、王都の門口に意味もなく立ってやったこともあるぜ。腹が減ったときは厨房から勝手に飯を盗んだし、朝議では最後まで起きてたことが一回もねえ。よくもこんな屑《くず》を王にしたなって、大勢が思えば思うほど、俺の復讐はうまくいってるってこと」

琉劔は、何も言わずに茶を口に含む。およそ健全ではないとわかっているのに、晴らさねば歩き出せない感情があることには、心当たりがあった。

「だいたい俺、不知魚人になりたかったし。あの時王宮から遣いが来ずに、お頭《かしら》に会えてたら、今頃不知魚《いさな》の甲羅の上にいたのにさぁ」

ダギは頭の後ろで手を組み、天井を仰いだ。

「お頭と約束してたのか?」

「いや、俺が勝手に待ってただけ。賭《か》けみたいなもんだった。もう一回会えたら、仲間に入れてもらえるように頼もうって」

不知魚人が使用する旅路はいくつかあり、町での滞在日数や、通行する道はその都度変わる。おまけに連絡手段は訓練された高価な事葉《ことのは》だけなので、一般人が彼らと自由に連絡を取ることは、不可能に近い。

「今からでも遅くないだろ。お頭に連絡しといてやろうか?」

冗談めかして瑞雲が口にする。それを聞いて、ダギが苦笑した。

「四年後に頼もうかなぁ。弟が即位したら、俺はお役御免だし」

「ってことは、約一年経って王宮の生活もそこそこ気に入ってんのか?」

「いや、気に入ってるわけじゃないんだけど……」

ダギは迷うように視線を動かした。

「春江より、王都の方があったかくていいなとは思うよ。あっちは雪が降るから。冬の夜に一人でいるよりかは、ましなのかな」

一瞬だけふと大人びた目をして、彼は苦笑する。

「それより、兄貴たちは何で泛旦国に来たの？」

思い出したように問われて、琉劔たちはそれぞれ目を合わせながら、どこから話すべきかと探り合う。

「ちょっと理由《わけ》ありでな、この国の招來天尊《しょうらいてんそん》を調べに来た」

「招來天尊って、国神《くにがみ》の？」

「まあ正確に言うと、『夜空で満ち欠けする星のひとつから来た神』を調べてるってとこか」

「なんで？」

「同じような言い伝えを持つ神様を探してるからだ」

「神様を探す？」

ダギが不思議そうに眉根を寄せた。それもそうだろう。実際に神に会ったという人の話は、神話かおとぎ話の中にしか存在しない。人々は皆、会ったこともない神を像に刻み、もしくは大樹や山河、海に重ねて拝んでいる。訪ねて行って会えてしまうのなら、それはもう神ではないのかもしれない。

「ダギは心当たりねえか？『夜空で満ち欠けする星のひとつから来た神』」

瑞雲の問いに、ダギは難しい顔で腕を組む。

「聞いたことねえよ。だいたい俺、招來天尊についてもよく知らねえし」

「じゃあスメラっていう神のことは、聞いたことねえか？」

「すめらぁ？　なにそれ。どこの神？」

ダギは鼻に皺《しわ》を寄せて問い返した。

「俺の生まれ育った土地に伝わる、伝説の神だよ」

日樹の説明に、ダギはふうんと曖昧な相槌《あいづち》を打つ。あまり興味はないらしい。

「まあ、神のことなら神官とか、神司《かんづかさ》に訊くのがいいだろうけど……」

「街の神堂には、明日にでも行ってみようと思っている」

琉劔はやや温い茶を啜る。王が瑞雲の知り合いだったことは、自分たちにとっては好都合だ。国神と国の中枢は密接に結びついている。その辺を歩き回って集めた情報より、格段に精度が変わってくるだろう。

「それなら今から行こうぜ！　俺案内するからさ！」

ぱっと目を輝かせて、ダギが提案した。

「招來天尊を祀ってる神堂って、ふたつあるんだ。王宮とは王都を挟んで反対側にある赤の神堂と、王宮内にある青の神堂。赤の方はちょっと遠いけど、青の方ならすぐ案内できっから、ここにいたってつまんねぇし、行こうぜ!」

思ってもみなかった言葉に、三人は顔を見合わせる。

「でも……ダギに嫌な思いさせるかもしれないよ?」

日樹が気遣うように口にする。神堂がいまだにダギ王を認めていないと、先ほど聞いたばかりだ。

「大丈夫だよ。あいつらのやることなんか、もう慣れてるし」

一方ダギの方は、屈託のない目を向けてくる。おそらくその言葉に偽りはないのだろう。

「せっかく王様がこう言ってんだから、お言葉に甘えるか?」

瑞雲が窺《うかが》うように、琉劔たちの顔を見る。

「本当にお願いしていいの?」

「いいって! なんたって俺、王だから」

親指で自分を差し、ダギは胸を張る。

「では、頼めるか?」

琉劔が言うと、ダギは任せとけって! と、跳《は》ねるように立ち上がった。

王宮の神堂は、主に王が祭祀《さいし》を執《と》り行う際に使用される場所だ。祭祀の際は高官も出入りするため、概ね表宮と、王の居住区である奥宮の中間に置かれることが多い。もっとも国によっては、奥宮の一角に神殿があったり、神と人を分けるために、どこか別の土地に神を祀る宮を設けていたりする場合もある。泛旦《はんたん》国のように、王が祈る場所と、民が祈る場所を分けていることも珍しくはなかった。

部屋を出た琉劔《りゅうけん》たちは、ダギが案内するままに正殿を回り込み、奥宮へ続く道を歩いた。やがて見えてきた建物は、薄青に塗られた背の高い壁に囲まれ、しばらく歩けば青色の屋根を持つ門が見えてくる。そこには琉劔たちの背丈を悠に超える大扉があるが、祭祀の際にしか開かないらしく、普段はその扉の一部をくりぬくように設置された、潜《くぐ》り戸を使って出入りするのだという。ダギの姿を認めると、門の両脇に立っていた近衛兵が手拝をし、手際よく潜り戸を開けた。ダギは兵へ「ご苦労さん」と口にしながら、琉劔たちを中へと招き入れる。

「わりと広いな」

門の内側に広がる空間を目にして、瑞雲《ずいうん》が素直な感想を漏らした。そこには三カ所に噴水が設置された広大な前庭があり、本堂を含むいくつかの建物を囲むように回廊が走っている。地面に敷かれた青い化粧石に導かれるように歩くと、上部が円弧を描く入口に辿り着き、その向こうが神を祀る本堂になっていた。

「建物は結構古くなっててさ、近々修復予定なんだって」

迷いなく本堂の中に踏み込みながら、ダギはあちこちを指さしてみせる。確かに壁には罅《ひび》が入っており、はめ込んだ化粧石が剝《は》がれ落ちているところもあれば、顔料の色が褪《あ》せてしまっているところもある。床に敷いた敷物も、当時はさぞや鮮やかな青だったのだろうが、今では黒ずんでしまっていた。

「これは主上、夕拝にはまだ早《はよ》うございますが、何用でございましょうか」

琉劔たちの姿を認めるや、すぐに奥から礼拝服姿の年配の男が姿を見せた。おそらくは神官長――神司《かんづかさ》だろう。その後ろには、それよりも年若い二人の男女が控えている。しかし彼らがこちらに向けるその表情は、決して友好的な雰囲気ではない。そこにあるのは怪訝さ以上に、ダギに向けられる嫌悪だ。本当は、この神堂にすら入ってほしくないのかもしれない。

「ちょっと案内するだけだよ。誰もいないし、いいだろ」

「しかしながら、今から地破鎮《ちわりしず》めの神事を執り行うところでございまして」

「すぐ終わるから」

「失礼ですが、こちらは一体どちらの御方で……」

「俺の友達」

ダギはいつものことのようにあしらい、ためらわず奥へ入っていく。琉劔たちは一応手拝だけを返して、ダギの後を追った。

「狗王《いぬおう》が勝手なことを……」

若い女の神官がつぶやいた声が、琉劔の耳にひやりとする温度で届く。

堂内に他に人はおらず、ただ灯火器の火が煌々《こうこう》とあたりを照らしていた。

「町の神堂には、招來天尊《しょうらいてんそん》に仕えてるって名目で他の神もいるんだけど、王宮の神堂では招來天尊だけを祀ってるんだ。一応、この国の唯一にして絶対の国神《くにがみ》」

そう言って、ダギは堂内でひときわ目を惹《ひ》く高座を指さす。高い天井に届いてしまいそうなほどの、長い階段を持つ高座だ。その天辺に、天蓋《てんがい》と共に一脚の椅子が置いてある。ひじ掛けと背もたれの部分には、日金《あかがね》の緻密な装飾が施されているようだが、ここからではよく見えない。座面にはおそらく絹で織られた、光沢のある綿入れが置いてあった。

「門上にも椅子があったけど、ここでもやっぱり椅子なんだねぇ」

日樹《ひつき》が神妙につぶやく。

「馬尭神《ばぎょうしん》みてえな像じゃねぇんだな?」

続いて瑞雲も首を捻る。

「うん、招來天尊は、像に姿を刻むことが禁止されてんだよね」

ダギがあっけらかんと肯定する。

「ということは……、あれは依り代を意味しているのか?」

まさか椅子の神というわけでもあるまい。琉劔が問うと、ダギが正解、と笑った。

「ああやって椅子を用意して、そこにいるっていう体《てい》で祀ってるんだってさ」

「へぇ、そういう祀り方もあるんだねぇ」

日樹が興味深そうに高座の椅子を見上げる。

「俺が育った春江《しゅんこう》の町にも、神堂に同じような椅子があったぜ。ただ、あっちの椅子はもっとぼろいやつだったけどな」

ダギもため息まじりに、そこにいる神を思い描くように視線を上げる。

「あの頃は何の疑いもなく拝んでたけど、俺が捨てられたことも、ここへ呼び戻されたことも、全部招來天尊の掌の上だったって思うと、どういう感情で向き合ったらいいのか、よくわっかんねぇんだよなぁ」

頭の後ろで腕を組んで、ダギはぼやくように口にした。

混ざり者である彼を捨てたのは、紛《まぎ》れもなく彼の親だ。そんな境遇のダギが今日まで生きられたのは、招來天尊の御蔭《おかげ》かもしれない。しかし生き延びたがゆえに、再びここへ戻ってくることになってしまった。そのことがダギにとって、果たして幸運だったのか。

「おや、珍しいところで主上をお見かけしますこと」

四人が話しているところへ、柔らかな声が届いた。振り返ると、神堂の入口に幾人かの従者を連れた一人の女性の姿がある。白髪の多い髪を結い上げ、小さな青の硝子玉と貝殻がいくつも編み込まれた紐《ひも》で彩っている。透けるほど薄い布地を重ねた漠衣《ばくい》は、裾に見える色が絶妙に計算され、張りがあって美しい。首元の日金をふんだんに使った首飾りや腕輪といい、よほど身分の高い人物だろう。

まさかダギの実母である王太后か。しかしそれにしてはやや年齢が行き過ぎているように見えるが――と琉劔が案じた直後、ダギが彼女の名前を呼んだ。

「趠砂《たくしゃ》」

そして琉劔たちを振り向いて説明する。

「参議の一人だよ。先々代の王の頃から王宮にいるんだって」

琉劔はどこかほっとしながら、瑞雲たちと共に趠砂へ向けて手拝をする。参議とは、王に助言をする立場であり、王と議論をすることのできる貴重な役職だ。役人ではないので直接政《まつりごと》にかかわることはないが、太政司《だじょうのつかさ》などを経験してから参議になる者も多い。ダギの祖父の代から今でもなお宮仕えということは、よほど有能な女性なのだろう。

「なんか用?」

ダギは神堂の中へ入ってくる趠砂へ、屈託なく尋ねる。その態度に、趠砂の後ろに控えていた若い従者が、不愉快そうに顔をしかめた。しかし当の趠砂は、落ち着いた微笑みを絶やすことはない。こちらを苦々しく見つめている神官長とは、懐《ふところ》の深さが違うようだ。

「少し早いですが夕拝に。そちらの方々は?」

「友達。さっき偶然街で会った。招來天尊のこと知りたいっていうから」

「お友達?」

趙砂は驚いたように琉劔たちへ目を向けた。

三人はもう一度、この国の作法で手拝をする。

「急に押しかけまして、申し訳ございません。私《わたくし》、梦江《ぼうえ》国を中心に商いをしております瑞雲と申します。ダギ王とは春江時代に面識がございまして。この度の再会を喜び合い、招來天尊様に御礼をお伝えしていたところでございます」

瑞雲が美しい顔で流れるように出鱈目《でたらめ》を吐くのを、琉劔はもはや慣れ切った顔で聞いた。さすがに違法な行商集団である不知魚人《いさなびと》出身で、しかもお頭の息子で、本人は出奔して傭兵《ようへい》だの武器商人だのスメラ探しだのをやっているとは言えまい。ダギも心得ているのか、少し唇を噛《か》んだだけでどうにか堪《こら》えている。

「そう、春江の……」

趙砂はやや表情を曇らせた。混ざり者の長子を一度は追放したにもかかわらず、王が急死したからと都合よく呼び戻したことは、あまり触れて欲しくない話だろう。

「ああ、しかしご安心ください」

そんな趙砂の心境を見透かすように、瑞雲はその端正な顔で完璧に微笑む。

「私《わたくし》どもはあくまでも、懐かしい友に会ったにすぎません。それ以上のことは何も求めず、何も耳目にすることはないでしょう。この国の神である招來天尊様について、ダギ王にご教授いただいていただけのことでございます」

面白おかしく吹聴するつもりはない、と瑞雲は暗に言ってみせるが、すでにダギ自らが混ざり者だと暴露してしまっており、今更春江時代の話が世間に知られたところで、どうということもないだろう。街中で話を聞く限り、突然夫を亡くし、混ざり者に頼らざるを得なかった王太后への憐《あわ》れみより、混ざり者の長男を呼び戻す方法しか取れなかった、王宮への批判の方が強いようだった。

「お気遣いに感謝するわ。大したおもてなしもできないけれど、ゆっくりしていってちょうだい。主上も浬灑《りしゃ》以外の話し相手ができて嬉しいことでしょう」

混ざり者の友人など、頭がおかしいのかと言われても不思議ではない。趙砂が腹の中でそう思ったかどうかはわからないが、彼女は穏やかに微笑んで、高座の上にある依り代の椅子を見上げる。

「梦江界隈で商売をしているなら、天人《あまひと》の方が馴染みがあるのかしら？　あちらは嘴《くちばし》様《さま》の信仰でしょう？」

梦江国では台教《うてなきょう》が信仰されており、その祭神が天人だ。嘴様と呼ばれるのは、天人が鳥のような長い嘴を持った姿で描かれることが多いためだ。

「さすがは御参師《ごさんし》、よくご存じで。しかし郷に入っては郷に従うものでございます。招來天尊様がどのような神であるのか、ご教示くださいませんでしょうか？」

そう答える瑞雲は、台教や天人にそれほど詳しいわけではない。深く突っ込まれる前に回避するのは、さすがの手腕だ。

「招來天尊様は我が国の建国を支えた神であり、導きの神よ。空で満ち欠けする星のひとつから来たと伝わっているわ。人々に命と知恵を与え、豊穣《ほうじょう》をもたらした尊き神」

「命と、知恵……」

琉劔はその言葉を繰り返す。どこかスメラとも似通った話だ。

「約百年前、新王朝へと替わるときに、古いものを一掃しようとした架礼《かれむ》王は、国神を替えようとしたそうだけれど、民と神官たちの反発にあってそのままになったとか。……こういう話は、神官長からしてもらった方がいいかしら」

趙砂の視線を受けて、入口脇に立っていた神官長が不満げな顔をする。

「参議の方がお詳しいのでは？　何しろこの状態の神堂を見ても、修繕のための費用は必要ないと仰せになるばかりか、神聖な神事の日にちまでも、王宮の都合で動かしてしまうくらいですので、私どもには計り知れぬほど、神の御心と通じ合っていらっしゃるかと」

なんだか雲行きが怪しくなって、琉劔は日樹と目を合わせる。神官たちがダギのことを毛嫌いしていることに加え、こちらはこちらで仲が悪いのか。

「紙の利権で懐は温かいのだから、そちらで修繕はできるでしょう？」

「言われなくとも、そのように進めております」

どうやら、紙の権利をめぐって露骨に対立しているらしい。双方の嫌味の応酬に、ダギがやれやれと肩をすくめ、琉劔たちに囁く。

「紙を作る権利を持ってんのが神堂側だから、その分の金が王宮に入らなくて、ここはしょっちゅう揉めてんだよ」

「なるほどなぁ」

瑞雲がどこか興味深げに腕を組む。どの国でも、金を握っているところが一番強くなりがちだ。

「そもそも、他国の商人が招來天尊様に興味を持つなど、どうせご神体狙いだろう！」

若い男の神官が、こちらを睨《にら》みつけながら責めるように叫んだ。

「ご神体とは？　なぜ我々がそれを狙っていると？」

瑞雲が怪訝に尋ねる。

「かつて架礼王が春江からこの地に遷都した際、行方不明になったまま未だに見つかっていないのよ。そのことについて記した書物も、焼かれてしまって存在しないの。元の王都だった春江にも、古い王族の墓や神堂以外何も残っていないと聞いているわ。もはや我が国には、現神司を含め、ご神体を見た者がいなくなってしまったから、それがどんな形をしていたのかすらわからないのよ」

そう言って、趙砂は右手で高座の方を指し示す。

「本来はあの御椅子《おいす》の向こうに、ご神体を収める聖櫃《せいひつ》があったということだけど、その入れ物さえもうないの。我々に伝わっているのは、ご神体がとても古くて稀少な『日廣金《ひひろのかね》』という名前の金属でできているらしいということだけ」

趙砂は瑞雲に目を向けて、諭すように口にする。

「今でも宝探しをするようにこの国へ来る者もいるのよ。ただ一説には、ご神体は『船』の一部だという話もあるの。我が国は泛川《はんかわ》によって恵みをもたらされているし、葬儀の際も神の国へ行くために葬船《そうせん》が飾られるから、という理由らしいけれど」

信仰は、時代によって姿を変える。神の名前すら変わることもあり、その出自などが改変されることも珍しくはない。泛旦国が新王朝となり、この場所へ遷都したのはもう百年ほど前だ。旧王朝からの脱却、改革を目指した新王の下で、様々な史実が葬《ほうむ》られていてもおかしくはない。

「先ほど、招來天尊様は『空で満ち欠けする星のひとつから来た』とおっしゃっていましたが、他に同じような由来をもつ神のことをご存じですか？」

琉劔の問いに、﨓砂は首を振った。

「私は聞いたことがないけれど……」

「神官長様はいかがでしょう？」

琉劔の問いに、神官長はやや言葉を探すように沈黙した後、ようやく口を開いた。

「……存じ上げません」

つまり丈《じょう》国の丹内仙女《にないせんにょ》のことも、彼らは知らないということだ。遠い異国、しかも建国して間もない国なので、それは仕方がないことかもしれないが。

琉劔はもう少し詳細を聞きたくはあったが、﨓砂はともかく、神官長の態度を見てそれ以上の質問をやめた。これでは知っていることすら、知らないと言われてしまいそうだ。日を変えて、改めて尋ねる方がいいだろう。

趙砂はどこか物憂げにもう一度高座の依り代を眺め、ひとつゆるりと息を吐き、ダギへ向き直った。

「夕拝にはまた改めて参りますので、ごゆっくりご案内なさってください。どうか、神の御名のもとに」

そう言って、趙砂は踵《きびす》を返す。神堂を出ていく彼女の後に従者たちも続くが、そのうちの何人かが名残惜しそうに振り返っては、瑞雲の顔を盗み見る。

「……あの人は全然ダギのこと嫌ってないみたいだね。それとも表面上、そう取り繕《つくろ》ってるだけ？」

最後の従者が神堂を出るのを見計らって、日樹が小声でダギに尋ねた。確かに神官長たちや、露骨な従者と違い、随分親しみを持っているように見えた。

「実際どう思ってるかわかんねぇけどな。趙砂は俺が生まれたときのことも知ってるし、そもそも呼び戻すことを決める会議にもいたらしいし、混ざり者に動揺してるようじゃ、参議なんかできねえだろ」

ダギは肩をすくめ、脱力するように息を吐く。そして気分を切り替えるように琉劔たちを振り向いた。

「それよりさ、兄貴たち何日くらいこの国にいるの？　明日帰るわけじゃねぇだろ？」

「まあ、路銀と相談しつつだな」

瑞雲が答えると、ダギは急くように続ける。

「じゃあ部屋用意するから、王宮《うち》に泊まってってよ。宿取ったんなら断っとくし、黒鹿《くろじし》もいるなら連れてこさせるから」

唐突な申し出に、琉劔たちは顔を見合わせた。宿代が浮くのであれば、有難い申し出だが。

「でさ、ちょうど六日後に祈年祭《としごいのまつり》っていう神事があるから、その日までいたら？　俺の即位からちょうど一年の記念でもあるんだって。見学できるように言っとくし」

「祈年祭？」

「招來天尊に豊穣を祈る神事だよ。俺が初めて祭主をやるんだ。即位の日に合わせて、わざわざ祭の日をずらしたんだって。なあ、いいだろ？」

先ほど神官長が、趙砂へ嫌味のように言っていた神事とは、このことだろうか。ねだるように言うダギの姿を見て、琉劔は彼の心底を垣間見た気分になる。要は傍にいて欲しいのだろう。彼にとって王宮は、決して心の休まる場所ではない。

「わかったよ。じゃあ泊めてくれるか、ダギ王様。それから事葉も貸してくれ」

瑞雲が彼の肩に手を置くと、ダギは年相応の少年の顔で弾むように頷いた。

三、

王の居住区である奥宮の寝殿、その東側にある東明殿《とうめいでん》に、琉劔《りゅうけん》たちの部屋は急遽《きゅうきょ》用意された。本来であれば王の親族が住むはずの建物だが、ダギの母親である王太后は、夫が存命中、自身のためだけに建ててもらった離宮で末息子とともに暮らしており、現在東明殿は誰も使用していないという。急なことだったので、部屋は寝泊まりするための寝台などが最低限整えられただけではあったが、琉劔たちは久しぶりにゆっくりと眠りにつくことができた。わざわざ事葉《ことのは》を借りた瑞雲《ずいうん》が手紙を書いていた相手は、おそらく不知魚人《いさなびと》のお頭だろう。ダギのことを伝えたのかもしれなかった。

「へぇ、お前さんたちが主上の友人御一行か」

翌朝、ダギとともに東明殿の庭で朝食を摂ったあと、街へ出ようかと相談しているところに、一人の男が姿を見せた。瑞雲と同じくらいの背丈に、屈強な筋肉に覆われた体。やや赤みがかった短髪と、顎《あご》を縁取る髭《ひげ》。三十代後半か、四十代といったところだろうか。胸と腹を覆《おお》う甲冑《かっちゅう》には、昨日見かけた兵士と同じ国章の五芒星が入っており、腰には長短二振りの剣がある。

「王宮内がこの話で持ち切りだぞ。あの狗王《いぬおう》に友人がいたってな」

その言葉に、ダギが呆れ気味に彼を見上げた。

「それで見に来たんだ？　暇なの？」

「話に聞くより、実物を見た方が早いだろ」

ダギに向かって豪快に笑ってみせて、彼は琉劔たちに向き直る。

「近衛司《このえのつかさ》、景姜《けいきょう》と申す。どうか神の御名のもとに、お見知りおきを」

朗らかで剛直な男に見えるが、その目の奥は意外と鋭い。近衛司になっているあたり、かなり腕の立つ男だろう。しかし近衛司とは本来、街の治安維持を担う組織であり、その長の名前でもある。王宮の、しかも奥宮に入ってくることはほとんどない。

やや腑に落ちないでいた琉劔たちに、茶を淹れていた浬灑《りしゃ》がこっそりと囁いた。

「主上の即位で、王の身辺警護を担っていた豪人《たけひと》が、かなりの数辞職してしまったので、今は景姜さんたち近衛兵が豪人を兼務してるんです」

浬灑は浬灑で、ダギの世話に加えて急遽琉劔たちの面倒まで見ねばならず、忙しそうにしている。そういえば朝から、彼女以外の侍女はほとんど見かけていない。

「急な訪問でお騒がせし、恐縮です」

琉劔は、景姜に倣《なら》って手拝を返す。

「尻尾の生えた狗王に、まっとうな人間の友人がいたとは驚きだ」

景姜は笑って、無遠慮にダギの背中を叩く。あんまりな言い様ではあるが、その言い方に嫌味はない。ダギもそれがわかっているのか、不快な様子は見せなかった。琉劔たちとしては、まっとうな人間とは誰を指すのかと、お互いに目線を交わし合う。なにしろ杜人《とじん》と、混ざり者二人、そのうち一人は神殺しの斯城王《しき》だ。

「ところで、お前さんのその剣、珍しい形だな」

景姜の分も茶を用意した浬灑が下がったところで、彼が琉劔の腰にある剣を指さした。

「量産されたものじゃあないだろう。鞘《さや》の螺鈿《らでん》も見事だ。職業柄、武具には目がなくてな」

虫を見つけた飛揚《ひよう》のような顔で言われて、琉劔は剣帯から剣を抜いた。これを褒《ほ》められることに、悪い気はしない。

「さすがは泛旦《はんたん》国の近衛司、お目が高いですね。鞘の細工もさることながら、今まで同じ形の剣は見たことがありません」

通常、流通している剣は両刃のものがほとんどだが、琉劔の剣は片側にしか刃がついていない。そして剣身全体に反りがあるのも特徴で、硬いものを斬りつけても食い込むように刃が入る。毎回この剣の手入れをしているお抱えの職人に言わせれば、普通の剣より柔らかい金属でできているらしく、それゆえに折れにくいのだと。

「地金の模様も、あまり類を見ないと聞いています」

琉劔が鯉口《こいくち》を切ってその剣身を見せると、景姜は身を乗り出し、次の瞬間息を殺してその地金を見つめた。

「まさか……ナクサの剣か!?」

初めて耳にする言葉だった。

「ナクサ、とは……？」

「知らねぇのか？　ナクサの剣といえば、招來天尊《しょうらいてんそん》様と縁が深い神宝だぞ!?」

戸惑う琉劔に向かって、景姜が信じられないという面持ちで目を見開いた。

腕を組んだ瑞雲が、やや思案するように口を開く。

「その名前なら、確かに聞いたことがありますが――ナクサにしては細すぎませんか？　私が過去に見たことがあるものは、もっと幅広の短剣で……。主に護符《ごふ》として持つものだったかと」

「ああ、一般的にはそうだ。だがたまにあるんだよ、こういう細身の長いやつが。俺も聞いた話だが、同じナクサでも作り手が住む地方によって、剣の形が違うらしくてな……」

瑞雲も知らないとなると、ナクサの剣の中でもかなり珍しいものなのだろう。

「残念ながら、これが景姜さんの言うナクサかどうかは確証がありません。いつ作られたものか、誰が作ったのか、詳しいことは何も……。ナクサという言葉も初めて聞きました。ただ、これまでに何度も、この剣に救ってもらったことは事実です」

琉劔の言葉に、景姜は息を呑む。

「現役の実戦剣なのか……？」

「はい」

卓越しに腰を浮かせる景姜に、琉劔は剣を差し出した。彼は一瞬怯《ひる》むように身を引き、いいのか？　と確認するように琉劔を見た。そして剣に向かって手拝をし、恐る恐る柄を握る。

「ナクサの剣なんて俺も聞いたことないけど、なんかすげえやつなの？」

琉劔と同じく事情がわからないらしいダギが、景姜に尋ねた。

「その名の通り、今から何百年も前に、沱里《だり》平原の遊牧民だったナクサの民が作ってた剣のことだ。岩を切っても不知魚《いさな》を切っても欠けないと言われてるくらい丈夫で美しく、ほとんど市場に出回らないんで、今でも蒐集家《しゅうしゅうか》が大金を握りしめて血眼《ちまなこ》になって探してる」

そう言いながら、景姜が剣の地金を指す。

「地金に木の年輪みたいな模様が入ってるだろ？　あれがナクサの証拠だ。材料に『日《ひ》廣金《ろのかね》』っていう特殊な金属を混ぜて作るらしい。だが、その『日廣金』が量産できず、ナクサの剣が生産されてたのは、長くて三十年くらいの間だろうと言われている。それ以降は、ぱったり歴史から姿を消した」

「……あれ？　『日廣金』ってどっかで聞いたような」

ふと気づいて、日樹《ひつき》が首を傾げる。

「確か、招來天尊のご神体では？」

同じく思い至った琉劔が尋ねると、景姜は嚙み締めるように首肯した。

「招來天尊様は、もともとナクサの民の神だ。そして泛旦国の建国者、泛崔《はんさい》は、ナクサの民だったと伝わってる。建国記によれば、国を興す際に泛崔は、神と宝玉を持ち込んだ。その宝玉ってのが、『日廣金』。ナクサの剣を作るのに欠かせない金属であり――、今は行方不明の、招來天尊様のご神体だとも言われている」

　そう言って、景姜は感慨深い面持ちで朝の陽を反射する剣に目を向けた。

　昨日趠砂《たくしゃ》から聞いた話が、ここで繋がるとは予想外だ。それほど貴重な物――ご神体である上に、ナクサの剣を作り出せる原料になりうるもの――であれば、神官たちが警戒していたのも、宝探しと称してこの国を訪れる者がいるのも頷ける。

「まあ、あくまでも、伝わっている話だがな」

　景姜はおどけるように肩をすくめた。

「旧王朝時代までは、ナクサの民本体とも交流があったらしいが、我が国が新王朝に替わる頃、ナクサの民は沱里平原のほとんどを他国に制圧されて散り散りになった。まだわずかに遊牧をして暮らしている者がいるとは聞いているが、どのくらい生き残っているのかもわからん。そして新王朝に替わってからは、暴君と呼ばれた架礼《かれむ》王のおかげで、旧王朝の歴史書などはほぼ破棄されてしまった。なにせ新王が国神《くにがみ》を替えようとして、ほぼ内乱みてえなことがあったようだ。その時にご神体に関する詳しい記録もなくなり、以降今日に至るまで、我が国で『日廣金』らしきものが発見されたという話はない。それでも未だに、泛旦国が『日廣金』を隠しているという噂は絶えない……ってところだ」

景姜は剣に手を添え、そっと頭上に掲げるように持って頭を下げ、「どうか神の御名のもとに」とつぶやくと、慣れた手つきで琉劔に柄を向けた。

「いいものを見せてもらった。お前さん、これをどこで手に入れたんだ？　家に代々伝わるものか？」

「いえ……、形見です。師匠の」

琉劔は、剣を静かに鞘に収める。

「そうかい……」

景姜はどこか感慨を込めて言い、自身の首に下げていた革紐を手繰《たぐ》り寄せ、そこに通してある、親指の先ほどの丸い金属板を見せた。

「実はこれもナクサだ。父の家に伝わっていた。ナクサの剣が希少になった頃、それを潰してこういう護符にするのが流行ったんだとよ。その方が数ができるからな。今じゃ招來天尊様の信仰者にとって、貴重という以上に信仰の証みたいなもんで、持ってるだけで羨ましがられるお宝だ」

景姜の指が掲げるそれは、確かに琉劔の剣と同じような木の年輪にも似た模様が入っている。

「あ、同じようなやつ、神官が持ってるよな？」

思い出したようにダギが言って、景姜が頷いた。

「ああ。あいつらが持ってるのは、もっとでかいやつだけどな」

「あれってそんな意味があったんだ」

ダギが感心したようにつぶやく。彼が持っているこの国についての知識は、実のところ余所者《よそもの》である琉劔たちとあまり変わらないのかもしれない。

「景姜さんは、最初からダギと仲良しだったんですか？」

ダギと景姜の様子を見ながら、日樹が何気なく尋ねる。確かに彼のダギへの接し方は、瑞雲とそう変わらないと言ってもいいだろう。

「最初からってわけじゃねぇよ。こいつが——主上が城壁の上で尻を出した時にゃあ、この国は終わったなって思ったもんだ。今でも混ざり者の王に、諸手を挙げて賛成はできねえ」

ちらりと目を向けられて、ダギはこれ見よがしに尻を向けて尻尾を振ってみせる。見慣れると愛らしいものなのだが、民衆の拒否反応は想像に難《かた》くない。

「混ざり者だという以上に、常識も何もねえ糞小人《くそがき》だが、初勅《しょちょく》で孤児を集めて教育を受けさせる『養童院』を作るって宣言したことだけは認めてんだよ。貧しさから悪さをする孤児が減って、王都の治安が良くなったことはこの主上の功績だろう」

真っ直ぐに褒められて、ダギが居心地悪そうに身を縮めた。琉劔は少しの驚きを持って その姿を眺める。王にとって、即位後初めてとなる勅は、その後の国造りの方針を示す重要なものでもある。政にはまったく手を出していないのかと思っていたが、意外にもごく真っ当な初勅だ。彼の目には、王都でたむろする孤児たちが、かつての自分と重なったのかもしれない。

「いやあ、皆さんお揃いで」

穏やかな食後の時間が流れる中、前触れもなく一人の若い男が姿を見せた。途端にダギが、まるでまずいものを食わされたかのように思い切り顔を歪める。

「げえっ、なんでここにいんの?」

「その反応はいくら僕でも傷つきますよ、主上。お外でお茶ですか。いいですねぇ。お天気いいですもんねぇ」

傷つくというわりに涼やかな顔で、彼は微笑みを絶やすことはない。癖のない亜麻色《あまいろ》の髪と、一重の切れ長の目は明るい空色だ。やや陽に焼けた肌は滑らかで、整った顔立ちは瑞雲にも引けを取らない。彼が身に着けているのは漠衣《ばくい》ではなく、琉劔たちと同じような垂領服《たりくびふく》だ。この国の者ではないのかもしれない。

「なんだ彗玲《すいれい》、いくらお前でもここは勝手に入っていいところではないぞ」

景姜がやや不機嫌そうに前に出る。奥宮は王の居住区だ。許された者しか立ち入ることはできない。

「いやだなぁ、ちゃんと門兵に許可は取りましたよ。なにしろ王太后様からの言付けを預かって来ましたので」

彗玲は景姜を指先であしらいつつ、琉劔たちの前まで進み出ると、優雅な動きで丁寧な拝をした。

「初めまして、主上の友人御一行様。私《わたくし》は王太后様にお仕えする、彗玲と申します」

琉劔は手拝を返しながら、彼の顔を見つめる。にこやかだが、どこか薄っぺらさを感じる笑みだ。

「王太后様は、主上がご友人と再会されたことをお知りになり大変喜ばれまして、皆様を昼食にご招待したいと仰せでございます」

「はあ?」

ダギが一番に不服の声を上げた。

「それって俺も入ってんの?」

「もちろんです。主上のご友人なんですから、当然でしょう」

「今まで飯どころかお茶だって、一回も誘われたことねぇんだけど? それが兄貴たちが来たからって急に? おかしいだろ!」

「では記念すべき一回目じゃないですか! おめでとうございます」

噛みつくダギを、彗玲はのらりくらりと躱《かわ》していく。

「兄貴、行くことないぜ。どうせいい男はべらせて眺めたいだけなんだ。付き合うことねぇよ」

その一言で、琉劔たちは彗玲の立場をなんとなく察した。何らかの役職はもらっているのかもしれないが、侍従でも下男でもなく、つまりは愛人ということだろう。

「王太后さんって、そういう……?」

日樹がこっそり尋ねると、景姜が渋い顔で囁く。

「先代王が亡くなってからしばらくは、随分ふさぎ込んでおられたご様子なんだが、最近は少し……な」

さすがに直言できず、景姜は言葉を濁《にご》した。

「彗玲殿」

今まで成り行きを見守っていた瑞雲が席を立って、彗玲の前まで進み出る。

「王太后様には、ぜひお伺いしたいとお伝えください。ご招待に心よりお礼申し上げます」

「兄貴、俺の話聞いてた!?」

ダギが喚《わめ》くのを聞きながら、琉劔は小さく息をついた。瑞雲の返答は、半ば予想通りだ。商人という設定上、ここで王太后との繋がりを持とうとすることは当然ともいえる。逆に断ってしまえば、本当に商人なのかと怪しまれかねず、ダギの立場をますます悪くしてしまう可能性もあった。

「俺は絶対行かねぇからな! あいつと飯食うくらいなら、便所に籠《こも》ってる方がましだ!」

ダギは感情に任せて吐き捨てる。その背中を、日樹が宥《なだ》めるように撫でた。

「承知しました。では、主上はご欠席ということで伝えますね。お三方は、時間になりましたら迎えに参りますので、それまで王宮内でご自由にお過ごしください。どうか神の御名のもとに」

最初からこうなることは予想していたのか、彗玲は食い下がることもなくあっさり言って、軽やかにその場をあとにした。

「兄貴！　なんで行くなんて言ったんだよ！　王太后と会ったってなんもいいことねえよ!?」

「わかってるって。お前が王太后を恨む気持ちもよくわかってる。だが、正直なところ王太后から話を聞きたいのも事実だ」

「……招來天尊のこと？」

「ああ。お前より王宮暮らしが長くて、王の妻だった人だぞ。知ってることもあるだろ」

ダギが不満そうな顔で、それでも一応納得はしたのか口をつぐむ。実際のところ、神《かん》司《づかさ》の次に国神に詳しいのは王族のはずなのだ。神官長とダギの関係がよくないことを思えば、これ以上彼らから何かを聞き出すことは難しい。

「お前さんたち、招來天尊様のこと調べてんのか？」

景姜に問われて、琉劔は苦し紛れの言い訳をどうにか絞り出す。

「……その国の信仰を知ることは、国を、ひいては民を知ることにもなりますので……。商売を成功させるためには、必要なことです」

「へえ、商人ってのも大変なんだな。まあ、あの王太后様から何が聞けるかはわからんが……」

景姜は、彗玲が帰っていった方角を見やって、何か言いたげに息を吐いた。

昼近くになって、琉劔《りゅうけん》たちを迎えに来た彗玲《すいれい》は、先ほどとは服を替えており、瞳の色と揃えた光沢のある鮮やかな水色の布地は、おそらく絹だろう。斯《し》城国以外に、国外へ輸出できるほど絹の生産が盛んな国は聞いたことがない。思わぬところで母国の品と対面することになり、琉劔は飛揚《ひよう》のことを思い出した。この絹が斯城国産であれば、彼女が趣味で始めた養蚕の結果だ。

彗玲は先ほどと変わらぬ涼やかな笑みを浮かべて、琉劔たちを離宮へと案内した。後宮と呼ばれる、本来王の后《きさき》や妃《ひ》が暮らす宮を回り込んで、さらに奥へ向かう。やがて見えてきた建物は、岩盤を削りだしたものでもなければ紅い日干し煉瓦でもなく、宮全体が白の化粧石で作られており、窓枠には異国の動物たちの彫刻や、植物の装飾などが施されている。それらの多くは、東方の斯城国周辺で好まれる意匠だ。自国のものは見飽きたので、目新しい物を好んだのだろうか。おそらくは職人も、東方から一流の者を呼び寄せたのだろう。それだけで随分贅沢《ぜいたく》な仕様だとわかる。

「奥宮と違って、こちらは随分と煌《きら》びやかなのですね」

すでに仕事用の外面に切り替えている瑞雲《ずいうん》は、彗玲に愛想よく話しかける。

「この離宮は、崩御された先代王から、王太后様への贈り物だったそうです。王は王太后様——遊依《ゆうい》様のことを、それはそれは愛していらっしゃったそうで」

まるで物語の一節を諳《そら》んじるように、彗玲はわざとらしいほど感情を込めて口にする。その離宮に入り浸っている自分への皮肉を混ぜているようにすら聞こえた。

「その王がお亡くなりになってしまい、遊依様は随分気落ちしていらっしゃいました。お三方にはぜひ、遊依様のお好きな異国の話などをお聞かせ願いたく思っています」

「なるほど。そういうことでしたらお任せください」

瑞雲は、完璧な笑顔で頷いてみせる。

案内された部屋には、昨日招き入れられた客殿で見たもの以上に高価だろうと思われる敷布が何重にも敷かれ、合わせて置かれた綿入れにも惜しみない日金《あかがね》の刺繍《ししゅう》が入っている。壁には化粧石の小片で美しい海岸が描かれており、小卓に飾られた硝子の装飾品は、透明度の高い極上品だ。この部屋にあるものだけで、上級商人の一年の稼ぎを軽く超えるだろう。暑さを和らげることよりも見栄えを重視した、天井まである大きな窓には、植物の蔦《つた》を模した瀟洒《しょうしゃ》な月金《しろがね》色の細工がある取っ手があり、その向こうは露台を経て王都が一望できた。

「わあ、すごいお部屋ですね！　さすがは王太后様の離宮だ」

日樹《ひつき》が率直な感想を漏らす。確かに、琉劔の自室とも遜色《そんしょく》ない豪華さだ。もっとも琉劔の場合、部屋の調度品はおろか、服すら自分で選んでいないのだが。

「この人形は、太子のものですか？」

北側の壁にずらりと並んだ人形を見つけて、琉劔は尋ねた。ほとんどが腕の中に納まってしまう大きさで、主に少女の人形が多く、そのほとんどが異国の衣装を身につけていた。他にも動物や、少年の人形と対になっているものもあるが、一体だけ置いてあった木彫りの人形に、琉劔は目を留める。まだ新しい木肌のそれは、ふっくらした頬の可愛らしい姿をしており、顔に対してやや耳が大きく作られていた。目鼻口や手足は彫りこんであるものの、なぜか右目しか着色されていない。しかもその線はいびつで、素人の手だろうと思われた。他の布張りの人形たちに比べて、その木彫りの像だけがやけに異質に感じる。

「ああ、それは遊依様の蒐集品です。自室にもこれ以上の数があって、お気に入りを並べ替えているようですよ」

「……そうですか」

琉劔はやや戸惑いつつ、それ以降の言葉を呑み込んだ。

「……瑞雲、王太后と何を話すか、策はあるのか？」

王太后を呼びに彗玲が部屋を出て行ったのを見計らって、琉劔は尋ねた。

「んなもんねぇよ。適当にスメラの情報を探って、後は当たり障りないことを話しときゃいい」

あっさり言われて、琉劔は露骨に鼻に皺を寄せた。誰もが自分と同じだけの会話能力があると思わないでもらいたい。

「ねえ見て、この硝子の高杯。前に飛揚さんが割ったやつに似てる」

部屋の調度品を見てまわっていた日樹が、無邪気に小卓の上を指さした。

「飛揚が割ったのがたくさんありすぎて、どれかわからん」

琉劔は呆れ気味に息を吐く。そういえば糞虫のことも頼まれていたのだと、ようやく思い出した。

「斯城産かな？　手に入りやすさで言ったら梦江《ぼうえ》産だろうけど」

「斯城だろうな。どうも東方に憧れがあるみてぇだし」

瑞雲が硝子の高杯をまじまじと見やり、そこから視線を滑らせて部屋全体を見回す。

「夫が生きてた頃から贅沢三昧。で、夫が死んだ後も、結局この国の中枢権力は王太后が握ってるようなもんだろ？　そりゃ出入りの商人に、斯城国産の硝子だろうが絹だろうが持ってこさせるわな」

おそらくは、面と向かって苦言を呈する者もいないのだろう。なにせ彗玲という怪しい男を、遣いに寄越すくらいだ。

「間もなく王太后様がいらっしゃいます」

女官にそう告げられて、琉劔たちは扉の前に向き直った。右手で手拝の型を作り、左手は腰の後ろへまわし、そのまま頭を下げて待つ。やがて扉が開き、衣擦《きぬず》れの音と共に王太后が入室した。

「どうぞお楽になさって」

少し高い、まるで少女のようなふわりとした質感の音だった。

琉劔が顔を上げると、花の蕾《つぼみ》を思わせるような薄い紅色の絹地に、日金色の刺繍が入った漠衣《ばくい》を身に纏《まと》った女性が、はにかむような笑みを浮かべていた。ダギの年齢を考えると、三十代の半ばを超えているはずだが、肌には若々しい艶があり、やや幼い顔立ちも相まって、二十代前半だと言われても納得してしまいそうになる。

「この度は、このように卑しい身分の者にお声がけをいただき、身に余る光栄でございます」

早速瑞雲が、自慢の顔に極上の笑みをたたえて挨拶する。

「私《わたくし》は瑞雲。梦江の界隈で商人をしております。そしてこちらは風天《ふうてん》と日樹。私の部下でございます。以後お見知りおきを」

部下だったのか、と、琉劔は顔には出さず拝をする。ならば来るのは瑞雲だけでよかったのではないか。

誰もが感嘆の息を漏らすような優雅な拝を受け、遊依は薄く紅で染めた唇で可愛らしく弧を描いた。

「今日は共に楽しい時間を過ごしましょう」

そう言うと、遊依は自分の後ろに控えていた彗玲を手招きした。

「こちらは彗玲。もう会っているわよね？　衣草の研究をしているのよ。そして私の話し相手。今日は同席させてちょうだいね」

　彗玲は改めて琉劔たちに向けて拝をする。おそらく衣草の研究というのは、体のいい仮の肩書だろう。こうして横に侍らす相手がいながら、こちらにも目をつけるとは、少女のような顔をしてなかなか欲深い女性だ。

「ダギの友人が来ていると聞いたから、驚いていたのよ。まさか春江《しゅんこう》にいたときの知り合いだったなんて」

　遊依に促されて琉劔たちが輪になるように腰を下ろすと、給仕の女官たちが真ん中へさらに敷布を置き、そこへ軽食を並べ始める。麦麭《ばくほう》を薄く切ったものに、この地方でとれる呉柑《ごかん》という果実を載せた小舞《オムル》や、昔から食べられている喜豆《きまめ》に花蜜をまぶした碧合《ヘキア》など、泛旦《はんたん》国らしい料理が並んだ。同時に出されたお茶は、器そのものが日金製で、注がれる茶褐色のお茶がよりまろやかな色合いとなる。

「私《わたくし》もまさか、ダギ様とここで再会するとは思いませんでした。しかも王になられているとは……」

　瑞雲が改めて驚いてみせる。その感情だけは、心からのものだ。

「そうね、とても驚いたでしょうね。あの子を呼び戻そうという話になったときは、私も戸惑ったわ。でも周囲からそれが一番いいと言われて……」

　遊依は薄い瞼《まぶた》を伏せて苦笑する。

「生まれたばかりのあの子に狗《いぬ》の尾があったときは、死にたいくらい悲しかった。でも今は、あの子が王になってくれて嬉しいの」

遊依のその言葉を、琉劔は違和感を持って聞いた。いくら夫を亡くしたからといって、一度は捨てた混ざり者を玉座に座らせ、「嬉しい」などと簡単に言えるだろうか。しかも今現在、その息子との関係は決して良好とはいえないはずだが。

「せめて名前くらいは、私がつけてあげればよかったかしら」

遊依が茶の入った器を持って、さらりと口にする。

「……ダギという名前は、王太后様がおつけになったわけではないのですか？」

琉劔が尋ねると、遊依は「まさか」と苦笑した。

「産んだ日以降、彼が王宮に戻ってくるまで、私は一度もあの子と会ってないの。臥せっているうちに春江へやられてしまって……。だから戻ってきたあの子が、ダギと名乗っていたのには驚いたわ。養い親がつけた名前らしいのだけど、響きが田舎っぽいでしょう？　それに文字もないの」

琉劔は、自分の胸の底で言い様のない感情が生まれるのを感じた。ダギは、この母親から名前すら持たされず捨てられたのか。

「即位するときに改名する話もあったようだけど、本人が嫌がったんですって。だから今もそのままよ」

「そのまま……で、よろしいのですか？」

琉劔の問いに、遊依は不思議そうに微笑む。

「だって、本人がそれでいいと言うんだもの」

王族の、特に直系の子どもであれば、必ず王家の記録に残される。学のない貧しい庶民ならばともかく、王族に生まれながら文字としての名を持たないことは、王家としての記録に残さないという意味を持ち、最大の侮辱《ぶじょく》に相当する。いくら本人が拒否しても、国の頂点に立つ泛旦王の名前だ。そこは普段の呼び名と分けるなどして、強引にでも変えなければいけないのではないか。

琉劔は、問い詰めたい気持ちを堪えて茶を口に含む。

ダギは本当に、望まれてこの王宮へ戻ってきたのだろうか。

「ねえ、そんなことより、異国の話を聞かせて？　斯城には行ったことはある？」

隣に彗玲を置きながら、遊依は甘ったるい瞳で瑞雲を見上げた。

「ええ。斯城国は商人にとって外すことのできない商場《あきないば》ですから」

瑞雲はさらに甘い笑顔で答える。

「そういえば、いつか斯城国に行くのが遊依様の夢なのですよね？」

遊依の態度をさほど気にも留めず、彗玲が口にする。

「ええ。梦江国のものはいくらでも手に入るけれど、斯城国のものはなかなか……。以前いただいた斯城産の硝子の杯が美しくて、あれに似たものを集めたいの。それに、天井に反射する硝子の灯火器も。いつか斯城に行くことができたら、鹿車いっぱいに積んで帰りたいわ」

少し紅潮した頬で、遊依はうっとりと語る。この離宮や部屋の中が、泛旦国より斯城国の雰囲気に似ているのは、彼女の好みを反映してのことだろう。

「直接お連れすることは叶いませんが、お申し付けいただければいつでも、鹿車いっぱいの荷物をお運びいたしますよ」

すかさず瑞雲が言って、遊依は両手を顔の前で合わせて破顔する。

「本当？　嬉しいわ！」

「斯城国には太い伝手《つて》もありますので、ご遠慮なく」

まさにその太い伝手の方を見て瑞雲が微笑むので、琉劔はそれを苦々しく眺めた。こちらが口を出せないのをいいことに、安請け合いはやめてほしいところだ。

「このお部屋の装飾も、王太后様が自らお選びになったんですか？　とても素敵ですね」

彼にしては畏《かしこ》まった口調で、日樹が尋ねた。

「私が決めたんじゃないのよ。趙砂《たくしゃ》や皆がこうした方がいいとか、ああする方がいいとか言うものだから、私はそれに合わせただけ」

少し困ったように眉根を寄せながら、王太后はあくまでも謙遜《けんそん》する。

「趙砂様というと、参議の？」

琉劔が問うと、遊依は細い指先で小舞《オムル》を摘まみながら頷いた。

「ええ、私が嫁《とつ》いできて以来、彼女はずっと教育係なの」

まるでいつまでたっても教育が終わらないのだ、とでも言いたげな様子で、彼女は苦笑する。

「昨日神堂でお会いいたしました。とても聡明な御方ですね」

「ええ、趏砂は本当に頼りになるのよ。私が困っていたらいつも助けてくれるの」

「我々も、招來天尊《しょうらいてんそん》についてご講義いただいたばかりです」

瑞雲に任せていては、延々商人ごっこをさせられそうなので、琉劔は本題へと会話の流れを引き寄せる。

「招來天尊は、旧王朝時代からの国神《くにがみ》であり、元々はナクサの民の神だったということですが、導きの神とされるのは何か謂《いわ》れなどあるのでしょうか？」

瑞雲がやや呆れた目線を投げてくるのを、琉劔はあえて無視する。こちらは別に、浮かれてお茶を飲みに来たわけではないのだ。

「ナクサの民のことは少し聞いたことがあるけれど……なんだったかしら、あのご神体……」

「日廣金《ひひろのかね》です」

「そう、ヒヒロノカネ！」

彗玲に耳打ちされて、遊依は顔の前でぱちりと両手を合わせる。

「私も招來天尊様のことはよく知らないのよ。小さい頃から、偉い神様だから拝むように教わっただけ。言われてみれば、どうして導きの神なのかしらね？」

初めて気づいたといった様子で、遊依は甘えた目で彗玲を見上げながら、口元を押さえてくすくすと笑った。

「風天さんたちは、異国の神にご興味が？」

遊依に代わるようにして、彗玲が尋ねる。その問いに咄嗟《とっさ》に返答できず、琉劔は声を詰まらせた。

「商売柄いろいろな国に行きますので、その国の神々のことは知っておくようにしています。祈り方や、拝の形、国神になった由来などを知っておけば、商売もやりやすいのですよ」

琉劔を庇《かば》うように、瑞雲がさらりと返答する。やはりこの辺りは、本当に行商人だった彼が言う方が説得力があった。

琉劔は気を取り直して、口を開く。

「以前立ち寄った丈国《じょう》では、丹内仙女《にないせんにょ》という女神を国神としていますが、その女神にも『夜空で満ち欠けする星のひとつから来た』という言い伝えがあります。確か招來天尊にも同じような言い伝えがあると聞きましたので、少々気になってしまいまして」

「へえ！　丈国の女神にもそんな言い伝えが」

意外にも、興味がある様子で反応したのは彗玲の方だった。

「招來天尊と丹内仙女、何か関係があるのですか？」

彗玲が遊依に促すように尋ねると、彼女は彗玲の腕に触れながらかわいらしく小首を傾げた。

「さあ、どうかしら。丈国なんて聞いたこともないし、わからないわ」

琉劔は、先ほどから王太后に覚えていた違和感が、いよいよ濃くなったことを感じ取る。群雄割拠の世で、まだ建国して十年が経ったばかりの遠方の国について、知らないというのはわからなくもないが、彼女の言い方が何か引っかかるのだ。謙遜かと思えば、無知にも、冷徹にもとれる、つかみどころのない遊離感だ。しかしその思考を遮るように、前触れもなく部屋の扉が開けられた。

「母様」

遠慮がちに開けた扉の隙間から顔を出したのは、柔らかそうな頰の幼い男の子だった。おそらくは、ダギの弟であり、王太后の末息子だろう。

「まあ、巴桟《はさん》！」

驚いた遊依が立ち上がると同時に、廊下を小走りにやって来た侍女が巴桟に追いついた。

「太子様、お部屋でお待ちしましょうとお約束しましたでしょう？」

「いやだ。つまんないもん」

侍女を振り切って、末息子は部屋の中に逃げ込むと母の後ろに隠れた。

「ごめんなさいね。まだまだ甘えたい年頃で」

琉劔たちへ申し訳なさそうに言って、遊依は我が子を抱き上げる。安心した様子で母に身を預ける末息子の顔は、当然ながらダギと似ている。

「お客様が来るから、待っててねとお願いしたでしょう？」

息子の背を優しく摩《さす》りながら、王太后は語り掛ける。

「寂しくなっちゃったの？」

「ちがうよ」

「じゃあどうしたのかな？」

「ちょっと来てみただけだもん」

そうやり取りする様子は、市井で見かける母子と変わりなく、この時ばかりは王太后も慈愛に満ちた母の顔になる。

「客が来れば気になるものです。どうぞお気になさらず」

相変わらず瑞雲は意に介した様子もなく口にするが、彼の方こそ複雑な想いだろう。瑞雲がダギと出会った頃、ダギはちょうどこの末息子とそう変わらない年頃だったはずだ。

片や疎《うと》んで捨てられ、
片や慈《いつく》しんで愛でられる。

不知魚人《いさなびと》には特に、ダギと同じような境遇の隊員が多くいる。

同じ命だというのに、なぜこうも差がついてしまうのか。

「……確かダギ王は、末の太子様が王位を継げる年齢になるまで、期限付きで玉座に就いたのですよね？」

琉劒は王太后へ静かに問いかける。

遊依は我が子を抱いたまま、笑みを浮かべて頷いた。

「ええ、そう聞いているわ」

「ならばその間、王太后様が代理をされてもよかったのでは？」

内政に言及する礼を欠いた質問に、日樹が一瞬肩を強張らせたが、王太后はさほど気にも留めない様子で苦笑した。

「そうかしら？　私にはよくわからないの。夫を亡くしたばかりで混乱していたし」

優しい母の顔で、彼女は息子の頭を愛おしそうに撫でる。

「この子がいずれ王になれば、私は何だっていいのよ」

密やかな戦慄《せんりつ》が、琉劒の背中を滑り降りた。


「今日はお付き合いいただきまして、ありがとうございました」

三刻ほどで茶会は終わり、琉劒たちは彗玲に付き添われて離宮を出た。

「王太后様もお喜びでした。巴桟様のお相手までさせてしまってすみません」

涼やかというより、飄々《ひょうひょう》とした面持ちで、彗玲は手拝をしてみせる。彼にしてみれば、王太后の機嫌を取ることができて万々歳といったところだろうか。

「彗玲殿、ひとつお尋ねしたいのですが」

東明殿へ戻る前に、琉劔は気になって尋ねた。

「今の泛旦国で、政を執り行っている方はどなたですか？」

茶会の間中、王太后を観察していてどうも気になったのだ。てっきりダギの代わりに彼女が政を取り仕切っているのかと思っていたが、彼女が興味を示すのは異国の工芸品ばかりで、肝心なところは曖昧な返事しか寄こさない。最初は謙遜しているのかと思ったが、あれは本当に知らない、よくわかっていない者の反応ではないだろうか。

「私も詳しいことはわかりかねますが――、少なくとも王太后様は、先代王がご存命の時からずっと、政にはかかわっておられないと聞いています。正直に申し上げて、あの方に政は無理でしょう。王の代理など務まりませんよ」

あっけらかんと口にされて、琉劔の方がやや面食らった。

「随分あっさり言いますねぇ。一応情夫でしょう？」

瑞雲がちくりと刺すように言ったが、彗玲は苦笑するだけだった。

「先代王が亡くなられて以降、政の詳細は宰相と趙砂様が。そして王太后様ができあった書類に御璽《ぎょじ》を押印するだけだったと聞いています。それが今は、ダギ王に替わっただけのこと。しかもその混ざり者の王の御蔭で、王宮の評判はがた落ちです。もはやこの国の中枢は王宮ではなく神堂だ、なんてことも世間では言われていますし、王宮側も気が気ではないでしょうね」

琉劔は昨日の神堂での一件を思い出す。民意も神堂側に傾いているとなると、参議である趙砂も危機感を覚えているだろう。

「趙砂様が王都の豪商と仲がいいのは周知の事実ですし、何らかの手を打ってくるとは思いますけどね」

今まで涼やかさの紗幕に覆われていた彼の双眼が、一瞬だけ本性を見せるように煌めいた。しかしそれもすぐ覆い隠して、彗玲は笑みを作る。

「あまりこの国に首を突っ込まない方がいいですよ。思っているよりずっと、面倒臭いので。用事がお済みになれば、速やかに出ていくのが得策かと」

囁くようにそれだけを言い残し、彗玲は丁寧に拝をすると、元来た道を引き返して行った。

「曲者《くせもの》って感じだねぇ」

日樹が彗玲の背中を目で追いながら、頭の後ろで手を組んだ。

「王太后からのお小遣い目当て……ってだけかな？」

「さあな。まあでも取り分が減っちゃ困るんで、俺たちには早く出て行って欲しいんだろうよ」

瑞雲が面倒臭そうに言って、歩き出す。その後を追いながら、琉劔は再度離宮を振り返った。結局招來天尊については、趙砂や景姜《けいきょう》が話してくれたこと以上の収穫は得られなかった。

四、

王宮にほど近い一等地には、国府で司を任じられた高官のための邸宅が建ち並んでいる。庶民の家々よりも余程大きく、広い庭もある豪華な作りだが、役職を辞する際には立ち退かなければならない。かつて太政司《だじょうのつかさ》を務めていた趠砂《たくしゃ》も、その一画に住んでいたことがあったが、参議となった今では王都のはずれに自宅を構えている。年を取ると入り組んだ中心部より、広々と周囲が開けた土地に住みたくなったのだと周囲には説明しているが、高い塀を持つ要塞のような家は矛盾しているなと、自嘲気味に思うことがある。

「祈年祭《としごいのまつり》まで、残すところあと五日……。いよいよと思うと、何やら落ち着きませんね」

客間の一室で密やかに行われた会合は、計画の細部を詰めるというより、結束を深めるためのものと言っても過言ではない。侍女が運んできた酒瓶を片手に、集まった面々へ酌をして回ったのは、趠砂と出身地が同じで、太政司の後輩にあたる祥斉《しょうさい》だ。この度の計画を打ち明けた際も、最初に協力を申し出てくれた。

「計画は抜かりなく、神官も何名か買収がすんでいる。案ずることはない」

「我々王宮側の勝ち目は見えています。あとは実行に移すだけ」

綿入れに身を預けて座る二人は、王宮内の諸事を司る大紫司《おおしのつかさ》の長官と、王の世話や身辺警護を担う大赤司《おおせきのつかさ》の長官だ。どちらも�砂とは、長官になる前からの付き合いになる。

「我々には兵部もついているのだし、心配することはないでしょう。ねえ、大青司長《だいせいしちょう》殿」

趙砂は、皆の輪から少し離れたところに座る、白髪交じりの男に目を向けた。小柄な男だが、その目付きは時折獣を思わせる鋭さがある。軍の人事や、武器庫の管理を任されている兵部の長官でもある彼は、一部隊を任されている将軍でもあった。軍を動かすことができる彼が味方にいるのは、やはり心強い。だからこそ、混ざり者を王宮に入れることに断固として反対した彼を、趙砂は熱心に説得したのだ。

「私は、私の役目を果たすまで」

大青司長――蜂畿《ほうき》は、短く言って酒を呑んだ。彼はとにかく、この計画を遂《と》げることを待ち望んでいる。

「王宮内を見るに、やはり皆、神堂が力を持ちすぎることを危惧《きぐ》しているようです。だからこそ、我らに力を貸すものが集まる」

祥斉の言葉に、皆が顔を見合わせて頷き合った。

水不足による飢饉《ききん》への備えや、雨水を蓄える溜池の建設、増える孤児の問題、隣国との国境と取水権の争い、灌漑《かんがい》設備の整備と農作物の増産など、現在の泛旦《はんたん》国にやるべきことは山のようにある。しかし決断するべき王族が役に立たないので、宰相や、本来政にはかかわらないはずの参議である趙砂などがその任に当たっており、どれもがこの二年ほどは遅々とした歩みだ。民からの不満も高まり、そもそも混ざり者を王にした王宮が信用できなくなった彼らは一層招來天尊《しょうらいてんそん》に縋り、その代理となる神司《かんづかさ》や神官の発言力がにわかに増しつつある。

「民の不安に付け込んで、神官どもは忌々《いまいま》しくも王族のような振る舞いをするのですから。あやつらに政へ口を出す権利などないというのに。神の威を借りた、ただの小鹿《こじし》ではありませんか」

趙砂はため息まじりに言って、高杯の酒で乾いた口を湿らせる。

この国で王宮と神堂の力関係が崩れやすい理由は、他にもある。

原因は『紙』だ。

紙の原料となる衣草の栽培は、もともと神官たちが招來天尊の信仰を普及させる書物を作るために始めたと言われている。そのため、今でも衣草の栽培権は神堂にあり、それ以外の者が栽培し、紙として売ることは禁じられている。また、そこから発生する利益の全貌も王宮側には伏せられており、過少に改竄《かいざん》された収益から、一定額を王宮へ納めているだけだ。よって、王宮側は神堂が持つ資産を正確に把握できていない。

先々代の王の頃に、王宮と神堂で権利を半分ずつ分けるという案も出たが、結局まとまらずに今に至る。紙の権利を王宮側が手に入れ、神堂の手綱を握ることは、いわば王宮の宿願なのだ。

「衣草が生みだす潤沢な資金を抱え込んでいながら、神堂の修理だの、祭費だのと言って、神官の奉祭服一枚まで、こちらに金を出せと言ってくるのですから……。どうせそのほとんどは、神官たちの懐に入っているというのに」

趙砂は眉根を寄せる。神官たちは、これ見よがしに貧しい地方への寄付や、布教のための新しい神堂の建設などをやるので、どうしても民の関心を集めやすい。王宮に申告しない金は彼らの遊興費に消え、業者からは謝礼金をせしめているにもかかわらず、民からの評判は高まるばかりだ。このままではいつか、国家の転覆さえ図られかねない。

――というのが、趙砂が唱える表向きの『正義』だ。

正義を振りかざせば、大体の者は口を閉じる。

国のためといえば多くの協力を得られる。

それを利用して趙砂が狙っているのは、紙が生み出す莫大な金だ。

「正義は我らにある。……であれば、神堂に流れていた金も我らのもの。そうではありませんか？」

おどけるように趙砂が問うと、面々からは自虐的な笑い声が漏れた。

正義など、所詮甘言に過ぎない。

神堂から衣草の栽培権と製紙権を取り上げ、王宮の管理下に置けば、今まで神堂が独占していた金は、すべてこちらの手に入ることになる。その分配に関しては、趙砂が取り仕切ることになるだろう。敵対する神堂の資金源を断つと言えば聞こえはいいが、要は金の行き先が、趙砂の懐に変わるだけのこと。

ここに集まった面々は、国のため王宮のためと言いながら、その旨味に便乗したい我欲まみれの者たちだ。

「関哲《かんてつ》」

部屋の隅に控えていた男を、趙砂は呼ぶ。尭国人《ぎょうこく》の祖父を持つ彼とは、父の代からの付き合いで、土地の買収などで力を貸したこともある。今では父親から引き継いだ綿花の栽培を成功させ、それを使用した衣料品などを扱う蹄屋《ひづめや》という店を経営していた。この王都ではその名を知らぬ者がいないほど急成長した店であり、同時に馬尭神《ばぎょうしん》の信仰において、今や中心的人物だ。彼の寄付で建てられた祠《ほこら》や御堂も多く、尭国と所縁《ゆかり》のない者でさえ、店には招來天尊ではなく馬尭神を祀るようになった。

「衣草の畑は、お前に任せることで、こちらの意見は一致しています。神堂側にも、買収に応じた神官が何名かいますから、彼らを上手くお使いなさい。頼みましたよ」

神堂側から衣草の権利を奪ったところで、それを今まで通り育成、収穫し、紙にできる技術を持つ者が必要になる。その点において、この関哲という男はうってつけの人物だった。

「私には父から受け継ぎ、綿花で培《つちか》った栽培の知見がございます。必ずや皆様のご期待に添うことをお約束いたします」

関哲は笑みを浮かべながら、趙砂をはじめとする面々の前で、深々と敷布に額をつけた。

衣草は、泛旦国にとって日金《あかがね》の価値にも等しい。任せるなら、それなりに経験がある者の方がいいに決まっている。おまけに、王宮側の都合がいいように立ちまわれる人材であればなおさらだ。それを思えば、招來天尊への畏怖が薄く、金で動く関哲は使い勝手のいい男だった。

「ダギが帰って来てくれたことに、感謝しなくてはね」

高杯に新たな酒を注がれながら、趙砂は微笑む。

ダギを王として迎え入れたことは、王宮と趙砂に千載一遇《せんざいいちぐう》の機会をもたらし、この計画を実行する契機となった。彼がいなければ、趙砂がこの計画を夢想することもなかっただろう。

「まあ所詮は狗王《いぬおう》です。せっかくお戻りになったのですから、このくらいは役に立っていただきましょう。王太后様のお戯れの、ついでということで。ねえ？」

祥斉の言葉に、大紫司たちが同意するように杯を掲げた。

「ああ、そうだな。すべてはこの泛旦国のため」

「国を守ってこその王宮でなくては」

口々に言うが、誰一人神への拝はしない。

蜂籤だけは相変わらず無言で酒を吞んでいるが、彼はこの計画自体にさほど興味はないのだ。彼にとって、目的はあくまでも別にある。

その時不意に、部屋の中で木が割れるように軋《きし》む音が響いた。直後、鹿車に揺られるように地面がわななく。

「地破《ちわり》ね……」

趙砂は、壁にかけた絵が揺れるのに目を向ける。大きな揺れではない。すぐに収まるだろう。いつものことだと、趙砂は果実酒で唇を湿らせる。この家は、きちんと芯材を入れた上に、灰と泥を混ぜた資材で塗り固めているので、日干し煉瓦を積んだだけの家とは強度が違う。そして案の定、地面はすぐに平静を取り戻した。

「ここのところ、よく揺れますな」

「巷では、狗王を即位させた神の怒りだとか言われておりますね」

「まさか。民は面白いことを考えるものですね」

すでに地破に慣れ切った面々は、そんなことを言いながら新たな酒を注ぐ。

「ところで皆様、今日は面白い品々をお持ちいたしました」

関哲が明るく言って、同行させていた自分の下男たちに次々と品物を運ばせた。

「こちらは斯城《しき》国産の絹です。久しぶりに最高級品が手に入りました。こちらは滅多に国外へ出回らないそうです。そしてこちらは紀慶《きけい》国産の玉。どうです、この透明度と照り！　なかなかお目にかかれない一品です。女性の肌によく映えますよ」

財力にものを言わせて、彼はこういった土産をよく持参する。わかりやすい賄賂《わいろ》だが、ご家族へのお土産にと言われて持たされると断りづらく、それぞれの懐へと消えていく。

蜂蠟だけは興味がないようで頑なに受け取らないが、代わりに彼の部下がいくつかを持ち帰るのを目にしたことがあった。

「趙砂様も、ぜひ」

見事な刺繡の入った絹の手巾を差し出され、趙砂はにこやかにそれを受け取った。

手にした杯に、高窓から差し込んだ午後の陽が反射する。

「皆、わかっているでしょうが、事が済むまで他言無用ですよ」

高級な品々に夢中になっている面々へ、趙砂は釘を刺した。

「その日を境に、この国は大転換を迎えるのですから」

王朝が替わった時以上の衝撃が、国土を走るだろう。

趙砂は残りの酒を呑み干し、未だ癒《い》えない渇《かわ》きのために、新しい酒を杯へ注いだ。


密談を終えた面々が早々に帰路に就くと、趙砂は早速使用人たちを呼び集めた。

「お呼びでございますか」

人払いしていたので、彼らは趙砂たちが何を話していたのかは知らないはずだ。それでも趙砂という人間が今まで何をしてきたか、大なり小なり耳にしているだろう。それにこの家にいれば、漏れ聞こえる話もある。

「皆で好きなものを取りなさい」

関哲が置いて行った品々を指して、趙砂は微笑む。関哲が帰った後はいつもこうやって分け与えるので、呼び集められた時から彼らの目は期待に満ちていた。

「喧嘩しないように、仲良く分けるのよ」

先ほど関哲にもらった手巾も、趙砂は惜しげなくそこへ置く。

「私は王宮へ行くわ。あとで鹿車を出してちょうだい」

下男にそう言い残して、趙砂は部屋を出る。

使用人たちもわかっているのだ。給金の他にこうして与えられる金品が、口止め料だということを。そして趙砂も、金で口をつぐむ人間が多いことをよく知っている。


王宮へ向かう鹿車の中で、趙砂は今年で齢《よわい》五十七になる自分の来し方を振り返った。

二十五歳で役人試験を取り仕切る官司に抜擢《ばってき》された際、仲の良い同僚に、どうしても身内を役人にしたいのだとこっそり頼まれたことがあった。最初は実力で挑めと突っぱねたが、彼の結婚がかかっていると言われ、金まで積まれ、泣き落としにあって断り切れなかった。一回きりにしようと決めていたのに、試験問題を流すだけで手に入った大金に、貧しい家で育った趙砂はあっさり目が眩《くら》んだ。それ以降、試験問題の横流しから始まって、金のために試験の不正を揉み消したり、裏から手をまわして、邪魔な上官を失脚させたりもした。土地を管理する遂部《すいぶ》に異動したときには、発注した普請の差額を懐に入れたり、有力者へ土地を融通する代わりに献金をさせたりしたこともある。関哲の父と知り合ったのもその頃だ。

愉快だった。

趙砂様にしか頼めないのですと言われて、気分がよかった。

自分がほんの少し手をひねるだけで、金が趙砂のもとに集まってくる。

そして金さえあれば、権力をはじめとする大概のものは手に入り、多くの人を思い通りにできた。この世は金で動いていることを実感していたし、貧乏人が無力であることを誰よりも理解していた。

次第に趙砂のお零《こぼ》れにありつきたい取り巻きが自然と増えていき、もともと能力が高く、王の覚えもよかった趙砂の地位は、当時の王太子妃の教育係となって以降、盤石となった。

――しかしそれでもなお、自身の中の渇きが癒えないのはなぜだろうか。

鹿車の中で、趙砂は日除けの布をそっと捲った。

目に映る乾いた砂色の景色は、今日も強い日差しに照らされている。

王宮に到着し、趙砂は役人たちが通る通用門から表宮へ入る。すれ違う役人たちは皆、趙砂のために道を空け、手拝をしてその姿を見送った。

趙砂は自分の執務室へ行く前に、回廊から見える青の神堂を目にして、ふと足を止める。

「まさか……神に挑もうとする日が来るなんてね」

勝算はある。だからこそ仕掛けるのだ。

この計画が上手くいけば、正体のわからない自身の渇きも、きっと満たされるだろう。

「たくしゃ！」

舌ったらずの呼び声が聞こえて、趙砂は意識を引き戻した。振り返ると、掃き清められた回廊を、ダギの弟である巴桟《はさん》が駆けてくる。その後ろを、王太后が慌てた様子で追いかけていた。

「走ったらだめよ巴桟！　転んじゃうわ！」

母の制止を振り切って走ってきた太子は、趙砂の足にぶつかるようにして抱き着いた。

「おやおや、元気ですこと！」

趙砂は膝を折って、巴桟と目線を合わせる。ダギと再会した際には先代王に似ていると思ったが、弟の方は輪郭も目の形も王太后の生き写しかと思うほどだ。

「さっきまでお客様がいらしていたから、一緒に遊んであげられなくて、今連れ回されているところよ」

追い付いた遊依《ゆうい》が苦笑する。彼女がこの王宮に嫁いできた際、教育係を務めて以来、まるで母子のような交流が続いている。

「ねえ趙砂、噴水のとこ行こ」

巴桟が無邪気に、趙砂の袖を引っ張る。遊依はそれを微笑ましげに見ていた。

「太子様の頼みではしょうがありませんねぇ」

趙砂が差し出した手を、巴桟が握る。その小さくて柔らかな手は、趙砂にあるはずのない記憶すら呼び起こさせるようだった。

「早く早く」

巴桟に促され、祖母と孫のような二人は、午後の日射しの中を歩き出した。

あいつ、どこに行きやがった。

そう頭の中で言葉にして、浬灑《りしゃ》はしかめ面のまま奥宮内をくまなく走り回った。もうすぐ夕食の時間だというのに、ダギの姿がどこを捜しても見当たらないのだ。今日もあの客人と食事を共にするのか、それとも別なのか、希望の料理はあるのか、食後に出す果実は何がいいのか。訊くべきことはたくさんある上に、それがわからなければこちらの仕事が進まない。

「この忙しい時間《とき》に……！」

今度は声に出して、浬灑は舌打ちする。白練色の女官装束は美しくて優雅で気に入ってはいるが、走りにくいことこの上ない。そもそも上級女官が着るものなので、走るということを想定せずに作られているのだろう。長い裾を何度も踏みそうになるので、手で持ち上げているのだが、もういっそたくし上げて縛ってやろうかとすら思う。

「あ、ねえ、主上見なかった？」

途中で見かけた女官に尋ねたが、薄紅色の装束を着た中級女官たちは、まるで臭《くさ》いものでも見るかのように浬灑に目を向けた。

「見たの？　見てないの？　どっち？」

浬灑は負けじと眦《まなじり》を強くしながら、再度尋ねる。

主上付きの侍女は、ダギが王位を継いでから密かに募集され、そこで選ばれたのが浬灑だ。いくら王でも混ざり者の世話などしたくないと、女官が大量に辞めたからだと聞いている。ここにいる中級女官たちは、辞めて親元に帰るほどの度胸もなく居残ったものの、未だダギには拒否反応を示して碌《ろく》に仕事をしない奴らだ。おまけに、ダギの世話をする浬灑にも「狗《いぬ》の臭いが移る」などと言って、このような態度を取る。

この屑どもが。と、浬灑は思う。

働かずに食い潰《つぶ》すだけの奴らなど、肥料にも燃料にもなる糞よりも無価値だ。

「さあ？　街へ散歩にでも行かれたんじゃない？」

女官の一人が、意地の悪い嘲笑を浮かべながら口にした。

「狗王《いぬおう》の考えていることなんて、私たちにはわからないわ」

「浬灑の方がわかるでしょう？　御付きなんだから」

「仲が良さそうだものね」

わかりやすい嫌味を吐かれて、浬灑は躊躇《ちゅうちょ》せず眉根を寄せた。嫌い合っているのはお互い様だ。

「あーあ、こんなことなら、王太后様の御付きになれるよう、お父様にお願いすればよかった！」

一人の女官が強がって口にする。そんな力がないからこそ、彼女はここにいるのだが。

「あそこは、よく絹の漠衣《ばくい》や、髪飾りを下賜《かし》されるんですって」

「王太后様が取り寄せたもののうち、気に入らないものをくださるとか」

「ああ、羨ましい！　狗王に付くよりずっといいわ」

女官たちが口々に言うのを、浬灑は冷めた目で見やる。不満があるなら、自分の手で変えてやろうという気力もないらしい。

「それなら、今からでもお願いしてみたらいかがかしら？」

浬灑はにっこりと唇を吊り上げて微笑んだ。

「ああ、でも王太后様のお部屋は上級しかつけないんだったわ。ごめんなさいね」

憤慨する女官たちの声を背に、浬灑は再び走り出した。元々上級女官として働いていた彼女たちは、ダギに付くことを嫌がったため、新入りの浬灑よりも下の格へ落とされたのだ。そのせいもあって、浬灑にも嫉妬まじりの敵意をぶつけてくる。そんなに妬むのなら、大人しくダギに付けばよかっただけのことだ。

奥宮の隅から隅までを見回って、それでもダギの姿を見つけられなかった浬灑は、もしやと思いながら神堂に向かった。我が主上は、市井の民と同じように招來天尊《しょうらいてんそん》を拝んで育ったとはいえ、毎日二度の礼拝で毎回神堂に足を運ぶほど熱心ではない。彼の生い立ちは、浬灑にも簡単に知らされている。それを思えば、神に祈ることにさほど熱心になれない理由もわかる。

「ここにいらっしゃいましたか」

神堂の高座の前で一人佇んでいる黒い尾を見つけ、浬灑は呼吸と気持ちを落ち着かせるために、深呼吸をしてから呼びかけた。間違っても、散々捜させやがってこの糞小人《くそがき》などとは言わないようにする。元来の口の悪さは自覚済みだ。

「もうすぐ夕食の時間です」

浬灑が歩み寄ると、こちらを振り返ったダギは、再び高座の天辺へ目を向けた。そこには相変わらず、天蓋に覆われて一脚の椅子が置かれている。

「今日は兄貴たち、外に食べに行くみたいだから、俺のだけでいいよ」

「御一緒されないのですか?」

「さすがに王を盛り場に連れていけないってさ。兄貴が酒好きだからしょうがねぇよ」

ダギは拗《す》ねるように唇を突き出して、頭の後ろで腕を組む。

「あ、でも明日の朝食は一緒に食うから」

「かしこまりました」

浬灑は密かに胸をなでおろす。この時間になってから夕食を三人分増やせと、厨房に言いに行かなくて済みそうだ。

「浬灑はさあ、招來天尊のことどう思う？」

不意に問われて、浬灑は高座から目を戻した。

「泛旦国《はんたん》をお守りになる尊き国神《くにがみ》だと思っておりますが……？」

「本当に？」

「主上は、そう思っていらっしゃらないのですか？」

ダギの迷いになど気づかないふりで、浬灑は問いかける。正直なところ、浬灑自身の信仰心は薄い。女官になるにあたって、礼拝の仕方を一から学び直したほどだ。神は決して、明日の食事を用意してはくれないことを、浬灑はよく知っている。

「どうかなぁ、今となっては何考えてんのかわかんねぇからなぁ」

ダギは肩をすくめて、空の椅子を見上げた。

「でも春江《しゅんこう》にいたころは、好きだったよ。少なくともここで感じるより、もっと近くにいた気がする」

不思議な言い方をするものだ、と浬灑はダギの横顔を見つめる。神が好きかどうかなど、あまり考えたことがなかった。

「春江の招來天尊と、王宮の招來天尊は、何か違うのですか？」

浬灑の問いに、ダギは言葉を選ぶように眉根を寄せた。

「うん、なんか違うんだよ。なんつーかこう、雰囲気が」

「雰囲気が……？」

「春江の方が、もっと明るかったし、優しかった」

「ああそれは……ここの神堂は古いですからね」

ほとんど陽の入らない青の神堂は、昼間でも灯火器をつけなければならないほど暗い。おまけに至るところが劣化しているので、どことなく陰鬱《いんうつ》な雰囲気もある。

「いや、そういうことじゃなくてさ、もっとこう、招來天尊そのものの存在の話。そういうのわかんない?」

「申し訳ありませんが、私には覚えがなく……」

湦灑は苦笑する。どうでもいいので、早く話が終わらないだろうか。この後も仕事が詰まっているのだが。

「……湦灑って出身どこだっけ?」

「拡州《こうしゅう》です。国境《くにざかい》の」

そう口にしながら、確かそういう設定だったはず、と、湦灑は記憶を手繰った。この辺りは、あまり広げられたくない話だ。

「拡州にも神堂あっただろ?」

ダギに真っ直ぐに問われて、湦灑は口ごもった。

「……あ、ありましたし、家族でよく礼拝に行っていました。でもそこに祀られていた招來天尊と、王宮の招來天尊に、特に違いを感じたことはございません」

それでも何とか取り繕って、湦灑はあくまでも丁寧に、ダギに向かって神堂の出口を指し示す。

「それよりお部屋へお戻りください。夕食が遅くなってしまいます」

浬灑に促され、ダギはもう一度高座の椅子を見上げた後、渋々歩き出した。


浬灑《りしゃ》の部屋は、ダギの自室がある寝殿の、西側の一室が与えられている。元々は従者の詰所として使用されていたようだが、今はダギの面倒を見ているのが浬灑一人なので、実質一人部屋だ。おかげで誰に気兼ねすることもなく、戻ってくるなり服を脱ぎ捨てて寝台に寝転がることができる。

「疲れた……」

あれから夕食の希望を聞き、厨房へ伝え、部屋に戻って、食事ができるまでの間ダギに溜まっていた書類仕事をさせ、洗濯から戻ってきた敷布などを整理し、食事が始まれば給仕に徹し、食器を下げ、お茶を淹れ、合間に自分の食事を詰め込む。それから厨房仕事を手伝ってダギの部屋に戻ってくると、主は床の上に大の字になって寝ており、卓の上には御璽が押されていない書類が積まれたままになっていた。確か宰相からは明日の朝までにと言われたものだったはずだが、もはやダギを叩き起こす気力もなかった。

「あの糞小人《くそがき》……。そもそもなんで友人とやらが来るのよ……しかも三人も……こっちは一人しかいないっつーの」

寝台に顔をうずめたまま、浬灑はぼそぼそと吐き捨てる。

初めてダギと会ったのは、彼が即位して約一カ月が経った頃だった。女官の採用試験をどうにか潜り抜け、前任からの引継ぎもそこそこに引き合わされたのだが、その時のダギは、すでに王宮の暮らしに飽きているように見えた。このひと月の間、王宮中の扉という扉を開けて探索し、食べきれないほどの豪華な食事を並べさせ、絹を敷いた寝台の上で口当たりのいい果実酒をしこたま呑んで眠るという、貧乏人が考えそうな王族の暮らしをやり尽くして、早々に虚《むな》しくなったのだろう。その頃のダギは、わざと自分の尻尾を見せつけて王都を意味もなく練り歩き、王宮での嫌がらせにはやり返し、「お前がどれだけ嫌がろうと、お前の主上は混ざり者だ」と吹聴してまわっていた。後日それが彼の精いっぱいの復讐だったと聞いて、浬灑は「我が主上は思った以上に馬鹿なのだな」と悟ったのだ。

生い立ちを思えば、同情する部分はある。

ただ、そのことを浬灑は、かわいそうだとは思わない。

この世には、親に捨てられて飢えて死ぬ者も、売られた先で死ぬまで働かされる者もいる。生き延びることができ、王宮に返り咲いたダギなど、所詮幸運なのだ。

「あー……面倒くさい面倒くさい……」

枕に顔を押し付けて、浬灑はじたばたと足を動かす。

真面目に働くことは好きではない。ダギの世話もしたいわけではないし、できれば遊んで暮らしたい。丁寧な所作や言葉づかいも疲れる。けれどもはや帰る家もなく家族もいない浬灑にとって、この王宮での暮らしはしがみついてでも離したくはない。与えられた仕事を従順にこなす限りは、ここでの生活が保障されている。

「ここに来て、もうすぐ一年か……」

ごろりと仰向けになって、浬灑はつぶやいた。まさか自分が、王宮の上級女官になれる日が来るとは思わなかった。ここにいれば衣食住に困ることもなく、その気になれば給金以外でも稼ぎ放題だ。

「ありがとう姉さん……」

つぶやいて、目を閉じる。彼女から泛旦国《はんたん》の話を聞かなかったら、ここに来ようとは思わなかっただろう。

「全部……姉さんのおかげ……」

微睡《まどろ》みに誘われながら、浬灑は口にする。自分に読み書きを教え、最低限の所作を教えたのも彼女だ。それらが身についていなければ、王宮に潜《もぐ》り込むこともできなかった。

眠る前に汗をかいた体を拭きたい。けれど、湯を貰ってくることも億劫《おっくう》だった。もうこのまま眠ってしまいたい。そして明日の朝は少しだけ早起きをして、小銭を稼ぎに行こう。金は裏切らないのだからいくらあってもいい。

「イヤサカマシマセ、イヤサカマシマセ……」

半分夢の中に落ちていきながら、浬灑は子どもの頃に教えてもらったおまじないを唱えた。これを唱えればきっと、うまくいく。

「イヤサカマシマセ、――スメライヤサカ」

五、

「王太后？　ああ、遊依《ゆうい》様か。ありゃ碌な嫁じゃなかったぜ」

離宮の茶会に呼ばれた日の夜、琉劔《りゅうけん》たちは王都の酒場へ繰り出した。さすがにダギを盛り場に連れてくるわけにはいかなかったので、渋々納得してもらっている。なにより彼がいると、王太后の評判について大っぴらに聞きにくいのだ。

「嫁いできた時はお人形さんみてえな別嬪で、そこら中の男が当時の王太子を羨ましがったもんだ」

「確かまだ十九とか、二十歳だっただろ？　実家は王太子の親戚の陶《とう》家。王太子のひと目惚れとかで、とんとん拍子に結婚が決まったって聞いたぜ」

酒場で話しかけた二人組の男は、琉劔たちが旅人だと知るや、この国のことを饒舌《じょうぜつ》に語り始めた。中でも王太后のこととなると、酔って緩んだ口がさらに回るようだ。

「てことは、先代王と王太后は従兄妹《いとこ》同士なんだね」

川魚の卵巣を塩漬けにした珍味を摘まみながら、日樹《ひつき》が相槌を打つ。その隣で、琉劔は麦麹《ばくほう》を発酵させて作る、八明酒《ヤーメイ》を喉に流し込んだ。細かな泡が弾けるような独特の感触が舌を刺激し、それを無理やり呑み下す。瑞雲《ずいうん》はすでに、この酒を五杯ほど空にしていた。

「何しろ箱入り娘もいいとこだったから世間知らずでな、王都を見て回るのに、凱旋《がいせん》用のでっかい軍鹿車《ぐんろくしゃ》で行きたいなんて言い出して、実際街の入口んとこまで来たんだよ。そしたら急に止めさせて、これじゃあ屋根しか見えないわ、なんて言い出して引き返してったのは有名な話だぜ」

王太后の台詞《せりふ》を女っぽく喋ってみせながら、男は笑う。

「あと、年に一回ある招來祭の前日は、陽《ひ》が出ている間は断食をする決まりなんだが、それが結構辛くてな。俺たちが必死で空腹を誤魔化してんのを従者から聞いた王太子妃が、そんなにお腹が空いているなら、日除けを下ろして食べればいい、なんていう触れを出したこともあったぜ。要は陽が見えてなきゃ夜だって言うんだよ」

「ああ、そんなこともあったなぁ」

「そもそも日除けがあるなんて上等な家だぜ？　王宮の日除けは絹かもしれねぇがな」

民の中では余程有名な話なのか、男たちは頷き合いながら酒を呑む。

「そりゃ世間知らずっつーか、なんというか、諫《いさ》める奴がいなかったのかねぇ」

六杯目の酒を手にしながら、瑞雲が意味ありげな視線を琉劔に向ける。暗に夫である王太子が注意しなかったのか、と問うているのだろう。后だけでなく妃や、王の子息にも当然教育係がつくが、我儘《わがまま》の種類が違うと言えど、飛揚《ひよう》を見ていればそれにも限界があることなどわかりそうなものだが。

「王太子がべた惚れだったからな、好きにやらせたって話だぜ」

日樹に勧められたつまみを手に取りながら、前歯が一本抜けた男が言った。

「ただ長子を産んだ後は、随分長いこと子ができなくてな。国中の神官に子宝を祈願させてるだとか、妾《めかけ》である妃の食事に毒を入れたとかいう噂もあったし、王宮もかなり神経質になって、赤ん坊を連れて王宮の前を歩いてはいけない、なんていう札が出たこともあったよなぁ」

その話に琉劔はわずかに眉根を寄せる。確かにダギと弟の年齢差は十歳だ。その十年の間、彼女も人並みに苦しんだということか。

「なんにせよ、あんなのが国母とは、どうも萎《な》える話だよなぁ」

「まったくだぜ」

「おまけに、生まれた時から病弱で、地方で療養してるって聞かされてた長子が実は混ざり者で、しかもそれを呼び戻して王にするなんざ、正気の沙汰じゃねぇよ」

彼らはやれやれと肩をすくめ合った。

琉劔は呑みなれない酒を口に含む。やはりダギは連れてこなくて正解だったと、喧騒に紛れて小さく息を吐いた。

呑み足りないと言う瑞雲《ずいうん》が、強引に琉劔《りゅうけん》と日樹《ひつき》を連れて二軒目を訪れたが、そこに居合わせた初見の客と呑み比べを始めてしまったので、琉劔は隙を見て店を出た。ああなると長いのだ。どうせ瑞雲が勝つことはわかっているのに、酔いつぶれた相手を起こしてでも続けようとするので性質が悪い。そのうち日樹も、頃合いを見計らって出てくるだろう。

王宮に続く正門は、すでに閉まっている時間だ。こうなると裏門へ回って、その脇にある通用口を開けてもらって入ることになる。王の客人だという証のものは一切持っていないが、果たしてすんなりと入れてもらえるだろうか。ダギか浬灑《りしゃ》が、その辺りのことまで気を回しておいてくれるといいのだが。そんなことを考えながら夜道を歩いていた琉劔は、街の南端にある丘の上に建つ建物に目を留めた。月と星に照らされて夜闇に浮かぶのは、紅い干煉瓦で作られた神堂だ。屋根にだけ赤玉が使われているので、王宮の青の神堂に対して赤の神堂と呼ばれている。市井の人々のための祈りの場だ。

琉劔は足を止めてしばし神堂を眺めた後、王宮への道を逸れてそちらへ足を向けた。招來天尊《しょうらいてんそん》とスメラの共通点を調べに来たはずが、未だ何の成果も得られないままだ。王宮内に入り込めれば楽だと思っていたが、予想以上に内部がごたついていた。招來天尊のご神体が『日廣金《ひひろのかね》』ではないか、という話は面白くはあったが、琉劔にこの剣を与えた師匠を想う以上の意味はない。

丘の上の神堂は終日開かれているらしく、この時間でも礼拝所への扉は開放されていた。一歩中に入ると、壁際に等間隔に並んだ灯火器が、煌々と神堂内を照らしている。空の椅子が置いてある高座は、青の神堂よりもやや低いくらいで、さほどの違いはない。しかしその高座の両脇に、大小さまざまな神々の像が並んでいる。おそらくはこれが、泛旦国《はんたん》が今までに制圧した国や部族の神だろう。それぞれの神を個別に拝めるよう、各神像の前にひとつずつ供え物を置くための高杯があった。ひとつひとつ見て回ると、中には蜥蜴《とかげ》のような頭を持つ神もいれば、王都の店で見かけた、馬尭神《ばぎょうしん》の像もある。招來天尊の次に人気がある神ということで、馬尭神の高杯だけは三つ用意されており、そのすべてに供え物が溢れていた。

――神とは一体、何者であるのか。

神堂を出て、琉劔は銀砂が彩る夜の天蓋を見上げる。過去の偉人、自然の神格化、その地方に語り継がれる伝承など、数え上げればきりがない。そして時代と共に、人々の求める役目を背負わされ、拝まれ、求められる。今、この世で祀られる神々のどれくらいが、本来の姿のままでいるのだろう。歴史の深いあの弓可留《ゆつかる》でさえ、神々が授けるとされる恩恵は、人の手で操られていた。長い間世間とは切り離され、独自の文化圏を築いている杜人《とじん》たちに伝わるスメラであれば、それこそが正神《まことのかみ》だというのなら、本来の神と人の関わりが築けるのだろうか。

一つ息を吐き、琉劔は気分を切り替えて歩き出す。スメラはまだ見つかっていないのだ。手掛かりもない時点で、あれこれと気を揉んでもどうにもならない。

丘を下る石段を降りようとして、琉劔は神堂の脇に続く小道があるのを見つけた。なんとなくそちらに足を向けると、その先に小さな像を祀った石作りの祠があることに気づく。灯りがないので暗くてよく見えないが、どうやら祀られているのは、両手で持てるほどの木彫りの像らしい。どこかで見覚えがあるそれに、さらに近づこうと一歩を踏み出した瞬間、琉劔は弾かれるように身構えて左側へ一歩避けた。直後、後ろから風を切る音と風圧。体勢を立て直しながら、琉劔は流れるように剣を抜く。大剣で斬りかかってきたのが一人、その後ろに二人……三人いるなと、瞬きの間に認識して、とりあえず目の前の大剣を持つ男の鳩尾《みぞおち》に蹴りを入れた。

「何やってんだよ！」

おそらくは一発で仕留める気だったのだろう。計画が崩れて、奥にいた男が悔しそうに吐き捨てる。こちらは小剣を握っているが、三人とも目から下を布で覆っており、顔はわからない。

「金目当てなら他を当たれ。残念だが、俺は小銭しか持っていないぞ」

琉劔は剣の切っ先を向けながら、ため息まじりに告げた。金銭感覚が乏しいせいで、路銀は日樹に没収されている。実際琉劔の懐には、屋台で一食分飲み食いできる程度の金しかない。先ほど店を出た時から妙な気配は感じており、わざと人のいない方へ誘導したが、さすがに神堂の中での襲撃は気が引けたのか。

「くそっ、厄介そうな奴だな」

琉劔に蹴り飛ばされた男が、唾《つば》を吐きながら立ち上がる。

「高い金払ってんだから、ちゃんと仕留めろよ！」

「わかってるから黙ってろ！」

彼らのやり取りを聞く限り、どうやら金目当てというわけではなさそうだ。怨恨《えんこん》か、通り魔か。この国に来てまだ二日ほどしか経っていないことを考えても、狙われる理由に心当たりがない。

――いや、あるとすれば。

大剣を構え直す男と対峙しながら、琉劔は靴底を鳴らして間合いを取った。剣の切っ先は、あくまでも相手に向けたまま。

「……ちょっと待て！」

今にも琉劔に向かって斬りかかろうとしている大剣の男を、小剣を持った男が鋭く制止した。そしてどことなくおぼつかない足取りで、暗がりからこちらへ近寄ってくる。

「……まさかその剣……ナクサか……？」

一歩、二歩と琉劔に近づいて、男は訝しげにつぶやいた。それを聞いて、他の二人も目の色を変えたのがわかる。

剣身を抜いたのは早まったかと、琉劔は柄を握り直した。

道脇の灯火器が、琉劔の持つ剣を赤く照らす。地金に走る水流にも年輪にも見える模様が、白く浮かび上がるようだった。

「だとしたらどうする？」

琉劔の言葉に、男は我に返るように双眼に力を込める。その眼差しと声には、覚えがあった。

「……いや、ナクサを実戦剣に使ってるなんてありえない。どうせ偽物だろ」

自身に言い聞かせるように、彼は口にする。

「なるほど……。そこまでの見識があるとは、さすが威《い》家の息子か」

琉劔にさらりと指摘されて、彼はあからさまに狼狽《うろた》えた。

「ここで俺を襲ってどうする？　この間の腹いせにでも来たのか？」

琉劔の言葉に、延哲《えんてつ》はしばし逡巡したのち、顔を覆う布を剝ぎ取るように外した。意を決するというよりは、やけくそのような様相だ。

「うるせえな！　あの時からお前の面《つら》が気に入らなかったんだよ！　おまけにそんな剣まで見せびらかしやがって！」

馬鹿息子とは聞いていたが、本当なのだな、と琉劔はしみじみと思う。自分のしたことで父の商売にどのような影響が出るのかなど、考えもつかないのだろう。もしくはすべて揉み消せると、高《たか》を括《くく》っているのか。まさか自分が襲っている相手が、王の友人だとは思うまい。

「お前こそ、今の自分の状況わかってんのか？　三対一だぞ？　命乞《いのちご》いするならお前の方だ！」

延哲は得意そうに言い、思いついたように口端を吊り上げる。

「その剣を差し出すなら、命だけは助けてやると言ったらどうする？　もしナクサなら親父の機嫌を取れそうだしな！　偽物ならどっかに売りつけてやればいい。今ならまだ高値で売れるはずだ」

延哲はどこか上機嫌に腕を組んだ。

「随分大事にしてるようだけど、自分の命とどっちが大事なんだろうなぁ？」

悪党が言いそうな安っぽい台詞に、琉劔はどうしたものかと眉根を寄せる。彼は今しがた、大剣を構えた仲間があっさり蹴り飛ばされたところを見ていなかったのか。三人いることで戦力はこちらが上だと、信じ切っているのだろうか。

「……剣を手放す気はない」

短く答えて、琉劔は小さく息を吐いた。

さて、どうしたものか。できれば殺しはしたくない。だが手加減しながら三人を相手にするのは少々面倒だ。日樹か瑞雲がいれば随分楽なのだが――などと考えているうちに、不意に右肩に衝撃を覚えた。

「命中《あたり》！」

琉劔の背後に回り込んでいた小柄な男が、嬉しそうに叫ぶ。その男が手にしている小さな筒を見て、吹き矢だと直感した。おそらく、身動きを取れなくするような薬が塗ってあるのだろう。いわば大剣と小剣は囮《おとり》で、こちらが本命だったのだ。

「でかしたぞ！」

「即効性だから、すぐ麻痺《まひ》するぜ！」

男たちが集まって、手を打ちあいながらはしゃいでいる。

それを見ながら、琉劔は崩れ落ちるように片膝《かたひざ》を突いた。

二章　交差する思惑

一、

まだ夜が明けきらない早朝、浬灑《りしゃ》は奥宮に続く回廊を小走りに急いでいた。両手は空だが、その代わり目立たない色の漠衣《ばくい》の下に、頂戴した絹だの玉の髪飾りだの日金《あかがね》の腰紐《こしひも》だのを巻けるだけ巻いてきた。いつもならこのまま何食わぬ顔で自室に戻るのだが、今日に限ってなぜだか妙に近衛兵の数が多い。こんな状況なら無理をせず、即座に引き返せばよかったのだが、せっかく睡眠時間を削って起きたのに、という、さもしい思考が打ち勝ってしまった。

門壁に身を寄せながら、近衛兵の持つ灯火器の明かりを目で追って、浬灑は呼吸を整える。

今日狙いに行ったのは、王太后付きの女官の部屋だった。彼女らはごく一部の侍女だけが離宮に部屋をもらっており、それ以外の女官は全て、表宮にある夙殿《しゅくでん》という宮で寝起きをしている。

女官とひとくちに言っても、その身分は幅広く、役人として働いている者は『女史』などとも呼ばれ、彼女らは王都に自宅があるため、そちらから日参する。夙殿に寝起きする者たちは、容姿や育ちの面で採用され、王をはじめとする高位の者たちの世話をする、いわゆる侍女だ。所作や礼儀が重んじられるので、実家が裕福な者が多い。したがって、上級女官などになれば手巾ひとつとっても高級品になる上に、王太后付きの侍女は飽き性の主人から様々なものが下賜《かし》されるので、女官の中でも一番羽振りがいい。浬灑が初めて、興味本位で彼女らの寝所に忍び込んだ時は、どこの公主の部屋かと仰天したものだ。

以来浬灑は、時折彼女たちの部屋を訪れては、小物や装飾品を少しずついただいている。欲張ってたくさん盗ってしまうと次回から警戒されるので、あくまでもばれない程度にするのが重要だ。

「しかしあのおばさん、相変わらず侍女たちになんちゅうもん与えてんのよ。あいつらただでさえ実家が太い上に、給金だって高いんだから、わざわざやる必要ないでしょ。そもそも、男も贅沢品《ぜいたくひん》も買い過ぎなのよ。そもそも趙砂《ばあさん》が甘やかしすぎ」

浬灑は衣装をたくし上げて、巻きつけたものを落としていないか確認する。絹の手巾などは、持っているだけで裕福さを誇示できるので女性には人気の品だが、王太后は次々と新しい物を欲しがる。

「趙砂《ばあさん》は趙砂《ばあさん》で、花瓶だとか杯だとか、大袈裟な貰い物が多くて盗りにくいのよね。それにこっちもすぐ侍女たちに下げ渡すっていうし。いいわね、金持ちは余裕があって」

まだ陽《ひ》の昇らない淡い空を見上げて、浬灑はつぶやく。趙砂の執務室《たくしゃ》には来客が多く、忍び込むのに苦労したのだ。しかしおかげで、何度か賄賂《わいろ》らしき金品が受け渡しされているのを見たことがある。先々代の王の頃から宮仕えをし、今や参議まで上り詰めたほどの人でも、未だそういった欲からは解放されないのか。ならば自分など、死ぬまで金を握りしめているに違いない。

「ま、今はそんなことはどうでもいっか」

浬灑は自分の腹に巻き付けた品々に再び目を落として、にんまりと笑む。早速次の休みの日に外出許可をもらって、足のつきにくい行商市のどこかで金に換えるのだ。

「いくらくらいになるかな……」

「ざっと見て、月金貨《しろいの》が二、三枚ってとこかなぁ」

「二、三枚ってことはないでしょ、もうちょっと——」

流れるように答えそうになって、浬灑は息を詰めた。いつの間にか隣に並んで、こちらの戦利品をまじまじと覗《のぞ》き込んでいたのは、ダギの友人の一人である日樹《ひつき》だ。

「……なんで」

浬灑は掠《かす》れた声でつぶやく。ここまで近づかれても、まったく気配を感じなかった。彼らは昨夜遅くに酒を呑んで帰って来て、まだ東明殿《とうめいでん》でぐっすり眠っているとばかり思っていたのだが。

「おはよう浬灑さん！」

　こちらの驚きも戸惑いも意に介さぬ様子で、日樹は眩《まぶ》しい笑顔で挨拶する。その笑顔が逆に恐ろしく、浬灑はたくし上げた漠衣をそろそろと下ろしながら、絶望を感じて再び空を仰ぐ。

「……おはよう、ございます」

「随分いいもの持ってるけどどうしたの？」

「いえ……これは別に……」

「別に何？」

「……ちょっと……いただいたもので……」

「誰に？」

　こちらの返答に、日樹は無邪気という暴力で殴るように問い返してくる。あくまでもにこやかに訊いてくるので性質《たち》が悪い。この早朝に、いただきものの金品を腹に巻いてうろうろしている侍女などいるわけがない。盗品だとわかって尋ねているのだ。

「あの……、こんなこと言うのも何ですが……」

　浬灑は目を閉じ、一縷《いちる》の望みをかけて口にする。

「見逃してもらえたり……しません……？」

　その言葉に、日樹は意外そうに目を見開き、腕を組んでうーんと唸《うな》った後、朝陽のような笑顔を向ける。

「しません！」

終わった――、と湮灑は思った。

身上書を偽造して、ようやく入り込めた王宮だというのに。このままでは放逐――いや、放逐で済めばいい方だ。身分を偽り、しかも盗みを働いたとなれば、最悪処刑もあり得る。斯《か》くなる上は、襲われたふりでもして、日樹に汚名を着てもらうほかない。

「表宮の方から、近衛兵が一人こっちに向かってる」

湮灑が懐に忍ばせた短剣を取り出そうとした寸前、日樹が早口に告げた。

「奥宮の寝殿《しんでん》方向、東から二人、西から一人」

「わかるんですか……？」

湮灑は呆然と尋ねた。ただでさえ夜明け前の薄闇で、ここから目視できるような位置でもない。足音すら、湮灑には捉えることができないというのに。

「このままじゃ挟み撃ちだから、俺が見逃したら湮灑さん確実に捕まるよ」

「え」

途端に湮灑の背中を焦燥が走った。彼の言葉を鵜呑みにはできないが、自分が窮地にあることには変わりない。

「とりあえず一緒に行こっか。話はそれからってことで」

「いや、あの」

「大丈夫大丈夫、ちょっと飛ぶだけだから」

「飛ぶ⁉」

ちょっとそこまで一緒に買い物に行くような雰囲気で言われ、浬灑が戸惑っているうちに、日樹が左腕を掲げた。そこに巻き付いている蔦《つた》のようなものから、白い何かが飛び出してきたと思った瞬間、こちらの視界が真っ白になる。何か布状のものが顔に巻き付いて、口さえ開けない。かろうじて息は吸えているが、そのうち手足も拘束されて、身動きが取れなくなった。なにこれ、どういうこと？　と口に出そうとしたが、呻《うめ》き声にしかならない。

「じゃ、行くよ」

朗らかな日樹の声が聞こえたかと思うと、浬灑の足から地面が離れ、体が勢いよく宙へと浮き上がった。


「まあ、最初から普通の侍女だとは思ってなかったけどよ」

日樹《ひつき》たちにあてがわれている東明殿の部屋は、居室に加えて三部屋の寝室がある。今しがた起き出したところだと思われる瑞雲《ずいうん》は、寝間着から着替えもせずに、堂々と居室で寝転がり、朝酒を楽しんでいた。

狸灑《りしゃ》が再び地面に足をつき、視界が開けた時にはもうこの部屋にいたので、どういう経路で連れてこられたのかはよくわからない。混乱している間に、腹に巻いていた金品は全て没収され、目の前に並べられた。

「まさか盗みをやってたとはなぁ。しかも結構目利きじゃねぇか」

寝起きだというのに、それでも立ちのぼるような色気を放ちながら、瑞雲は狸灑が盗んできた髪飾りを手に取る。それは小さいが透明度の高い玉がふんだんに使われていて、高値がつくだろうと思った一品だ。

「……さすが、よくおわかりで。商人ですものね」

拘束もされずに敷布の上へ座らされた狸灑は、精いっぱいの嫌味を吐く。商人だというのは建前で、おそらく男娼か何かだろう。彗玲《すいれい》と同じ匂いがするのだ。おまけにこちらの方がずっと危険な匂いだ。

「それでこんなところに連れてきてどうするつもりですか？　犯すんならせめて体拭いてください。あと三人同時にとかは無理なんで」

「おいおい、随分場馴れしてんな」

狸灑としては、まどろっこしい時間が流れるより早く事を済ませて解放されたいのだが、瑞雲は相手にもせず再び器に酒を注いでいる。

「日樹、なんでこんな時間に外に出て、あげく侍女拾って来てんだよ」

その問いに、日樹は茶器に湯を注ぎながら答える。

「この王宮、ちょっと気になる匂《にお》いがあってさ、早朝の人がいない時間なら追えるかなって。でもやっぱり駄目だった。そしたら代わりに、浬灑さん見つけた」

浬灑の隣で、日樹は立ったまま淹れたての茶を口に含んだ。こちらはそれほど酒に興味はないらしい。

「匂いって、なんの匂いだ？」

「確信したら言うよ。勘違いかもしれないし」

「……で、こいつを連れてきた理由は？　別に見つかったところで自業自得だろ」

指に垂れた滴を舐めて、瑞雲が尋ねた。

「だって王付きの侍女が盗みしてるなんてばれたら、ダギの評判がさらに悪くならない？　ただでさえ、本人があんなに不遇なのにさ」

それを聞いた瑞雲が、途端に神妙な顔で浬灑に目をやる。

「お前、とんでもねぇことしてくれたな？」

酔っているのか、ようやく頭の回路が繋《つな》がったらしい。

「侍女とはいえ王付きだろ？　それならここの暮らしに不自由ねえだろうが。なんで盗みなんかやってんだよ」

「あー……それはその……元来の手癖《てくせ》が出たというか……」

浬灑は目を逸らしながら答える。生まれも育ちも、誇れるような話でもないし、同情が欲しいわけでもない。

「お金はいくらあっても安心なので……。余ってるとこから頂いてるだけです」

言い訳にもならないことはわかっているが、浬灑は正直に口にする。

「それ差し上げますので、見逃してもらえません？　今後も主上にはご迷惑をかけないようにしますので……」

浬灑は精いっぱい謙《へりくだ》って、引きつった笑顔を作る。別にダギに危害を加えようとか、貶《おとし》めてやろうなどという意図はない。こちらとしては、彼が混《ま》ざり者《もの》であったために王宮に入り込めたようなものなので、むしろ感謝している。

「風天《ふうてん》、どうかした？」

先ほどから、ずっと小窓から外を窺《うかが》っている風天に、日樹が声をかけた。瑞雲と違い、彼はきちんと垂領《たりくび》服に着替えているが、なぜ紅地に髑髏《どくろ》柄という、お世辞にも素敵だとは言えない柄なのだろう。顔は悪くないのに、その服のせいで台無しだ。

「いや、確かに昨夜より近衛兵の数が多いと思ってな」

「景姜《けいきょう》さん、警備増やすって言ってたもんね。まああんなことがあったんじゃ、しょうがないよ」

日樹が風天の隣まで行って、同じように外を覗く。日射しが入らないよう窓の作りが小さいので、自ずと交互に覗き込むようになった。

「あんなことって……何かあったんですか？」

浬灑は興味本位で尋ねる。彼らは昨夜遅くに帰ってきたはずだが、以降浬灑は接触していないので事態が把握できていない。

「昨夜、赤の神堂で三人組に襲われた」

「襲われた？」

「先日飲食店で少し揉《も》めてな。その時の復讐だったようだ。剣を渡すなら、命だけは助けてやると言われた」

風天が、剣掛け台に置いていた剣を持ち上げてみせた。

浬灑は思わず生唾《なまつば》を呑む。あれが偽物などではなく本物のナクサの剣であることは、景姜に見せていた時に自分も確認している。売れば、一生遊んで暮らせるほどの大金が手に入るだろう。

「まさか、やり合ったんですか？」

浬灑は風天の頭からつま先までを眺める。大した怪我はしていないそうに見えるが。

「痺《しび》れ矢を使われたが、生憎《あいにく》あの程度の薬には耐性がある。薬が効いたふりをしてやったら、まんまと近づいてきたんで時間はかからなかった」

「二人捕まえて、一人逃げられたんだって」

風天に続けて、日樹が答えた。ということは、その一人を現在進行形で景姜が――近衛兵が追っているということか。そのせいで稼働する警備兵が増えているのかもしれない。つまり自分は、その割を食ったのだろう。

「そういや、お前はこれが本物のナクサだって知ってたのに、なんでこれは狙わなかったんだ?」

新しい酒瓶を開けながら、瑞雲が尋ねた。

「そんな一点もの盗んだって、絶対足がつくじゃないですか。一攫千金《いっかくせんきん》なんか、夢に見てるくらいでちょうどいいんですよ。私が欲しいのは、明日の食べ物と安全な寝床、それに少しのお小遣いです!」

小気味よく言い切って、浬灑は床に手を突いて頭を下げた。

「お願いします、ダギ王には黙っててください。私、もう少しここで暮らしたいんです! せっかく大金払って身上書偽造して潜《もぐ》り込んだのに! まだ元も取ってない!」

こうなればもう澄ましてもいられない。懇願するのみだ。

「正直この王宮についてはめちゃくちゃ気持ち悪いし、あんまりかかわりたくないですけど、上納金ぶん取られる物売りや、脅されて箱師《はこし》やるより、ずっとお給金がいいので!」

「うーん、清々《すがすが》しいほど本音が出てきたね」

日樹が半ば感心するように腕を組んだ。

「ちなみに、ダギ本人についてはどう思ってるの?」

問われて、浬灑は顔を上げる。

「どうと言われても……、混ざり者だとわかってて侍女になったし、今更何も思いません。混ざり者の中にだって、いい人がいるのも知ってるし。ただ、復讐のために王になったって聞いた時は、それに付き合わされる民の身にもなれよとは思いましたけど……」

滑《なめ》らかに答えすぎて、浬灑ははっと口をつぐむ。そうだ、この三人はダギの友人なのだ。あまり悪く言わない方がいいだろう。

「で、でも、ダギ王の生い立ちを思えば仕方ないのかなって！　一度捨てたくせに、わざわざ呼び戻して王にするとか、たまったもんじゃないですよね！　実際反対した人もいっぱいいいたのに、かなり強引に決定したらしいです。他にもいくらでもやりようあったと思うんですけど」

「まあ、否定はしねえがな」

瑞雲が複雑な顔で同意する。

「どうせあのばあさん参議あたりの入れ知恵ですよ。王太后と一緒にダギ王のことを、ギオウって呼んでたの聞いたことあるし」

「ギオウ？」

風天がやや眉をひそめて問い返す。

「前に、何かいいものないかなって参議の部屋に忍び込んだ時、偶然王太后が来て、二人でそんな話をしてましたよ。ギオウなのに、なんで初勅《しょちょく》を出させたんだとかなんとか。揉めてるというか、王太后が拗《す》ねて文句を言ってる感じでしたけど……」

忍び込んだことがばれないよう、物陰で息を殺すことに必死で、会話の細部までは覚えていないが、確かそんな話だったはずだ。

「要はギオウって、偽の王ってことでしょ？　自分たちが呼び戻しておいて、勝手ですよね」

ダギに同情するつもりはないが、それでもあまりにも王宮側に都合のいいやり方だと、傍《はた》から見ていた浬灑でさえ思うのだ。弟が十歳になれば、おそらくダギは用済みとなり放逐される。王宮に居場所はないだろう。再び春江《しゅんこう》に戻されるかもしれない。

「それなら正式に即位なんかさせずに、初勅だって出させなきゃよかったのに……」

近くで見ていた分、浬灑はダギが初勅に何を出すか迷っていたことを知っている。学のない彼がやることだから、どうせろくでもないことを言うのだろうと思っていたので、孤児を救う勅を出した時には少し驚いたのだ。そしてその時少しだけ、なぜ彼が王になることを断らなかったのかが、わかった気がした。

「浬灑」

風天に名を呼ばれて、浬灑は彼に目を向ける。壁際からこちらまで歩いてきた彼は、床に並べられた盗品の前で膝を折り、浬灑と視線を合わせた。

「そこまでダギに同情できるなら、もう盗みはやるな。王付きである以上、お前の失態はダギの失態だ」

深い水の底を思わせるような双眼に捉えられて、浬灑は一瞬だけ息を詰めた。なんだかこの男だけは、他の二人と違う雰囲気を纏《まと》っている。趣味の悪い服を着ているくせに、まるで上質な絹の漠衣《ばくい》を、彼だけが羽織っているような。

「品物は没収するが、今回は見逃す。ダギにも言わない。その代わりもう繰り返すな。いいな?」

やや強く言われて、浬灑は顔を歪《ゆが》めた。

その不満そうな顔を見て、瑞雲が苦笑する。

「なんでお前に言われなきゃならねぇんだって顔だが、こっちはお前みたいな奴、何人も見てきたんだよ」

浬灑の心中を見透かすように言われたが、彼らのこれまでの人生など、こちらは知る由もない。

「わかりました、わかりましたよ!　もう盗みはやりません!」

浬灑はやや投げやりに宣言する。どうせ彼らは客人だ。数日でこの国からいなくなる。それまで反省したふりをして、しおらしくしておけばいい。

「何を考えてるのかが、手に取るようにわかる返事だねぇ」

「まあそれでも、ある程度自制するならましだろう」

日樹の言葉に、風天が呆《あき》れたように息をつく。あまりこちらの内心を見透かさないで欲しい。

「それから、万桃《ばんとう》の切り方は練習しておけ。育ちがばれるぞ」

「え、そこから気付いてたんですか?　気持ち悪っ」

浬灑は露骨に顔をしかめる。もしかしてわかっていて泳がされていたのだろうか。率直に気持ち悪いと言われて、風天はやや納得のいかない顔をしたが、気を取り直すように咳払《せきばら》いした。

「侍女としての勘と働きは悪くない。所作を少し直せば、上級女官としてやっていけるはずだ」

浬灑は無意識に背中に力を入れて、拳に力を込めた。褒められることには、あまり慣れていない。

目の前に並んだ宝玉は相変わらず美しく、金の匂いがする。

金の匂いがする。そう感じる自分でいいのだと、言い聞かせた。

二、

泛旦《はんたん》国の王宮には、斯《し》城国のように植物を植えて庭を作るという習慣は乏しいらしく、青々とした植栽などは、木陰を目的とした背の高い木々以外ほとんど見当たらない。そもそも乾燥が強い地域のため、育つ植物が少ないことも関係しているのだろう。その代わり地面には、貝殻や砕いた硝子《がらす》、それに小石などを使って、船や川、海や魚などが描かれており、その緻密さには目を瞠《みは》るほどだ。

「風天《ふうてん》！」

不意に名を呼ばれて、琉劔《りゅうけん》は大きな船が描かれた地面から顔を上げた。

昨夜の襲撃の件を景姜《けいきょう》率いる近衛兵が調査している以上、こちらがふらふらと街に出かけるわけにもいかず、気の向くままに東明殿の周りを散策しているところだった。

「どうした。瑞雲《ずいうん》ならその辺で寝てないか」

風天は、小走りにこちらに向かってくるダギにそう声をかけた。ほぼ一晩中酒を呑んでいた瑞雲は、朝食を終えた後でようやく人並みに眠気を覚えたようだった。

「うん、寝てた。日樹《ひつき》は木に登って葉っぱちぎってたけど、あれ何？　食べんの？」

「気にするな。あいつは植物が気になる性質なんだ」

闇戸《くらと》育ちの彼にとって、まだまだ外の世界は新鮮だ。特に梯子《はしご》の闇戸から離れたこの国は、気候も違い、育つ植物も違う。何かと興味をそそるものが多いだろう。

「何か用か？」

風天は剣の柄に左腕を預けた。斯城国と比べて湿度が低い分、日陰にいると涼しいのだが、日向に出ると途端に焼け付くような暑さを感じる。

「いや……用っていうか……」

何か言い淀んで、ダギは目を逸らした。

朝食の時に、初めて襲撃の件を聞いたダギは、一刻も早く犯人を捜し出せと、景姜に命じている。それだけで琉劔にとってはありがたいことである上に、迷惑をかけてごめんと謝られてもいる。それでもやはり、自分が王であるこの国で客人が襲われたことを気にしているのだろう。

ダギの伏せたまつ毛に躍る陽光に目を留めて、琉劔はふと弟のことを思い出した。

一歳違いの、腹違いの弟。

本来であれば、斯城王となっていたはずの――。

「……ごめんな、俺に、力がなくて」

やがてぽつりと、ダギは口にした。

「俺が混ざり者じゃなかったら、みんな俺の言うこと聞いて、みんな……俺の友達のことだって大事にしてくれるはずなのに」

ダギの護衛も兼ねている景姜は、犯人の確保に力を尽くすことを約束してくれた。しかし近衛兵の中には、未だ狗王《いぬおう》に反感を持つ者も多い。王の客人が襲われたところで、大して真剣に取り合わない者もいるのが現状だ。下手をすれば、犯人側を庇《かば》う者もいるだろう。おそらくはそういう現場を、見てしまったのかもしれない。

何を言うべきかと迷って、琉劔は言葉を探す。

「……俺が知っているある国の王は、長子であったにもかかわらず、慣習に従って五歳の時に王宮を出され、神の依《よ》り代《しろ》である祝子《ほおりこ》として育ったが、事情があって二十歳の時に即位した」

自らと重なるような話に、ダギがふと顔を上げた。

「彼はそれまで王としての教育を受けてこなかったので、役人の顔を覚え、書類の書き方を学び、政《まつりごと》を指南され……寝る暇もなかったと聞く」

琉劔は当時を思い出すように空を仰ぐ。

「今まで王位継承権すらなかった若い王に、王宮の者は懐疑《かいぎ》的だった。王になれば、誰もが無条件で信頼され、尽くされるわけではない。そうするにふさわしいと評価された王だけが、支持を得られるものだ。たとえお前が混ざり者ではない王だったとしても、人の心はそう都合よく動かせるものではない」

「でもさ……！」

反論しようとして、ダギは迷うように口をつぐんだ。彼にしてみれば、混ざり者として差別を受ける人生しか知らないのだ。「もしも混ざり者でなかったら」という想像に、好都合な希望を抱いてしまうのは仕方がない。

「責めるつもりはない。ダギの気持ちには感謝している」

彼には少し説教臭かったかと、琉劔は自戒する。だがこういう言葉すら、彼は誰にもかけてもらえずに過ごしてきたのだろう。あと数日も経てば、自分たちはこの国を去る。彼は弟が即位するまでの間、この国で狗王としてあり続けるのだろうが、その先は一体どうなるのだろう。

彼にこのまま王という責務を背負わせ続けることが、果たして正しいのだろうか。

「……たとえば俺が、ちゃんと読み書きができたら、もう少し信用してもらえんのかな？」

言葉を選ぶようにして、ダギがぽつりと口にした。

「もう少し俺の頭が良くて、政とかがわかって、みんなの……意見とか希望とか、そういうのをちゃんとまとめることができたら……、混ざり者でも認めてもらえる？」

「それは……泛旦王として民のために働きたいということか？」

「や、別に、そういうわけじゃ……なくもないけど……」

曖昧《あいまい》な言い方をして、ダギは目を逸らす。

そして腹を括《くく》るように息を吐いた。

「時々わかんなくなるんだ。王宮に戻ってきた時は、混ざり者が王になって、国にも王太后にも恥をかかせてやろうって思ってたし、実際そうしたけど、そんなの結局一時《いっとき》のことでさ。今日食べる飯がなくて、金もなくて、どこかから奪うことしか考えらんねえ人たちにとっては、たぶんそんなことどうでもいいんだろうなって思ったんだ。初勅で創った養童院に行くと、よけいにそう思う」

地面に敷かれた色とりどりの化粧石に目を落としながら、ダギは口にする。

「初めて養童院に行ったとき、礼を言われたんだ。ずっと食べ物のことばっか考えてたけど、ここに来てようやくそれを考えなくてよくなったとか、薬がもらえて体の調子が良くなったとか、綺麗な水が飲めるとか。そういうことに、ありがとうって言われたんだ。俺でも、ありがとうって言ってもらえたんだ」

それは王宮で陰湿な嫌がらせを受けていた彼にとって、驚愕《きょうがく》の出来事だったのかもしれない。

「だから本当は、混ざり者だろうが杜人《とじん》だろうが、それが王でも王でなくても、みんなに飯と寝床を与えてくれる奴の方が、ずっと大事なんじゃねえかって思ったんだ」

「……だから、読み書きや政を学びたいと？」

「それができたら、もっと……いろんな人に、ありがとうって言ってもらえんのかなって。……でも」

　ダギは再び、自身と問答するように口をつぐんで、慎重に言葉を拾い上げる。

「でもそれをやると、復讐になんねえだろ？　俺がいい王になったら、王太后の評判があがるじゃん。それだけは絶対やだ。むかつく」

　ダギは顔をしかめて鼻に皺《しわ》を寄せた。それを見て、琉劔は小さく笑う。ようやく彼の中の本音が見えた気がした。

「確かに、それは難しい問題だな」

　そう口にしながら、琉劔は自分が彼を侮《あなど》っていたことを痛感していた。自分たちや、そして王宮の人間が思っている以上に、彼は王という立場についてどうあるべきかを考えている。わずかながら自分が持たされた権力を、どう使うべきかを考えている。混ざり者というだけで彼を嫌悪し、国の行く末すら考えることのできない思考が止まった者たちなど、とっくに置き去りにして。

「景姜は、神に祈ればきっとお導きくださるとか言うんだけど、招來天尊《あいっ》は何考えてるかわかんねぇしさあ。祈ったところで、俺の尻尾が消えるわけでも、王太后が改心するわけでもねぇし」

国神《くにがみ》を軽々しくあいつと呼んで、ダギは頭の後ろで手を組んだ。

「俺のこと生かす気なら、もうちょい楽にしてくれてもよくねぇ？　生まれた時から試練与え過ぎなんだよ。地破《ちわり》まで俺のせいにされてるんだから、もうちょっと俺の味方してくれてもいいと思うんだよな」

景姜や神官が聞けば怒り出しそうな言葉だが、琉劔はそれを涼風のように聞いた。

「そもそも地破なんか、俺が即位する前からあったし、昔遷都《せんと》する直前にもでかい地破があったって聞いたぜ？　それがなんで俺のせいになんのか、全っ然わかんねぇ」

「皆、正体のわからないものへの不安を、とりあえず狗王に結び付けているだけだ。あまり気に病むな」

子どものように唇を尖《とが》らせるダギを宥《なだ》めるように、琉劔は口にする。

「俺はこの国の民ではないので勝手なことを言うが……、あまり神に期待をするな。お前もわかっているように、祈ったところで明日からこの世が突然ひっくり返って、混ざり者が崇《あが》められるような世の中になるわけじゃない。それよりも、読み書きや、政を学びたいと思った自分の意思を大事にしろ。その努力は、お前の救いになることはあっても、決して邪魔にはならない」

「でも、それだと王太后の評判まで……」

か？」

「王太后を気にするせいで、お前のやりたいことが狭まる方が馬鹿らしいと思わないか？」

琉劔の問いに、ダギがはっとして目を瞠った。

「まずはダギ王の味方を増やせ。簡単なことではないだろうが、不可能ではないと思うぞ。とりあえずそこから考えればいいんじゃないのか？」

琉劔は、自分が王になることを決めた日のことを思い返しながら口にする。

民や役人は、狗王の一挙手一投足を凝視している。方法を間違えば今まで以上の反発を食らうだろうが、やり方次第ではその逆もある。景姜がダギに心を許したように、潜在的な理解者は他にもいるはずだ。

「味方か……」

ダギは、目の前の紗幕が一枚剝《は》がれ落ちたような面持ちでつぶやいた。国と母を憎んで、すべてが敵だと思っていた彼の視界が、これで広がってくれればそれでいい。

「ここにいたか」

少し遠くで声がして、こちらの姿を見つけた景姜が片手をあげて歩いて来る。その後ろに、二人の部下を引き連れているところを見ると、個人的なご機嫌うかがいというより仕事の件だろうか。

「やっと延哲《えんてつ》が捕まったぞ。あいつ、仲間の家を転々として、納屋《なや》に隠れてやがった」

やや疲れた顔で、景姜は報告する。首謀者である延哲は、琉劔に反撃された際、仲間二人を置き去りにして、いち早く現場から逃走していたのだ。

「エンテツって？ そいつが主犯？」

しかめ面で尋ねるダギに、景姜が頷く。

「蹄屋《ひづめや》の主人の、関哲《かんてつ》の息子だ」

「え、あいつの⁉」

「馬鹿息子で有名だぞ。知らなかったか？」

やれやれと肩をすくめて、景姜は琉劔に向き直る。

「お前さんの言った通り、一昨日の騒動で恥をかかされたとかで、仲間を誘って襲ったらしい。他の二人の言い分とも一致している。あと、お前さんの持ってる剣が、本当にナクサかどうか気にしていたぞ」

それを聞いて、琉劔は無意識に息を吐く。やはり迂闊《うかつ》に抜くべきではなかったか。

「本物なら、父親の気を引けると思っていたようです」

「やっぱり馬鹿だな、あいつは」

景姜が頭を抱えて首を振る。

「偽物ならどこかに売る気でいたようですが――」

延哲が言っていた言葉を思い出していた琉劔は、ふと言葉を切った。

確か彼は、「今ならまだ高値で売れるはずだ」と言っていた。ナクサの剣は数が少なく、招來天尊《しょうらいてんそん》の信仰がある限り滅多に値崩れなど起こすものではないのだが、「今ならまだ」とは、どういう意味合いだったのか。

「あいつの評判を知ってる商人なら、出所の怪しい物なんかそう簡単に買い取るわけもねえよ。親父の方は、えげつない商売はしても、それを含めてそれなりに頭がまわる商売人なんだが、なんで息子はあんなになっちまったかねえ」

景姜はしみじみとため息をつきながら、やっぱ馬鹿なんだな、と再度つぶやいた。確かに、売ってしまえば足がつくと考えた、浬灑《りしや》のような用心深さも見当たらない。

「延哲ははまだ取り調べ中だが、襲った相手が王の客人だと知った父親が、血相変えて飛んで来てんだ。何度も断ったんだが、謝罪できるまではここにいるって、一向に帰ろうとしなくてな」

景姜が、顎で表宮の方を示す。彼の疲れた顔の原因は、調査というよりこちらのせいなのかもしれない。

「すまんが、顔だけ出してくれねえか。居座られると、こっちの仕事が滞るんだ」

申し訳なさそうに言われて、琉劔に断る理由もなかった。面倒ごとを持ち込んだのはこちらの方なのだ。

「わかりました。行きましょう」

琉劔は頷いて、景姜に促されるまま歩き出した。

その日の夜、眠れないダギは寝着のまま自室を抜け出した。十四歳まで育った春江《しゅんこう》と違い、砂漠が近い王都は昼夜の気温差が大きく、夜になれば暖を取るための炉に火を入れることもある。ダギは回廊の欄干《らんかん》を乗り越えて庭に降り、夜露に濡れた地面に立ってひとつ身震いした後、気の向くままに歩き出した。

昼間、息子の愚行を謝罪に来た関哲《かんてつ》と風天《ふうてん》の面会に同席したが、例によって関哲は溢《あふ》れんばかりの手土産を持参しており、風天の方が面食らっていた。断れば関哲の顔を潰してしまうこともあり、どうするのかと見守っていたところ、風天は斯《し》城国産の絹の反物をひとつだけ選び、それをその場でダギへと献上することですべてを収めた。

どちらかといえば物静かで、社交的な瑞雲《ずいうん》と日樹《ひつき》の陰に隠れてしまいそうな彼だが、時折どこか言い知れない品格のようなものを感じることがある。思えばダギは風天について、瑞雲の友人だと聞かされただけで、詳しいことは何も知らない。

「ダギ王の味方を増やす……か」

彼に言われた言葉を口の中で反芻《はんすう》して、ダギは銀砂をちりばめた夜の天幕を仰いだ。難しいな、と思う。母の鼻をあかし、国民を混乱させ、混ざり者の自分が王である限り、復讐を続けてやろうと思っていた。しかし一方で、どこか虚《むな》しいと思いはじめた自分もいる。残された時間は、あと約四年。その間にどれくらい味方を増やして、どれくらい自分の思う政ができるのか。いや、政などという大層なものでなくてもいい。

ただ尾の生えた自分でも、頼りにしてもらえる日が来るのだろうか。

「あら主上、こんな夜更けにお散歩ですか？」

不意に声をかけられて、ダギは顔を上げる。気付けばいつの間にか、青の神堂の前まで歩いてきてしまった。正面からは、寒さを凌《しの》ぐための肩掛けを身につけた趠砂《たくしゃ》が、箇易の灯火器を持って歩いて来るところだった。

「趠砂こそ何してんの、こんな時間に」

すでに夜は深い。役人たちは自宅へ帰り、翌朝また表宮へ出勤してくる。趠砂もまた例外ではないはずだ。

「少し祭費のことで、神堂と揉めましてね。帰りそびれてしまいました」

趠砂は苦笑しながら、外壁越しに神堂を見上げた。それに釣られるように、ダギも夜闇に沈む青の屋根を見上げる。

「相変わらず、国府と神堂は仲が悪いんだな」

「今に始まったことではありませんけれどね。しかし最近、神堂はますます増長していると、王宮の中でも眉を顰《ひそ》めている者が多くございます」

「俺が言えたことじゃないけど、仲良くしたら？」

「そうできればいいのですけれどね」

おそらく趠砂も、いろいろと腹に据えかねているものがあるのだろう。蚊帳《かや》の外のダギでさえ、王宮の中で役人から神官の悪口を聞き、神官から役人の文句を耳にすることがある。混ざり者を王にする以前から、この国にはすでに亀裂があったのだ。

「で、帰る前に招來天尊《しょうらいてんそん》に挨拶でもしようって？」

「今日は会合で、夕拝に出そびれてしまいましたので」

「へえ、熱心だな」

ダギはため息まじりに、神堂の外壁を見上げる。趙砂は自分と違い、朝拝や夕拝などにもほぼ欠かさず顔を出しているという。表宮には役人のための拝室があり、わざわざ神堂まで赴かなくとも祈りを捧《ささ》げられるようにはなっているが、彼女は必ず神堂まで足を運ぶ。

「そうですね、熱心……なのかもしれませんね」

どこか自嘲《じちょう》気味に、趙砂は口にする。

「ところで、関哲の息子がご友人に迷惑をかけたみたいですね。申し訳ないことです」

手にした灯火器の明かりにぼんやりと照らされる趙砂の顔を、ダギは真正面から見据えた。

「なんで趙砂が謝るの？」

「なんでと言われましても……、関哲とは、彼の父親からの付き合いですから」

「息子みたいなものってこと？」

ダギの問いに、趙砂は一瞬だけ顔を強張らせたように見えた。

「趙砂と関哲の悪い噂は聞いてるよ。せいぜい持ちつ持たれつなんでしょ？」

政には疎いダギでも、浬灑《りしゃ》を通して王宮内の話は耳に入る。実際、趙砂の執務室から関哲が出てくるところを見たこともあれば、彼の鹿車《ろくしゃ》に積まれた数々の献上品を目にしたこともある。また、趙砂がどう立ち回って今の立場を得たのかも、口さがない人々から漏れ聞いた。

「……どうでしょうね」

趙砂は、肯定も否定もせずに苦笑する。

「俺、趙砂には感謝してるんだよ。お飾りの王でもよかったはずなのに、初勅を出させて、叶えてくれた」

狗王《いぬおう》の初勅など、揉み消されるだけだと思っていた。実際王宮の中には、未だダギが王であることに反対し続けている者もいる。それを抑え、宥め、初勅を速やかに実行に移すよう、関係各所に働きかけたのが趙砂だ。彼女がいなければ、ダギが王になることもなければ、王都に孤児のための養童院が設立されることもなかっただろう。

「感謝なんて……労《ねぎら》われる筋合いもございませんよ。私は決して清らかな身ではございません。主上を呼び戻したことだって、何か思惑があってのことかもしれませんよ」

本気か冗談かわからない光を宿す双眼で、趙砂はダギを見つめる。

「わかってるよ。でも、たぶん国を維持するって、綺麗事ばっかりが通じるわけでもないんだろ？　趙砂がしてきたのって、そういうことなんじゃねえの？」

初めてこの王都へやって来た時、孤児たちが徒党を組んで盗みを働く場面を目撃した。

そうしなければ生きていけないのだろうということは、春江で貧しい暮らしをしていたダギにもよくわかった。公平だの公正だのという言葉で片付けられないことなど、世の中には山ほどある。

「……あなた、ここに来た時は、狂暴な獣のような目をしていたのに、随分と人間らしくなったわね。養童院にも、よく顔を出していると聞いたわ」

戸惑いにひと匙《さじ》の恐れを混ぜて、趙砂がダギを見つめる。

ダギは、自嘲気味に苦笑した。

「結局俺は、誰かに頼られると嬉しいんだ。馬鹿みたいだけど」

ダギの脳裏を、約十四年一緒に暮らした養い親の顔がちらついた。

そういう生き方しか、教わらなかったのだ。

「そろそろ行くよ。趙砂も早く帰れよ」

ダギは踵《きびす》を返して、元来た道を歩き出す。

ますます冷える夜の空気に、自分も何か羽織るものを持ってくればよかったと後悔しながら、ダギの足取りは次第に小走りになった。

ダギの後ろ姿を見送ったまま、趙砂はしばらくの間そこに立ち尽くしていた。

ダギ王の初勅を履行することについては、王宮内はもちろん、王太后からも強い反対を受けた。それでも強行したのは、彼がお飾りではなく確かな王であることを、初動を以て認めさせるためだった。その方が、神堂から紙の権利を奪うという自分たちの計画に都合がよかったのだ。決して彼を憐《あわ》れんだからではない。

「……混ざり者のくせに」

趙砂は囁《ささや》くようにつぶやく。こちらを真っ直ぐに見つめる彼の双眼が、未だに脳裏に焼き付いて離れない。

誰かに頼られると嬉しい。

その純粋で愚かな感情には、趙砂も覚えがあった。けれどまさか、混ざり者と自分が同じとは認められずに、静かに首を振る。

覚えがあるから、なんだというのか。

金と権力を欲したのは、他でもない趙砂自身だ。

手に入れても手に入れても、それを上回る渇きですら、きっと自分が生み出したものに過ぎない。

――混ざり者は本来、違う呼び方をされていたのを知っているかい？

趙砂は、かつて幼い頃に通った学問所の老師《せんせい》に、そんな話を聞いたことを思い出した。学者崩れの彼は、無料で子どもたちに読み書きを教える一方で、変わり者で有名な人だった。

「かつては天人《あまひと》と呼ばれて、とても崇められていたんだよ。それがいつしか、虐《しいた》げられる存在になってしまった。……ああ、そうだよ。天人というのは、今では台教《うてなきょう》の神のことを指すね」

彼の言うことなど誰も信じてはいなかったが、今でもその話だけは、ことあるごとに趙砂の脳裏に蘇《よみがえ》る。

「私たちが知っている『当たり前』なんて、いつか天地がひっくり返るように、あっさりと覆されてしまうのかもしれないよ」

老師《せんせい》の言葉を思い出しながら、趙砂は微かに白く濁る息を吐く。

胸に這い上がる正体のわからない不安に神の名を呼ぼうとして、その資格などないと自嘲した。

三、

冷えてきたので寝る前に温かいお茶が飲みたい、と言い出した遊依《ゆうい》の要望に応え、自ら厨房で支度を整えた彗玲《すいれい》は、湯が冷めないようにと早足で王太后の自室へ引き返した。彼女の好む、花蜜を添えることも忘れてはいない。気が変わることを見越して、少しの果実酒も用意した。幼い頃から蝶よ花よと育てられた遊依は、自分がひとつ意見を翻《ひるがえ》すだけで、どのくらいの人間に影響があるかを、未だにわかっていない。亡くなった夫――先代王からすれば、そのような我儘《わがまま》も可愛かったのかもしれないが。

「お待たせしました。ご要望のものをお持ちしましたよ」

彗玲が部屋の扉を開けると、遊依は壁際に作られた大きな棚の前でこちらを振り返った。その手には、いくつかの人形がある。

「ありがとう。そこに置いて」

そう言うと、遊依はまた棚に向き直り、そこに収められた数々の人形を見渡しては、その配置を気の向くままに変える。昨日、ダギ王の友人を案内した部屋にも同じような飾り棚があり、そこの人形とここの人形も、時折入れ替えているらしい。彼女曰く、ずっと同じ場所だとかわいそうだから、なるべくいろいろな場所や部屋に置いてやるのだということだった。

「その黒髪の子は昨夜移動させていたのに、また動かすんですか？」

彗玲が最初にこの部屋へ通されたとき、壁一面の人形たちに正直ぞっとしたが、彼女の人形集めは幼少期からの趣味で、これでもかなり数を減らした方だという。幼い頃から所有しているものは、生地が破れたりほつれたりすることもあるが、その度に丁寧に補修するのだ。

「この子の名前は謝眠《ジャミン》よ。前も言ったでしょう？」

遊依が不服そうに、頰《ほお》を膨らませて振り返る。

「ああそうでした。こちらは謝眠、そっちの子が里詩《リーシ》でしたね。二人はお友達」

「そうよ。謝眠は少し気難しいの。だからここの位置が気に入らなかったんですって」

彗玲が名前を憶えていたことに気を良くして、遊依は再び人形をあれこれと入れ替えていく。昼間は末息子につきっきりで遊んでいることもあるので、彼を寝かしつけた後のこの時間は、彼女の貴重な趣味の時間でもあるのだろう。ただ、付き合う方としては楽ではない。正直なところ、彗玲には人形に手間と金を掛けることの意味がよく理解できないのだ。彼女は人形に名前を与えはしても、生きている長男にそれだけの愛情を注ぐことはない。

「あれ、遊依様それは……」

茶葉の入った茶器に湯を注いでいた彗玲は、彼女の左腕の中にある、一体の木彫りの像に目を留めた。彗玲の腕の太さほどの木に、目鼻口や髪を彫り込んでおり、耳だけが少し大きく、丸い頰の愛らしい子どものような姿をしている。

「連れてきたんですか？　趠砂《たくしゃ》様に怒られますよ。地下の祭壇からは出さない約束でしょう？」

彼女が気に入っているその木彫りの人形が、彗玲はあまり好きではない。それが何かを知っているからこそ、余計にそう思うのかもしれないが。

「だって仲間外れはかわいそうだもの。昨日、お客様が来たお部屋にもこっそり飾っていたのよ。いろんな人に会えた方が楽しいじゃない？　趠砂は優しいから許してくれるわ」

そう言って、遊依はそっと木彫りの人形を持ち上げる。

「見て、さっき左目を入れたのよ。上手く描けたでしょう？」

昨日まで右目しか筆が入っていなかったのだが、彗玲の方へ向けられた人形は、真新しい左目を手に入れている。しかし微笑むように細められた両目は、どこかこちらを冷静に観察しているようにも見えて、お世辞にも愛らしいものとは思えなかった。片目だけでも不気味だったのだが、両目が揃ったところで余計に不気味さが増しただけだ。

彗玲は、引き攣《つ》りそうな頬を無理やり笑顔に変える。

「とてもお上手に描けていますね」

「そうでしょう？　口を描く時が一番緊張するの。前の時は手が震えちゃって。笑っているように描かないといけないんだけど、あまり大笑いしているように描いてはだめなんですって。難しいわよね」

彗玲は、以前遊依に聞いた、この人形にまつわる話を思い出した。

この木彫りの人形が口を貰うのは、三日後だ。

遊依は満足いくように人形を配置し終えると、子どものような無邪気さで彗玲の隣に腰を下ろした。そして花蜜を垂らしたお茶に、満足そうに口をつける。

「美味しいわ。ありがとう彗玲」

「……どういたしまして」

肩にしなだれかかる遊依の重みを感じながら、彗玲はいつもの涼やかな微笑みで、彼女に応えた。

夜の天幕は、季節と時間によって少しずつその銀砂の絵柄を変えていく。離宮の中にあてがわれた自室へ帰る途中、彗玲《すいれい》は窓から差し込む星明かりに誘われるようにして、深い夜の空を見上げた。冷気を纏った夜風が、わずかな眠気を攫《さら》っていく。

「あんな不気味な木像の、どこが可愛いんだか……」

仕事柄いろいろな人間と関わり、様々な関係も結ぶので、少々変わった性癖など今更なんとも思わないが、それでもやはり、あの木像だけは例外だ。猛々《たけだけ》しい馬尭神《ばぎょうしん》の像の方が、まだ可愛らしくさえ思える。

「まったくいかれてるよ、どいつもこいつも」

ぼやきながら、彗玲は歩き出す。できれば面倒ごとに巻き込まれる前に、この国からは逃げ出したいところだ。目先の金に釣られて、どうも急ぎ過ぎたかもしれない。けれど危ない橋を渡らなければ、それに見合った報酬も得られない。

「例のものは見つかったか」

不意に後ろから声をかけられて、彗玲は冷気以上にぞくりと背中を震わせた。

「あのさぁ、声をかけるときは音くらいたててくれって、前も言ったよね？」

苦情を述べつつ、彗玲は振り返る。先ほどまで自分が夜空を仰ぎ見ていた窓の前に、一人の男が佇んでいる。首元までをきっちり覆う袍《ほう》に垂領《たりくび》服を重ね、つま先の割れた変わった形の革長靴を履いていた。

「御託はいい。成果を訊いている」

男は目の周りを黒硝子の入った面で覆っているので、その顔をはっきりと見ることはできない。けれど体格や肌、声などから想像する限り、二十六の自分より幾分若いのかもしれない。

「成果？　成果なら残念だけど皆無だね。全然見つからない。そもそもこの王宮にあるっていう確証もないんだろう？」

彗玲は壁に背を預けて、ため息まじりに腕を組んだ。王宮に入り込む前に、念のため旧王都であった春江《しゅんこう》の町も調べてみたが、特に有力な情報もなく、むしろ春江が旧王都であったことすら忘れられつつある有様だった。王宮で王太后に近づけば何か情報があるだろうかと思ったが、思った以上に期待外れの使えない女で、肝心の物の在処《ありか》など、彼女は興味の欠片《かけら》も示さない。

「本当にあるの？『日廣金《ひひろのかね》』……いや、君は『天鳥船《あめのとりふね》』って呼んでるんだっけ？」

伝説でしか聞いたことのない宝玉だ。行方不明になった招來天尊《しょうらいてんそん》のご神体だと言われているが、未だその所在は明らかになっていない。

「ないならないで、存在しないという証拠が欲しいだけだ。その方がこちらは好都合」

「なんだ、欲しいんじゃないの？」

「存在しているなら、手に入れたいことに変わりはない」

なんだか回りくどいことを言うなと、彗玲は眉根を寄せた。

泛旦《はんたん》国の隣国である漂《ひょう》国で、詐欺師として荒稼ぎしていた彗玲は、いい加減名前と顔が知られてきて、大きな仕事がやりにくくなっていた。遠い異国の金持ちに、珍しい虫だと嘯《うそぶ》いて大金をせしめつつ、その辺に転がっている虫の死骸を送りつけるのにも飽きていた約一年前、彗玲の前に現れた充嗣《じゅうし》は、この仕事を持ちかけてきたのだ。

前金の支払いもすんなりと行われたので、そのまま逃げてやってもよかったのだが、あの泛旦国の秘宝と聞いて胸がうずいた。そして同時に、そんな不確かなものに大金を払う彼の正体が気になったが、「充嗣」という名前以外は何を訊いても答えてはもらえず、ただ『日廣金』を探すことは「神の御意思だ」と言うだけだ。

「ところで、王付きの侍女はそっちの手駒？　うろちょろしてて目障りなんだけど」

調査のために王宮内を歩き回る際、あの浬灑《りしゃ》という侍女とは何度か鉢合わせしそうになったことがある。手癖の悪い箱師《はこし》だが、それにしては金目のものなど到底なさそうな場所にまで足を向けているのが気にかかった。

「いや、こちらの駒じゃない。排除したければ好きにしろ」

「えー、自分でやれってこと？　それは割に合わないなぁ」

彗玲は肩をすくめる。そもそも殺しは専門外だ。

「出し抜かれないよう、せいぜい気をつけることだな」

「まあ玄人じゃなさそうだし、大丈夫だろうけど。……それより気になるのは、ばあさんの方だよ。関哲《かんてつ》と組んで、何企んでるの？」

趙砂《たくしゃ》と関哲の密会の回数が増えていることは、彗玲も気付いている。関哲だけでなく、国府の役人が彼女の執務室や、自宅を訪ねる数も多くなっていた。趙砂といえば、今では王宮内で一番の権力を握る人物といっても過言ではない。その彼女と、王都一の商家が手を結ぶとなれば、金の匂いしかしない。

「こちらとは何の関係もないことだ。それに大方、すでに盗み聞いているだろう。知っていることを俺に訊くな」

「あれ、ばれた？」

彗玲は唇の端を持ち上げる。

「趙砂様、あの年になっても目覚ましい活躍じゃないか。あの計画が実現したら、この国は前例のない大騒動になるよ。そうなったら『日廣金』探しどころじゃ――」

意気揚々としゃべっていた彗玲の目の前に影が落ちて、目を向けた時にはもう、鼻が触れそうな位置に充嗣が立っていた。音もなく移動したり、上階にすら窓から入り込んできたりする彼の正体は、未だに見当もつかない。

「お前の仕事は『日廣金』を――、『天鳥船』を見つけ出すことだ」

力を込めて言葉を区切るように、充嗣は口にする。

「それ以外のことに気を取られるな。もしも逃げ出せば、地の果てまでも追い詰めて殺す」

「……わかってるよ」

彗玲は顔をそむけるようにして距離を取る。彼から漂う、薬草のような匂いは苦手だ。

「必ず見つけ出せ」

充嗣はそう言い残し、窓の外へ滑り出たかと思うと、彗玲が覗き込む頃にはすでに姿を消していた。

「……まったく、とんでもない仕事を引き受けたかもなぁ」

うんざりと吐いて、彗玲は疲労で気怠《けだる》い体を引きずり、自室へと歩き出した。

三章　運命

一、

「路汰《ろた》ー、これって食べられるやつ？」

その日、五歳のダギはいつものように、養い親の路汰と一緒に森の中に入った。病狂《やみぐるい》の木草《きくさ》に襲われないよう、御守りになるという香草を腰に下げ、蒸した香麦《こうむぎ》を丸めたお供え物と、掃除をするための箒《ほうき》を持って、森の奥にある神堂に向かうのだ。その道中に見つけた茸や野草を取るのが、ダギの仕事だった。

「そっちは痺《しび》れ毒があるやつだ。でもその隣の木の根元に生えてるやつは大丈夫だよ」

父というより、祖父と呼んだ方がいい年齢の路汰は、この森に捨てられていたというダギを迎え入れ、今日まで育ててくれている。連れ合いもなく、決して豊かな家ではないが、冷たい雨の中で泣く赤ん坊を、放っておけなかったのだと話してくれた。

「ダギ、あまり離れないように。いつ病狂の木草に襲われるかわからないからね」

好奇心に駆られて走り出しそうになるダギに、路汰はそう言い聞かせる。この森ではもう何年も病狂は出ていないというが、いつ病変するかがわからないのが厄介なところだ。

「うん、わかってるって」

ダギは快活に返事をして、差し出された養い親の手を握った。

頭上の枝葉の隙間《すきま》からは、まだ朝陽《あさひ》の昇らない、凪いだ湖面のような空が見える。朝露に濡れた下草の中に紛れた、食べられる野草を見つけ、ダギは養い親の手を引いた。少し歩くだけで、その日の食事には困らないほどのものが採れる豊かな森だが、町の人々がここに近寄ることは滅多にない。病狂の木草を恐れていることはもちろんだが、それ以外にも大きな理由がある。

この森全体が、墓地とされているからだ。

百年ほど前、この泛旦《はんたん》国では当時の王の嫡男男系が滅び、娘婿が玉座に就いた。第二王朝の初代王となった泛架礼《はんかれむ》は、第一王朝の痕跡を消し去るかのように遷都《せんと》し、それまで王都として栄えていた『春江《しゅんこう》』の町は、旧王族の墓とともに打ち捨てられた。力を持ち始めた神官や、癒着のある役人などを一掃するためだったという話だが、本当のところはもうわからない。

年月が経つにつれ、王族のために築かれた霊堂は森に埋もれ、国府から支払われていた微々たる賃金も滞り、墓守として働いていた者も一人二人とその地を去って、ついに路汰が最後の一人となった。彼は毎朝、旧王朝の王族が眠る霊堂と、神が祀《まつ》られている神堂を掃き清め、蒸した香麦を供えて神霊を慰める。赤ん坊の頃から背負われてそれに同行していたダギが、手順を覚えるのに時間はかからず、そしてまた、路汰の仕事が終わるのを待つ間、霊堂と神堂はダギのこの上ない遊び場になった。

やがてダギが六歳になると、路汰は膝が悪いことを理由に霊堂や神堂の清掃、薪《まき》拾いなどの簡単な仕事をダギに任せるようになった。その代わりに、路汰は森近くにある自宅脇の小さな畑を耕し、黄鳥《おうどり》や鹿《しし》などの家畜の世話をして、拾い集めた薪を売りに行く。家が町から離れており、特に親しくしているような住人もいないようだったので、ダギは路汰の手足となって働いた。

「よく手伝ってくれるから、助かるよ。ありがとう」

養い親からそう言われることが嬉しく、ダギは病狂が出るかもしれない薄暗い森の中を、小走りで一刻をかけ、霊堂と神堂へ向かうことが日課となった。路汰が本当の親ではないことや、自分が混《ま》ざり者《もの》であるがゆえに捨てられてしまったのだろうということは、随分早いうちに教えられている。だからこそ、こんな自分を置いてくれている路汰の助けになりたいと思っていたのかもしれない。

その日ダギは、朝の勤めを終えた後、路汰に頼まれて町へ買い物に来ていた。普段から尾は隠せと口を酸っぱくして言われていたので、袴の中にしまい込み、尻が隠れる上衣《うわぎ》を着て誤魔化している。おかげで混ざり者だとばれることはなく、路汰の親戚の子として、適当に世間話に応じれば問題なかった。この町に限らず、混ざり者に対する風当たりは強い。ダギ自身も、行き場のない混ざり者の親子が、襤褸《ぼろ》を纏《まと》って石を投げられながら歩くのを見たことがある。自分も尾を見せればああなってしまうのかと、想像するのは怖かった。

「おっちゃん、いつものふたつな」

馴染みの食料品店を訪れたダギは、店の主人に気安く声をかける。

「お、ダギ、今日も元気だな」

「へへ、いつものことだろ」

「路汰さんは元気か？」

「元気だよ。相変わらず月一で薬師《くすし》のとこには通ってるけど」

ダギが一人で留守番ができるようになった頃から、路汰は隣町の薬師のところに行くようになった。朝から出かけ、帰ってくるのは五日後の昼になる。行って帰るだけなら一日で事足りるのだが、そこで体にいい薬湯に入っているのだと聞いた。繰り返し入る事が体にいいとされているので、それだけの日数の滞在になるのだと。一緒に行きたいとねだったこともあったが、子どもが行ってもつまらない治療だからと言われてしまい、それで養い親が元気になるならと、一人になる寂しさを堪《こら》えて納得した。

「そうかい……、そりゃあよかった」

店主は一瞬憂《うれ》うような顔をしたが、すぐにいつもの調子を取り戻し、ふたつの大きな麦麹《ばくほう》を手早く包んだ。

「おまけも入れとくからな」

「お、ありがと！」

「干し肉はまだいらないのか？」

「今日は麦麹の分しか、金もらってないんだ」

店主に礼を言って、ダギは店をあとにする。

「ダギ」

自分の頭よりも大きな麦麹を抱えて帰ろうとしたダギを、後ろから誰かが呼び止めた。麦麹を落とさないよう慎重に振り返ると、先ほどの店の娘である乃留《のる》という少女が、弟の手を引いて立っていた。ダギより少し年上の彼女は、この町に住む子どもたち皆の、姉のような存在だった。

「神堂で蜜菓子を配ってるんだって！　貰いに行かない？」

「行く行く！」

時折町の神堂では、神からの恵みだとして、子どもたちのために菓子を配ってくれることがある。庶民にとって、甘味は滅多に手に入らない貴重なものだ。ダギは麦麹を抱えたまま、乃留と一緒に早足で神堂に向かった。

神堂は町のほぼ中央にあり、ダギが到着するころには、すでに子どもたちが長い列を作っていた。年に何度かある祭日は、町中の人がここに集まり、高座の椅子を依《よ》り代《しろ》とする招來天尊《しょうらいてんそん》へ祈りを捧《ささ》げる。しかし路汰はこの集まりに参加することはなく、ダギだけで参加することが常だった。路汰にしてみれば、もっと立派な、由緒正しい神堂があの森の中にあるというのに、人々がこちらの神堂にばかり集まるのが面白くなかったのかもしれない。

「ダギ！」

乃留と列に並んでいると、早々に菓子を手に入れた少年の一団が、はしゃぎながら連れだって歩いて来る。

「見ろよ、碧合《ヘキア》だぜ？　花蜜がたっぷりかかってる！」

「うわあ！　うまそう！」

「あっちの広場で食ってるから、あとでお前も来いよ」

「わかった」

少年たちといつも通り会話をして別れたダギは、弾んだ気持ちのまま列の前の方を覗《のぞ》き込んだ。あとどれくらい待てば、あの美味しそうな豆菓子がもらえるだろうか。

「あれ？」

隣に並んでいた乃留が、ふと怪訝《けげん》そうな声を出して、敷地の一角に目を向けた。そこには化粧石で設えた小さな泉があるのだが、その周囲に四人ほどの子どもたちが腰かけ、碧合を食べている。垂領服《たりくび》を着ている者もいれば、大きめの袍《ほう》の袖をまくって着ている者もいるが、履いている靴だけは全員揃いのものだ。革で作られた丈夫そうなそれは、主に旅人が愛用しているもので、ダギには見覚えがあった。そして改めて彼らの顔を見つめ、記憶の中の面影に重ねる。

「見かけない子だね。どこの子だろう」

この小さな町に、住人はそれほど多くはない。余所者《よそもの》がいればおのずと目についてしまう。

「不知魚人《いさなびと》らしいぜ」

前に並んでいた少年が、ふと振り返って囁《ささや》いた。

「またあの酒場に来てるってよ。じいちゃんが言ってた」

その言葉を、ダギは麦麹を抱き潰しそうな高揚とともに聞く。

やっぱりそうだと、叫びそうになるのをどうにか堪えた。

ついにまた、彼らがこの町にやってきたのだ。

不知魚人《いさなびと》と初めて会ったのは、三歳の頃だったようだ。その時のことをダギはよく覚えていないが、以降毎年一度、数日間だけ会える友人たちだと認識していた。町の中にも友人はいるが、皆ダギが混ざり者だとは知らずに接している。しかし不知魚人の子どもたちは、たとえ混ざり者であっても、その特徴を隠そうとはしない。誇りこそすれ恥じることではないとお頭《かしら》に言われたからと語る彼らは、ダギにとって眩《まぶ》しく、唯一自分に尾があることを打ち明けた仲間だった。

一旦家に帰ったダギは、路汰《ろた》とともに早めの夕食を済ませ、朝の早い養い親が床に就くのを待って、こっそり家を抜け出した。当然ダギも朝は早いが、今日だけは眠るのを惜しんででも彼らに会いたかった。暗くなってから家を出るのは、路汰がいい顔をしないので、できるだけ音を立てないように扉を閉めた。

「みんな！」

町にある唯一の酒場の前で、大人たちと一緒に卓を囲んでいる少年たちを見つけて、ダギは駆け寄った。この時間であれば、町の子どもたちは出歩いていないので、誰に見られることもない。その代わりに不知魚人は朝が遅いので、この時間でもまだ子どもたちが遊びまわっているのだ。

「ダギ！」

年上の少年が、嬉しそうに名を呼んだ。彼の名は北雷《ほくらい》と言い、ダギと同じような長い尾を持っている。

「久しぶりだなァ！　元気だったか？」

「元気だよ！　北雷は？」

「俺もみんなもピンピンだぜェ」

二人は手を取り合って再会を喜んだ。そして次々と去年遊んでいた仲間が顔を出し、ダギは懐かしさと嬉しさで、袴の中にしまい込んだ尾が震えて飛び出しそうになる。

「小人《ちび》ども、あんま遠くに行くなよ。この町が初めての奴もいるんだからな」

酒場の前にある卓では、お頭を囲んで不知魚人が呑み始めている。その中で、ひと際目を惹《ひ》く美貌の男が、ダギを遊びに誘う子どもたちに声をかけた。彼もまだ十代のはずだが、お頭の長男というだけあって、周囲への目配りには長けている。

「兄貴！」

「お、久しぶりだなぁダギ。随分背が伸びたな」

瑞雲《ずいうん》に両手で頬《ほお》を挟まれ、ダギはその温かさが懐かしくて笑う。

「顔つきがおにいさんになったね」

隣にいた志麻《しま》が、優しい笑みでダギの顔を覗き込んだ。瑞雲のことを兄貴と呼ぶのも、志麻から声をかけてもらえるのも、自分が本当に不知魚人の仲間になったようで嬉しかった。

「ダギ、また世話になるぞ。小人《ちび》どもを頼む」

日焼けした逞《たくま》しい両腕に貝製の腕輪をつけたお頭は、口数は少ないものの、仲間を守るためならどんな猛者《もさ》でも殴り飛ばす膂力《りょりょく》と胆力がある。一番後ろでどっしりと構えていてくれるだけで、皆の支えになっている要《かなめ》の存在だ。そんなお頭にも声をかけられ、ダギはなんだか誇らしくて胸を張る。路汰以外にも、頼ってもらえていると思うと、この上なく気分が高揚した。

「ダギ、天幕に行こうぜェ。……梦江《ぼうえ》で仕入れた蜜飴がある。内緒で分けてやるよ」

北雷が後半を囁くように言って、ダギは他の子どもたちと連れ立って歩き出す。彼らが訪れたいろいろな国の話を聞くのは楽しく、この国の王都へ行ったことはおろか、この春江から出たことすらないダギは、いつか自分も行けるだろうかと、家に帰ってからも想像に耽《ふけ》ることがあった。もしも自分も不知魚人だったらと考えたことは、両手の指では足りない。

しかし同時に、それが不可能であることもわかっていた。

年々弱っていく路汰を一人にすることはできない。特に冬になれば、この辺りは雪が積もり、食料の確保も困難になる。

今のダギには、この地を離れるという選択肢はなかった。


朝が来る前に自宅へ戻ったダギは、何食わぬ顔で寝床に入り、それから数刻も経たないうちに、いつも通り起床して森へ向かった。ダギより少し後に起きた路汰は、何も気が付いていないようだった。

食料になる野草や茸、それに薪を拾って歩き、ダギはまず旧王朝の王族が眠っている霊堂の掃除から始める。周辺に生えた草を抜き、風で飛んできた木々の葉を集めるという簡単な作業ではあるが、敷地が広いので場所ごとに日を分けて管理した。

霊堂は堅牢な石造りで、天井部分が弧を描く半円形の建物がふたつ組み合わさっている。東側には王と王妃、西側にはその子どもや兄弟が葬《ほうむ》られていると聞いた。入口から真っ直ぐ奥にある礼拝室には、死後に招來天尊《しょうらいてんそん》の下へ行くために乗るという、帆のある葬船《そうせん》の模型が置かれている。帆船を見たことがないダギに、路汰は風を捉えて川や海を進む船なのだと教えてくれた。

「だがこの船には、もうひとつの名前がある」

葬船を見上げて、そう告げた路汰の横顔は、今でもよく覚えている。

「私も先代に伝え聞いただけだけれど、墓守の間では、これを『天鳥船《あめのとりふね》』と呼ぶそうだよ」

模型とはいえ結構な大きさで、大人が三、四人は乗れてしまいそうだが、経年劣化には勝てず、いたるところが崩れ、壊れ始めている。ダギはその前にある高杯《たかつき》へ、いつも通り麦飯や水を供え、死者を慰めるための香を置いた。墓だと思えば不気味さも確かにあるが、ダギにとっては幼い頃から慣れ親しんだ場所のひとつだった。

そして霊堂の向こう側、森の最奥にあるのが、招來天尊を祀る神堂だ。霊堂と同様、あちこち風化して壊れてはいるが、天辺が平らになった三角錐の建物は、すべて成形した石を積み上げて作られている。力いっぱい引き開けないと動かない褐金《くろがね》の扉を開けると、長い階段の上にある高座に、色褪《いろあ》せた布張りの椅子が一脚だけ置いてある。それこそが、招來天尊の依り代だ。もともとここにあった椅子は、遷都の際に神官が持ち去り、王宮内の神堂に安置されているということなので、ここの依り代はその後誰かが置いたものだろう。よくよく見れば彫りや刺繡《ししゅう》などの装飾も少なく質素なものではあるが、その素朴さが、ダギにとっては親しみを感じさせるものだった。椅子の後ろの空間には、かつてご神体が置かれていたという祭壇があるが、今は空のままだ。

「昨日さ、不知魚人が来たよ」

養い親には言えない話を、ダギはよくここで招來天尊に向かって語った。

「みんな元気そうだった。新しい隊員も何人かいたよ。兄貴は相変わらずかっこよかった」

晴れた日は神堂の周りで虫を捕ったり、木に登ったり、草花を何種類も集めたり、雨の日は神堂の床に絵を描いたり、泥水をすくったりして遊ぶのがダギの日常だった。神堂の壁には建設当時の壁画が残っているところもあり、何が描かれているのか推測するのも楽しかった。

祭壇へ昨日供えた物を撤去し、綺麗に拭き清め、新たに香麦などを供える。路汰からは、このとき国の安泰を祈るのだと教えてもらったが、ダギにとってそれは、明日も今日と同じ穏やかな日が来ることだった。裕福ではないが、食べ物と寝床に困らず、養い親が元気で傍にいてくれる。ただ、そのことだけを神に祈っていた。

二、

ダギが春江《しゅんこう》で暮らして十年が過ぎた。

朝起きて霊堂と神堂で勤めを果たし、家に戻ってからは、めっきり体の弱くなった路《ろ》汰《た》の代わりに赤鹿《あかじし》や黄鳥などの家畜の世話をする。それから簡単な朝食を作りながら路汰を起こし、二人で朝食を食べた後は、畑の仕事に精を出す。午後からは薪を売りに行き、ついでに買い出しをして、古くなった家の修理をする。そんなことをしているうちに陽は暮れ、また朝が始まる。ダギの一日は、その繰り返しだ。わずかな自由時間もあったが、年の近い子どもたちは学問所に通う者も多く、ダギとは疎遠になりつつあった。不知魚人との交流は続いていたが、違法な行商隊である彼らの旅程は不定期で、次にいつ来るのかはわからない。その間ダギはずっと、耐えるように待ち続けた。

「ダギ、いつもありがとう。お前がいてくれて本当によかった」

路汰は折に触れてダギを労《ねぎら》ってくれるが、二人の暮らしは楽ではなかった。特に路汰が働けなくなってからは、ダギがこの家の家計を支えねばならなかった。薪を売って得る収入は、明日の麦麨《ばくほう》を買えばなくなってしまう。もっと金になる仕事ができればいいのだろうが、この町にそんな仕事はない。路汰も薄々気付いてはいるだろうが、ダギに町を出て稼ぎに行けと言わないのは、自分の体の不安もあるのだろう。

「いいって。気にすんなよ」

ダギは明るく笑ってみせる。月に一回の薬湯通いは続けているが、路汰が元気になる様子はない。

この暮らしがいつまで続くのだろうかと、考えることはやめた。

明日の麦麹が食べられればいいのだと思えば、ダギの心はいくらか軽くなった。


ダギが十四歳になった冬。その日は薄《うっす》らと雪が積もり、ダギはあかぎれの治らない指に息を吹きかけながら、家畜の世話を終えて家の中に戻った。

「路汰ー、晩飯、卵しかないけどいい?」

冬になれば、暖を取るための燃料も必要になる。そのため、食費はできるだけ切り詰めていた。路汰にはできるだけ体にいいものを食べさせてやりたいが、黄鳥の産んでくれる卵以上に栄養価の高いものは、今のダギには手に入れることができなかった。

「なあ、聞いてる?」

返事がないので、ダギは土間から身を乗り出して路汰が寝ている居室の方を覗き込んだ。

「路汰……?」

横たわった背中は、ぴくりとも動かない。いつもとは違う雰囲気を感じ、ダギは胸騒ぎを覚えながら養い親に歩み寄る。寝具とも呼べないような、蓆《むしろ》と安い布切れを敷いた寝床の上で、路汰はいつも通り眠っているように、ダギには見えた。

しかし、かざした手に呼気はかからない。

ダギは慌てて路汰の胸に耳を当てたが、すでに彼の鼓動は沈黙していた。触れた肌はまだ温かい。けれどその質感は、ダギの知っている路汰のものではないように感じた。薄い皮膚の下にある肉や血が、一斉に口を閉じたような不気味さがあった。

「……路汰」

震える声で、ダギは養い親を呼ぶ。

彼がいなくなってしまったら、本当に一人きりだ。

「路汰！」

横たわった体をどんなに揺さぶっても、養い親の目が開くことはない。それを見て、ダギの体の中を、恐怖とも悲しみともつかないものが鳥肌と一緒に這い上がった。昨日まではいつものように話して、笑っていた人が、こんなにもあっさりと火が消えるように動かなくなるのか。

ダギは戸惑いと焦りで硬直しそうになる体を無理矢理に動かして、家を飛び出し、町に向かった。春江の町に薬師はおらず、今まで多少の怪我や不調は、薬草を煎《せん》じるなどしてやり過ごしていたので、ダギにはどこに助けを求めればいいのかもわからない。それでも、路汰を救いたいという思いだけで、真冬の凍った道を全速力で駆けた。

やがていつも麦麴を買う店の主人が、客を見送るついでに通りへ出てきているのを見つけて、ダギはほとんどぶつかるように彼の袍を摑んだ。

「おっちゃん！　路汰が！」

「ど、どうしたんだ、ダギ」

「路汰が、息、してない……」

息を吸う間の、切れ切れの言葉を聞いた店の主人が素早く事態を察し、妻に店を任せて一緒に家へと向かってくれた。

路汰の様子を見た主人が、首元に手を当て、残念そうに首を振ったことは覚えているが、そこから先のダギの記憶は曖昧《あいまい》だ。

弔《とむら》いの準備は、町の女たちが中心にやってくれたように思う。霊堂で見かけたものより、随分簡素な、掌《てのひら》に載るほどの船が用意されて、路汰の魂はこれに乗って招來天尊《しょうらいてんそん》の下に行くのだと教えてもらった。

「慰《なぐさ》めにもならないが……、あまり気を落とすんじゃねぇぞ」

翌日、路汰は町の埋葬地の片隅に葬られた。金がないのできちんとした墓標を用意できず、代わりにいくつかの小石を並べた。死んだ後にも金がかかるのかと、ぼんやり考えたことを覚えている。墓の前で動かないダギに、心配した乃留が何か声をかけてくれたが、その時のダギにはまともに返事をすることができなかった。


これからどうすればいいだろうか。

　漠然とそんなことを考えながら、ダギは路汰のいない家への道を歩いた。よくよく考えてみれば、あの家のことはほとんどダギが担っていたので、路汰がいなくなったからといってすぐに困るようなこともないのだが、まだ十四歳のダギにとって、頼れる大人がいなくなってしまったことが、得体のしれない暗闇に呑まれるような恐ろしさに感じられた。

「……備蓄、確認して、……金も、どのくらいあるのか……」

　指折り数えながら、ダギは口にする。備蓄と金の管理は路汰の仕事だった。せめてこの冬が越せるほどの食料が、確保できればいいのだが。

　自宅に戻ってきたダギは、人が一人いなくなっただけだというのに、その空間の大きさにしばし立ち尽くした。古くて狭いと思っていたこの家が、急に広くなったように感じる。

　ひとつ息をついて、ダギはいつも路汰が寝ていた場所の床板を剝《は》がした。この下の、地下室とも呼べない狭い空間に、保存用の干し肉や瓶詰を置いてあるのだ。あらかた数を確認したダギは、瓶詰の入った木箱をずらした拍子に、その空間に横穴があることに気付いた。灯火器で中を照らしてみたがよく見えず、恐る恐る手を入れてみると、何か固いものに触れた。ざらりとした陶器のような感触だ。摑んで慎重に取り出すと、ちょうどダギのふくらはぎほどの太さの瓶子《へいじ》だった。栓を外して匂いを嗅《か》ぐと、間違いなく中身は酒だ。

「なんで……？」

瓶子の様子からしてまだ新しいものだが、路汰は酒をやめて久しいはずだ。不思議に思って再度横穴を探ると、同じ瓶子があと三本と、一番奥にはずっしりとした重みの麻袋があった。その口を開けて中身を確かめたダギは、思わず息を吞んだ。

金《かね》だ。

しかもダギが見慣れた混銭や褐金貨《くろがねか》ではない。銀白に輝く月金貨《しろがねか》の中に、日金貨《あかがねか》すら交じっている。

「嘘だろ……」

日金貨一枚で、ダギの生活なら数年余裕で賄える。この家の家計の苦しさは知っていたはずなのに、なぜ路汰はこの金のことを教えてくれなかったのだろう。これがあれば、ダギは寒い中畑に出ずともよかったし、薪を売りに行かなくともよかった。隣町に通って、字を習うこともできた。

ダギは呆然としながら、麻袋の金と、真新しい瓶子を見比べた。

酒をやめていたはずなのに酒があり、金がないはずなのに金がある。

ダギはしばらく考えていたが、埒《らち》があかなくなり、瓶子のひとつを摑んで家を出た。町の酒場に聞けば、これを路汰が買ったかどうかわかるだろう。酒をやめたと言っていたが、こっそり吞んでいたのかもしれない。

「そんな高い酒、うちじゃあ扱わねぇよ」

しかし訪ねた酒場では、あっさりそんなことを言われてしまった。

「扱わない……？」

「ああ、そりゃひとつで月金貨《しろいの》が一枚飛んでくほど高いんだぜ。隣町にあるような高級な菜館でしか出さねぇやつだよ」

――どうして。

どうしてそんな酒が、四本も自宅にあったのか。

ダギは礼を言うのも忘れ、ふらつく足で酒場を出た。

ほとんど寝たきりになった路汰だったが、動けないというわけではなかったので、月に一回は隣町の薬湯に通っていた。

――あれは本当に、薬湯のためだったのだろうか。

ダギの中で、薄暗い気持ちが鎌首を持ち上げた。

横穴で見つけたあの大金があれば、さぞや豪遊ができるだろう。高級な菜館で高価な酒を呑むこともできる。

「ダギ？」

呆然とした面持ちで歩いていたダギを、誰かが呼び止めた。

「どうしたんだ、そんな高い酒を持って」

「おっちゃん……」

食料品店の主人だった。ちょうど店の前を通りかかったダギを見つけて、声をかけてくれたようだ。その隣には、娘の乃留と妻の姿もある。

「これ……、家で見つけたんだ。路汰が……隠してたっぽくて……」

そう口にしながら、ダギは本当にそうだろうかと自身に問う。

もしかしたら誰かにもらったのかもしれない。

昔に買って、そのまま忘れていただけかもしれない。

隠すつもりはなくて、酒を呑めないダギに知らせなかっただけかもしれない。

いくつもの可能性が、ダギの脳裏を通り過ぎていく。

「……そうか」

主人は、ため息まじりに続ける。

「実はな、わりと有名だったんだよ。路汰さんが隣町で派手に呑み歩いてるっていうのは……」

「え……」

ダギは掠《かす》れた声で、問い返した。

「つい先月も、有名な菜館で見かけたっていう話を聞いた。この町で見る姿とはまるで別人みたいに羽振りがよかったって。昔はそんな人じゃなかったんだけど……、いつからか、大金が手に入ったとかで……」

ダギは瓶子を握る拳に力を込めた。その金が、あの麻袋に入っていたものなのか。

「ねえダギ、あんた本当はどこの生まれなんだい？」

主人の隣にいた妻が、思い詰めたような顔で尋ねた。

「路汰さんの親戚の子だって聞いてたけど、本当にそうなの？」

霊堂の近くに捨てられていたという生い立ちは、町の人々には話していない。面倒だから親戚の子ということにしようと、路汰に言われたのだ。

「なんで……そんなこと訊くの……？」

ダギは曖昧に笑おうとしたが、頬が引きつって上手くいかなかった。

妻は、迷いなく口にする。

「あんたが路汰さんのとこに来た時期と、大金が手に入ったっていう時期が一緒なのよ」

「おい！」

「あんただって怪しいって言ってたじゃない！」

咎《とが》めた夫に、妻は反論する。

「そもそも路汰さんだって、二十年前くらいにふらっとこの町に来て、もう先の長くない墓守の家に勝手に住みついたって話じゃない！　不気味で、人相も愛想も悪くて、きっとその前は人に言えない仕事をしてたんだろうって、皆噂してたわ！」

初めて聞く話に、ダギは思わず目を瞠《みは》る。路汰は、もともと墓守の家系ではなかったということか。

「だからダギのことだって、大金と引き換えに、どこぞのやんごとないところの子どもを、預かったんじゃないかって！」

「やんごとないところの……？」

ダギは呆けたように繰り返し、次の瞬間こみ上げてくる可笑《おか》しさのまま肩を揺らした。

まさか、そんなことがあるはずない。

「ダギ……？」

肩を揺すって笑うダギを、乃留が困惑して見つめた。

「だっておかしいじゃん。わざわざ混ざり者の赤ん坊を捨てていくのに、金を払うやつなんている？」

「混ざり者……？」

訝《いぶか》しがる三人の前で、ダギは袴をずらして黒い尾を引っ張り出した。

「俺は、混ざり者だから捨てられたんだよ。路汰は、それを拾っただけだ」

耳を塞ぎたくなるような悲鳴が、妻から放たれた。

同時に娘をその腕に抱え込んで、ダギから引き離す。

「お前……」

主人も顔色を変え、距離を取るように後ずさった。

ダギが威嚇《いかく》したわけでも、攻撃したわけでもない。

ただ、生まれつきある尾を見せただけで。

「近寄るな化け物！」

取り乱した妻が、手当たり次第にその辺のものを摑んでは投げた。商品を載せていた皿がダギの額に当たって、痺れるような痛みが走る。

騒ぎを聞きつけ、周辺の店や家の住人が通りに出てきては、尾を出したダギを見て、ある者は慄《おのの》き、ある者は怯《おび》え、ある者は怒り狂って町から出て行けと叫んだ。

今日、つい先刻まで、路汰を一緒に弔ってくれていた人たちが。

ダギが額にそっと触れると、指が鮮烈な赤に染まった。温《ぬる》いそれが、眉を越えて目まで流れてくる。

「……ごく一部だが、金を払ってでも混ざり者の子を引き取って欲しいという奴はいるんだよ」

店の主人が、苦渋の表情を浮かべて告げた。

「生死は任せるからって、金と一緒に置いていくんだ。自分の手を汚すのが嫌なんだろう……」

まるで頬を張られたような衝撃があった。

考えたくなかった現実を、否応なく目の前に突きつけられる。

「それって……つまり……」

霊堂の近くに捨てられていた、など嘘で。

処分するために路汰のもとへ連れてこられたということだ。

「ダギ……」

乃留が何か言いたげに口を開いたが、そのあとが続かずに口ごもる。その目に怯えの色を見て、ダギは踵《きびす》を返した。尾は隠せと、路汰がしつこく言っていた意味を、この時改めて理解した。親しくしてくれていた人すら、友人だと思っていた人すら、こんな風に変わってしまうのか。

罵倒《ばとう》する声はまだ続いていたが、ダギは振り返りもせずに歩き出した。

どこをどう歩いたのかわからないまま、ダギは気付くと神堂の前に立っていた。石を積み上げて作られたそれの前に立つと、否応なく路汰との思い出が蘇《よみがえ》る。ダギは重りを引きずるような足取りで神堂の中に入り、高座の上にある空の椅子を見上げた。何度も、何年も、ここでこうして見つめてきた神の依り代だ。

「……路汰が死んだよ」

その存否すらわからない招來天尊へ、ダギは告げる。

「なあ、どう思う？　本当に俺……」

頭が混乱して、考えがまとまらなかった。

大金と引き換えに、混ざり者の赤ん坊を引き取ることなどあるだろうか。体を壊して働けないはずなのに、隣町で呑み歩いていたのは本当なのか。

ありがとう、ダギがいてくれて助かるよ。

その言葉が聞きたいがために、幼い頃から随分いろいろなことを引き受けてきた。森への往復も、薪拾いも、畑仕事も、家畜の世話も、食事作りも。そして気づけばそれは全てダギの仕事になっていて、路汰は家で寝ているだけになった。体が悪いのなら仕方がない、具合が悪いのなら当然だと思っていたけれど、おそらくあれは嘘だ。年相応に足腰が弱っていたのは事実かもしれないが、きっと寝込むほどではなかった。そうでなければ、隣町で豪遊などできるはずもない。

「……俺は……」

吐き出した息が熱い。どこか体の深いところで、血が噴き出すような苦しさがあった。生きながらえさせてはもらったが、果たして慈しんでもらえたのかと訊かれると、記憶の中の路汰の顔が醜く歪《ゆが》む。

大金を手にしながら、ダギのためには一銭も使ってはくれなかった。それはつまり、「教育」をする気はなくて。

ただ自分が楽をするための労働力として、そこにいればよかったのではないか。

だとしたら自分は。

自分は何者で。

路汰亡き後、何のために生きればいいのか。

「……意味がわかんねぇ……」

ダギは足が萎《な》えるようにその場に膝をつき、地面に倒れ込んだ。思えば昨晩からほとんど眠っていない。食事も、いつ何を口にしたか覚えていなかった。

「意味……わかんねえよなぁ……」

掠れた声で、空の椅子へ同意を求める。

特に信心深かったわけでもない自分が、路汰に頼まれたとはいえ、約十年ここへ通い、霊堂や神堂を清めてきたのは、国から見放されたこの場所に、少なからず同情があったからだ。この国の礎《いしずえ》を築き、繁栄を支えたにもかかわらず、いつの間にか世間から忘れられた虚《うつ》ろな存在。

それが、親に捨てられた自分と重なった。

ダギは急激な眠気に抗《あらが》えずに目を閉じた。もういっそ自分などいなくなった方が、この町の人々のためになるのだろうか。

その方が、皆が幸せになれるのだろうか。


ぼんやりと目を開けたダギは、視線の先に見慣れた自宅の天井を見つけた。粗末な板の上に藁《わら》を葺《ふ》いただけのものなので、板の腐った部分から最近は雨漏りをするようになった。それをようやく直そうと思っていたのだと、夢うつつに思い出す。

路汰《ろた》が死んでからどれくらい経ったのか、正確なことはよくわからなかった。あの日自分がどうやって神堂から戻ってきたのかも、それ以降どうやって生きながらえてきたのかもよくわからない。家畜たちはとっくに柵の外へ放し、本来なら保温のために藁を敷くべき畑も、まともに手を入れていない。霊堂や神堂へも足が遠のき、毎日備蓄の瓶詰をちびちびと舐めるようにして暮らした。それでも不思議と腹は減らず、寒さと現実から逃げるように眠ることを繰り返した。

「ダギ」

ある日の冷え込んだ明け方、不意に家の扉が叩かれて、聞き覚えのある声がした。

「ダギ、どうせ寝てんだろ、俺だよ」

眠気を吹き飛ばすその声は、瑞雲《ずいうん》のものに違いなかった。数年前に不知魚人《いさなびと》を出奔した彼とは、もう長いこと会えていない。

「ダギ、もうすぐ食事ができるんだけど一緒に食べない？」

よく通る快活な声は、志麻《しま》のものだ。

「早く来いよ、皆待ってんぞォ」

語尾が伸びる独特の話し方は、北雷《ほくらい》だ。

ダギは答えようとしたが、なぜだか喉が詰まったように声が出ず、寝床に縫い留められたのかと思うほど、体が動かない。

「ダギ」

ひと際低く、落ち着いた声はお頭だ。両腕にある貝製の腕輪の白さが、脳裏にちらついた。

「ずっとそこにいる気か？」

問われて、ダギは渾身の力を込めて跳ね起きた。重ね着していた重い服を脱ぎ捨てながら、つんのめるようにして隙間だらけの扉を開け、愕然《がくぜん》とその場に立ち尽くす。

夜明け前の薄暗いそこには、誰の人影もなかった。

ただ冬の冷気が頰を刺し、空からはしんしんと雪が降っている。

生き物の気配がしない、風の音すら聞こえない、ただ静まり返ったその冷えた景色は、この世に生きるのは自分だけだという錯覚すら起こさせた。

「……兄貴……みんな……」

掠れた声でつぶやくと、溢《あふ》れた涙で視界が砕けた。

そしてようやく、思い切り声を上げて泣いた。

今度不知魚人がこの町を訪れたら。

その時は誰よりも先に走って行って頼み込もう。

どうか自分も連れて行って欲しい。

不知魚人の一員に加えて欲しいと。

そう決意したことが、ダギの生きる希望になった。

けれどそれから一月《ひとつき》も経たないうちに、ダギのもとを王宮からの使者が訪れる。

吹雪の夜が明けた早朝、何も知らない食料品店の主人がこっそりとダギの家を訪れた時には、もうそこに彼の姿はなく、主を失った粗末な小屋が、白く染まってあるだけだった。

三、

王宮内の神堂で行われる祈年祭《としごいのまつり》が、明日に迫っていた。祈年祭とは、その年の豊作を招來天尊《しょうらいてんそん》に祈るものであり、その祭主は王が務めることになる。街の中にある赤の神堂でも同じ祭祀《さいし》が執《と》り行われるが、こちらは神官が主となって進められ、民も参列することが可能だ。

「でも退屈だよ。ずっと神官がごにょごにょ唱えてるの聞くだけだし、ただ、神様に供えられた食べ物は、神事が終わったら子ども優先で分けてもらえるんだ」

その日ダギは、朝から自身が初勅《しょちょく》で造った養童院を訪れていた。当初は倉庫として利用していた建物を改装し、王都の路上で暮らしていた子どもたちを集めて住まわせている。暑さや寒さを凌《しの》ぐことができ、食事や寝床も用意されたおかげで、彼らの表情には随分余裕が感じられるようになった。

「へえ、そんな感じなんだな」

視察として訪れるうちに顔見知りになった、自分よりもやや年下の少年が話してくれるのを、ダギは興味深く聞く。

「俺、今回の祈年祭が王になって初めての神事なんだよ。これまでずっと、神司《かんづかさ》が代理やっててさ。俺は出席すらできなくて、代わりにずっと勅使が出てたんだよね」

「なんで？　狗王《いぬおう》だから？」

「即位して間もないからだって聞いたけど、まあそれもあり得るな」

ダギは少年と友人のように話しながら、苦笑する。尾を隠さないダギを、大人たち同様、子どもたちも最初は怖がったが、触れ合ううちに危険な人物ではないと認識されたのか、今では狗王と呼ばれてまとわりつかれることも珍しくはない。加えて年も近いので、遠慮のない物言いをされることもあるが、ダギはまったく意に介していなかった。自分の方が、もっと生意気だっただろう。

「孤児の中には、混ざり者も何名かいるようです。保護された当初は、部屋の隅にうずくまって誰とも話そうとしませんでしたが、主上が堂々とお振る舞いになるのを見て、近頃は少しずつ周囲とも打ち解け始めているそうですよ」

侍従としてついてきた浬灑《りしゃ》が、帰りがけにそんな話をした。

「あとは、読み書きを学べるような時間を作れるといいですね。最低限それができないと、まともな仕事に就くのは難しいですから」

上級女官である彼女は、当然ながら文字の読み書きに不自由はない。宰相らから預けられる書類は、すべて彼女が読み上げてくれる。

「読み書きか……。俺も習っとけばよかったかなぁ」

見送りに来た子どもたちに手を振って、ダギは浬灑と連れだって王宮までの道を歩いた。警備として近衛兵二人がついてきており、景姜《けいきょう》は別件の任務に就いているという。

「御養父に習わなかったのですか？」

ダギとほぼ身長の変わらない浬灑が、首を傾げる。

「全然。家畜の世話の仕方とかは教えてもらったけど、そういうのはなかったな。こっちに来てからちゃんと知ったけど、俺を捨てに行った奴は、大金と引き換えに俺を殺すよう路汰《ろた》に依頼したんだって」

「そんなこと誰に聞いたんですか……？」

「俺が王になることに反対してた奴ら。死にぞこないが戻ってくるなって、よく言われたぜ？」

もともと食料品店の主人から聞かされていたことなので、それを今更言われたところで、ダギにとっては彼らが望むほどの衝撃はなかった。

「でも路汰は、俺にダギっていう名前をつけて、殺さずに育てて、成長した俺を労働力にした」

「労働力……」

ダギがさらりと口にする不穏な話に、涅灑が眉根を寄せる。

「霊堂や神堂の掃除も、薪を拾うのも、食料を調達するのも、畑を耕すのも、十歳になる前からほとんど全部俺がやってた。路汰が金を使うのは自分のためだけ。体が悪いって言ってたのに、隣町の菜館で豪遊してたって聞いた時は、さすがに何を信じたらいいのかわかんなくなった。結局墓守でもなかったみたいだし」

当時のことは、今でも時々夢に見る。結局路汰が何を考えていたのか、本当のところはわからないが、少なくともダギに嘘をついていたことだけは確かだ。

自分を殺さず、生かし育ててくれたことに、情を想うのは都合がいいだろうか。

物心ついたころから傍にいた庇護者《ひご》の存在は、たとえそれが真実の愛情でなくとも、ダギにとっては温もりとして刷り込まれてしまっている。

「ただでさえ感想に困る生い立ちなのに、さらにえげつないお話を持っていらっしゃるんですね」

涅灑がしかめ面のまま、遠慮のない言葉を口にする。

「まあでも、世の中を見渡せば、売られたり買われたりする子どもだっているわけですから……。ただ、今生きていてよかったかどうかは、主上がご自分でお決めになることですけど」

ダギは隣の侍女に改めて目を向ける。生きていることを神に感謝しろとは、これまでいろいろな人に言われたが、生きていてよかったかどうかを自分で決めろとは、初めて言われた気がする。

「なんか浬灑……最近変わった？」

「私は元からこうですが？」

「いや、なんか喋り方が雑になったっていうか、すましてた感じがなくなったっていうか……」

「そういう時は、率直になったとか、親しみが持てるようになったなどと言うんですよ」

やや辟易《へきえき》した様子で、浬灑は小さく息をつく。

「ただ否定はしません。なんかもう、いろいろばれてちょっと面倒臭くなったというか……」

「ばれた？　何が？」

「いえ、お気になさらず。こっちの話です」

浬灑は空を仰ぎながら、気力のない薄い笑みを浮かべる。新しく採用された彼女は、古参の女官たちと相性が悪いとは聞いていたが、その辺りのいざこざでもあったのだろうか。

「ところで、主上は改名なさる気はないのですか？　先ほどのお話によれば、そのお名前、御養父がつけられたんですよね？　失礼ですけど、あまりいい思い出がないのでは？」

「ああ、うん……それはそうなんだけどさぁ」

ダギは腕を組む。確かに王宮に来てからも、文字のない名前などみっともないので、変えろと言われたこともある。漣灑の言う通り、今となっては路汰が遺した呪縛《じゅばく》のようにすら思うときもある。短い人生を振り返ってみても、惨めで陰惨な想いの方が強い。しかしそれを葬り去ってしまうことが、果たして正しいことなのかどうか未だに判断がつかなかった。

「改名するにしても、俺が読み書きできるようになってからかなぁ」

ダギは頭の後ろで手を組んだ。それもまた、ダギが改名にしり込みする理由のひとつだ。

「主上が読み書きできなくとも、改名することは可能だと思いますけど？」

「せっかくなら、自分で文字を選んで決めたいじゃん」

「それは……読めなくてもできますよね？」

「いいの！　自分でやりてえの！」

ダギは渋面で言い返す。覚えた文字もあるが、まだ筆を握ってもたどたどしい線しか引くことができない。

「まあ、今日明日の話じゃねえよ。何年後か、もしかしたら王を辞めてからになるかもしんねえし」

「でもそれだと、ダギ王を示す文字がないので、この国にダギ王は存在しなかったことになりませんか？」

「あっちはもともとそのつもりだろ」

ダギは苦く吐き出す。王太后たちの思惑など見え透いているのだ。五年玉座にいたとしても、ダギの名前など正史に残す気はないだろう。

「どうせならもっと引っ搔《か》き回して、国中めちゃくちゃにしてやりゃあよかった。記録には残らなくても、記憶には残っただろうからな」

前代未聞の尾の生えた泛旦《はんたん》王として君臨し、人々の記憶に残るなら、文字のない名前を持つ自分にとって本望だとすら思っていた。

「どうでしょうね。主上にはせいぜい、城壁の上で尻を晒すくらいが限界だったのでは？　それでも充分記憶には残ったと思いますけど」

悪童の顔をするダギに、浬灑は呆《あき》れた目を向ける。

「どうせそろそろ、自分なりの王としてのやりがい、とか見つけ始めてるんでしょう？　復讐とか変なこと考えるの、もうやめた方がいいですよ。向いてなさそうですし」

「向いてないってなんだよ！　ていうか、やっぱ喋り方変わった！」

ダギは早足で浬灑の正面に回り込んで、その顔をしげしげと眺める。専属の侍女として自分のところに来た時は、物腰は柔らかく丁寧なものの、あまり感情を見せることはなく、こちらに話しかけはしても、どこか一歩立ち入らせない壁のようなものがあったのだが。

「……主上には気にかけてくださるご友人がいるんですから、いざとなれば頼ればいいんです」

街の喧騒に紛らわせるように言い、浬灑は足を止めてダギに向き直る。

「イヤサカマシマセ、イヤサカマシマセ、スメライヤサカ」

突然浬灑が口にした言葉が理解できずに、ダギは首を傾げた。

「なにそれ」

「おまじないです。元々は道に迷った時に唱えるものなんですけど、自分が困ったときや、決心が揺らぎそうなときに、正しい道へ導いてもらうためにも唱えます」

「導くって、誰が？　招來天尊？」

「いいえ、スメラノミコトという神様です」

ダギがどこかで聞き覚えのある名前をさらりと告げて、浬灑は促すように再び歩き始める。あれは確か、瑞雲《ずいうん》から聞いたのだったか。

「スメラノミコトが、行くべき道へ天鳥船《あめのとりふね》で迎えに来てくださるんですって。姉さんからそう教えてもらいました」

「天鳥船……？」

さらに覚えのある名称に、ダギは記憶を辿る。

そうだ、あの時も自分は、不思議に思って路汰に問い返したのだ。

「……春江《しゅんこう》に旧王朝の王族の霊堂があって、そこに死者の魂をあの世へ運ぶための船の模型があるんだけど……」

「葬儀の時に飾る、葬船ですよね?」

浬灑が不思議そうに目を向ける。葬船を飾る習慣は珍しいものではなく、船の大小や豪華さは違えど、庶民であっても葬儀になくてはならないものだ。

「うん、それを路汰は、確か天鳥船って呼んでたなぁ」

赤ん坊のころから当たり前のように通っていた霊堂。そこにある船に、幼いダギはすぐに興味を引かれた。春江は山間の町のため、そもそも船の実物を見ることがほとんどない。ダギにとってそれは、とても不思議な乗り物だった。

「このおまじないを教えてくれた姉さんは、沱里《だり》平原の遊牧民出身だって言ってましたから、招來天尊と何か関係があるんでしょうか……」

沱里平原は、泛旦国を興し、招來天尊を国神《くにがみ》としたナクサの民が暮らしていた土地だ。お互いに腑《ふ》に落ちなくて、ダギと浬灑はそれぞれ考え込む。スメラノミコトという神の名は、この国では聞いたことがない。そもそも浬灑の言う天鳥船と、ダギが霊堂で見た船が、同じものを指すのかどうかもわからない。

「よくわかんねえけど、路汰の話によると、天鳥船は川や海を行く船じゃなくて、本当は——」

「主上」

王宮近くまで帰り着くと、表門の前で神官長が神官たちを引き連れて待ち構えていた。

「潔斎《けっさい》に入るお時間です」

ずらりと居並ぶ奉斎服姿の面々を眺めて、ダギはうんざりとため息をついた。祭主を務める者は、神堂の脇に併設されている斎宮《いつきのみや》に籠《こも》り、数度の沐浴と禁酒に加え、穀物が中心の食事を口にし、神官以外との接触を断って、身体の内も外も清めなければならないのだという。

「今からぁ？　飯食ってからじゃだめ？」

「食事は斎宮でもお出しできますので」

「でも肉は食えないんだろ？」

ダギの問いに、神官長の後ろに控えていた神官たちが、露骨に目を吊り上げる。彼らは決して、望んでダギを祭主にしようというわけではない。できればずっと神官長が代理を務めたかったのだろうが、明日の神事はかなり強引に王宮側が設定したと聞く。

「神事が終わるまでのことですから」

洹瀧に言われて、ダギは仕方ないかと、ようやく諦める。

「兄貴たちにもしばらく会えないって言っといて」

「かしこまりました。いってらっしゃいませ」

洹瀧に見送られ、ダギは誘導する神官長の後について歩き始めた。

四章　邪神の笑み

一、

祈年祭《としごいのまつり》前日の朝、養童院へ行くというダギと別れ、街へ出た琉劔《りゅうけん》たちは、赤の神堂へ続く参道の途中で、数人の神官たちを連れた景姜《けいきょう》と出くわした。

「三人揃ってどうした？」

道の端で、縄や木製の道具を使って測量のようなことをやっていた景姜は、こちらに気付いて顔を上げる。

「赤の神堂を拝観に。俺以外の二人は、参拝がまだだったので」

手拝をして、琉劔は答える。ここを訪れるのは、延哲《えんてつ》に襲われた騒動後、初めてだ。

「景姜さんは何を？」

「明日の祭に合わせて、この道に夜通し灯す灯火器を出すんだが、その準備だ。火を使うんでな、神官だけじゃなく、一応近衛司《おれ》の同意が必要なんだ」

ごつい体を竦《すく》めて、景姜はやれやれと息を吐く。本来彼の立場であれば、代理や部下を遣わすなどして、現場へ出てくることは少ないはずなのだが、それほど人が足りていないのだろうか。

「大青司《おおあおのつかさ》へ、軍から何人か融通してくれねぇかって頼んだんだが、渋くてな。こっちは抜けた豪人《たけひと》の分まで、王宮やら王族やらの警護に人を割くんで、俺もここんとこ出ずっぱりよ」

琉劔の疑問を見透かすように、景姜は小声で説明する。やはり人手不足は否めないところか。

「近衛司《このえのつかさ》も大変ですねぇ」

日樹《ひつき》が同情するように言って、景姜は苦笑した。

「しかし、赤の神堂を見るっつっても、そんなに面白いとこもねえぞ？　青の神堂には行ったんだろ？」

「ひとつ見そびれたところがあって。神堂の裏に、祠《ほこら》がありませんか？」

実はあれからずっと気になっていたのだ。暗くてよく見えなかったが、あの祠に祀《まつ》られていた神像を、どこかで見た気がして。

「祠……ああ、あれか！」

思い出したように言って、景姜はあとを部下に任せ、琉劔たちを先導するように神堂へ続く階段をあがる。そして神堂の脇に続く小道を進むと、成形した石を積んで作った祠が見えてきた。あの日は暗くてよく見えなかったが、琉劔の腰ほどの高さがあり、凝った作りではないが、中の神像が雨風を凌《しの》げるようになっている。

「あれ?　これって……」

そこに安置された木像に目を留めて、日樹が同意を求めるように琉劔たちを振り返る。

「見覚えあんなぁ。王太后の離宮で見たやつか」

瑞雲《ずいうん》が膝を折ってしゃがみ込み、祠の中を覗《のぞ》き込む。大人の腕の太さほどの木に、顔や髪が彫り込んであり、ふっくらとした頬《ほお》や、笑顔を作る細い目は、愛らしい子どものようにも見えた。それは、離宮の客間で見たものとよく似ている。

「景姜さん、これは何の神ですか?」

やはり見間違いではなかったようだ。琉劔の問いに、景姜はやや渋い顔をした。

「嘵嘵神《りようりようしん》だ」

聞き覚えのない名前だった。

「嘵嘵神は、もともと未嘵《みりよう》族の神だ。三十年くらい前に、一族ごと我が国へ下って以降、招來天尊《しようらいてんそん》様に仕える神の一柱《ひとはしら》として加わった」

それを聞き、琉劔は赤の神堂の中で、祀られていた神々のことを思い出した。

「嘵嘵神だけ、なぜ外の祠に?」

「ちょっと理由《わけ》ありでな。嘵嘵神ってのは、贄《にえ》を必要とする神なんだ。しかも鹿《しし》よりでかい贄——つまり人こそを最上の贄としていて、それを得るために戦をやってたくらいだ。捕らえた捕虜を何百人も贄にしたこともあるって話だぜ。しかもただ殺すんじゃなく、腹の中の臓物を生きたまま取り出すとか、かなり残酷なやり方でな」

予想以上の話に、琉劔は無意識に眉根を寄せる。人柱を立てる信仰はなくはないが、ここまでのものはあまり聞いたことがない。

「その嘵嘵神ってのは、贄の断末魔《だんまつま》の悲鳴が好きなんだとよ。それを聞くとにっこり笑って、願いを叶えてくれるんだとか。だが、あまりにもおぞましくて不吉だっていう理由で、当時の王が神堂に入れることを許さなかったっていう話だ。加えて、泛旦《はんたん》国内で人を使った贄の儀式をやることも禁止された」

今まで制圧し、併合した国の神々を祀ることを許した神堂でさえ、この神だけは拒否したということは、よほどの反発だったのだろう。

「しかし、その嘵嘵神の木像が、なんで王太后の離宮にあったんだ？」

首を傾げる瑞雲に、景姜がやや焦ったように尋ねる。

「本当に離宮で見たのか？　何かの間違いじゃねえのか？　祀ることを許されているとはいえ、未嘵族以外からは、ほぼ邪神扱いなんだぞ。何か別の木像と見間違えたんじゃないか？」

景姜に言われ、琉劔は再度、祠の中の木像を眺めた。大きさは、離宮で見かけたものの方が少し小さいだろうか。しかしふっくらした頬や細い目は、別のものとは思えないほどよく似ている。

「……言われてみれば、確かに少し違うところもあります」

思い至って、琉劔は景姜を見上げた。

「離宮で見かけた木像には、片目だけ色が入っていました」

「あ、確かに」

「右目だけ筆で描いてたな」

日樹と瑞雲が同意して頷く。一人だけならばともかく、三人の意見が一致するなら間違いないだろう。

しかしそれを聞いた景姜は、にわかに血相を変えた。

「……いくらなんでも、王家でそんなことは……」

「右目が入っていると、何かまずいのですか？」

「まずいというか……どう言えばいいか……」

景姜は、言葉を探すように腕を組む。

「俺もきちんとした流れを知ってるわけじゃねえから、もしかしたら間違ってるかもしれねえが……、嘵嘵神に願掛けをする場合、最初にこの木彫りの像を用意して、以降満《まん》願日《がんび》までの間に、両目と口を描き加えていくと聞いたことがある」

琉劔は再度、祠の中の木像に目を戻した。そこにある像の顔には、顔料は一切入っていない。

「つまり、離宮で見かけたあの像は、誰かが願掛けをしている最中だと……？」

必読のエッセイ

塩谷舞
ここじゃない世界に行きたかった

世界を閉ざさず本当に求めるものと出会うためには？　Xフォロワー11万人のエッセイストが綴る、美しいもの、生活、求愛、働き方

●902円
792220-7

斎藤明美
高峰秀子の引き出し

昭和の大女優は、夫との慎ましやかな日常を何より大事にした。数々の思い出と宝物が詰まった引き出しを開けていく、珠玉のエッセイ

●847円
792221-4

原島由美子
箱根駅伝を伝える
テレビ初の挑戦

いまやお正月の風物詩となった、箱根駅伝。1987年、初めてテレビ中継に挑んだテレビマンたちの奮闘を描く傑作ノンフィクション

●1210円
792222-1

紀蔚然　船山むつみ訳
台北プライベートアイ

大学教授を辞め私立探偵の看板を掲げた呉誠は連続殺人の容疑者に擬せられ、冤罪をはらすべく自ら真犯人を見つけ出すことを誓うが……

●1375円
792223-8

小池真理子選
精選女性随筆集
白洲正子

人生諸般への鋭い洞察。小林秀雄、青山二郎らとの交流。能の素養に基づく古人への追慕。白洲正子入門かつ決定版といえる随筆集

●1100円
792224-5

鬼平犯科帳
シリーズ累計
3000万部
超!
決定版(四)収録「血闘」
決定版(五)収録「兇賊」
池波正太郎
池波正太郎
100年
鬼平犯科帳 決定版(五)
盗
金 公開
映画化
科帳(五)
か、
を憎むか」
金 公開
「血闘」
監督:山下智彦
配給:松竹

己の…
傑作…

映画
主演 草…
監督：白石…
配給：キノ…

文藝春秋

人気女性作家6…

中島京子 桜庭一樹 島本理生
大島真寿美 宮下奈都 角田光代

いつか、アジアの街角で

美味しい一皿、彼が口にし…ば、愛したものとの思い出、葛藤の記憶……。あの街の空気が語りかけてくるような、珠玉の短編6作

●737円
792213…

千野隆司
朝比奈凜之助捕物暦
美しい女房

娘たちを喰い物にする裏組織を凜之助が追う！

評判の鴛鴦夫婦の羽左衛門とお多代。だが、羽左衛門は誰にも言えない悩みを抱えていた。一方、江戸では近頃、娘の夜鷹が出没し……

●825円
792214-6

竹村優希
その霊、幻覚です。
視える臨床心理士・泉宮一華の嘘3

失恋した姫の怨霊に、子どもの霊とのかくれんぼ。怖くて楽しい、書き下ろしシリーズ第3弾！

翠は「500年前に岩に封印された怨霊」を式神にすべく、相棒の一華をキャンプに誘う。霊のあまりの強さに、二人は再びピンチに!?

●792円
792215-3

蜂須賀敬明
横浜大戦争 川崎・町田編

川崎から突然売られた喧嘩に右往左往する横浜の土地神たち。だがその裏に町田の大神の野望があった。話題の横浜土地神バトル第三弾

●957円
792216-0

学びのなかにある読物

中江有里
万葉と沙羅

不登校を乗り越え、通信制高校に通う沙羅。そこで再会した幼なじみの万葉は、本が大好きな青年だった。本が結ぶ瑞々しい青春小説

●825円
792217-7

伽古屋圭市
クロワッサン学習塾
謎解きはベーカリーで

母に連れられて、三吾の無料塾を訪ねてきた頼人。歴史にはずば抜けた興味と知識を持つが、ほかの教科には意欲をもてない様子で……

●825円
792218-4

新川帆立大絶賛！ 創作大賞2023(note主催)「別冊文藝春秋賞」受賞作

秋谷りんこ

看護師・卯月咲笑には、患者の「思い残し」が視える——病棟で起きる小さな奇跡に涙が止まらない、

…847円
…2219-1

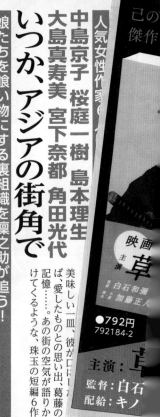

「それはあり得ねえ……と思いたいが……。当然だが、王家は国神《くにがみ》であり建国の神である招來天尊様を信仰している。それは絶対の理《ことわり》だ。他神を拝むこと自体まず考えられねえのに、よりによって嘵嘵神なんざ……いくらあの王太后でも……」

願掛け途中の邪神の像が、離宮に偶然紛れ込むとは考えにくい。しかも景姜の言う通り、王家の人間が国の創生にすらかかわりのある招來天尊を差し置いて、他部族の邪神に願掛けをするなどあり得るだろうか。彼女はすでに富も、国母という地位すら手にして、夫が遺してくれた離宮に住み、若い男を好き勝手に侍らせることができている。政には興味がなく、おそらく民の暮らしなどにはもっと関心がない。今更神に何を願うというのか。

「嘵嘵神でなければ、叶えられない何かがあるのか……？」

琉劔は口の中でつぶやく。

一体それは、どれだけ果てしない願いなのか。

一度は捨てた我が子を呼び戻し、王とした彼女が何を考えているのか──。

「……景姜さん、嘵嘵神について、もっと詳しい人はいらっしゃいますか」

琉劔に問われ、渋面を作っていた景姜が顔を上げる。

「ああ、沌街《とんがい》に行きゃあ、未嘵族がいるはずだ」

天蓋《てんがい》の太陽は、そろそろ正中へ辿り着こうとしていた。

日干し煉瓦の建物がひしめき合う王都のはずれ、泛川のほとりに、沌街《とんがい》と呼ばれている場所がある。泛旦《はんたん》国に併合された国や部族の民が主に暮らしており、彼らはいわば戦に敗れた『敗者』であるがゆえに、就ける仕事が限られている。才覚のある者や、運よく師事できるような人物の下へ行くことができた者は、手に職をつけることも可能だが、大半が洗濯や染物などの仕事を請け負っていた。

大きな石をくりぬいて作った桶の中に、汚れた衣類が詰め込まれ、そこに泛川《はんかわ》からの水と、汚れを落とす際に用いられる灰汁《あく》や果実の皮を入れ、あとはひたすら足で踏んでいくのだ。上流には衣草の畑があり、それゆえ汚水を出すこの洗濯場は、どんどん下流へ追いやられているという。働いている者の中には、ダギとよく似た背格好の少年たちもいる。おそらくは幼い頃からここで働いているのだろう。口元には、部族の習わしか輪のような刺青《いれずみ》がある。無心で洗濯物を踏む彼らに目を留めながら、琉劔《りゅうけん》は先を歩く景《けい》姜《きょう》の背を追いかけた。

やがて景姜は、申し訳程度の排水設備から溢《あふ》れた汚水を踏み越え、その先にある、壊れた日干し煉瓦を積み上げた瓦礫《がれき》置き場のような場所までやってきた。そこで手持ちの灯火器を香炉代わりに、香草を詰めて燻《くゆ》らせている中年の男に声をかける。

「ビャク、ちょっと今いいか?」

呼ばれた男は、景姜の姿を認めて、にやりと唇の端を持ち上げた。腰だけを覆う漠衣《ばくい》姿は、街で見かける人々と同じだが、小動物の頭蓋骨《ずがいこつ》と思しき骨がいくつか連なったものを腰から下げている。どうやら彼が、未暁族《みりよう》らしい。露《あら》わになっている上半身は明らかに垢《あか》じみ、骨ばっていた。楽な暮らしではないのだろう。辺りには、鼻の中にこびりつくような、香草独特の甘い香りが漂っている。幻覚作用のあるものではなく、おそらく嗜好品だろう。

「今日はどうしたよ、旦那。また犯人捜しか？」

「いや、今日は仕事じゃねえ。だがちょっと訊きたいことがあってな――」

そう景姜が言い終わらないうちに、琉劔は前方から気だるげに歩いて来る、若い男に目を留めた。何をするわけでもなく、道に落ちている小枝や布屑《ぬのくず》を蹴散らしたり、住居の壁を蹴ったりしながら、不機嫌そうにしている。その顔には、見覚えがあった。琉劔の視線に気づいたのか、男が顔を上げ、こちらの姿を確認するや否や、雷に打たれたかのように背筋を伸ばし、目を見開いた。

「え、な、なんでここに……」

「何やってんだ延哲《えんてつ》！　七日間の謹慎だと言っただろう！」

気付いた景姜が、琉劔の代わりに躊躇《ちゅうちょ》なく怒鳴りつけた。琉劔が望まなかったので、彼らは法では裁かれていない。その代わりに、謹慎と反省を促されているはずだった。

「ここなら好き勝手できると思ったのか⁉」

「べ、別にそんなんじゃねえよ！」

「だったらなんだ！」

景姜の声は容赦なく、関哲《かんてつ》の息子である延哲は、ばつが悪そうに顔をしかめる。あの日、一人対三人だったにもかかわらず、手加減された上で完敗したことは、一応苦い記憶にはなっているようだ。

「別になんだっていいだろ！　家にいたって居心地悪いんだよ！」

「自業自得だろ。それとも関哲に迎えに来てもらう方がいいか？」

「やめろよ！　余計なことすんな！」

延哲はやや焦ったように叫ぶ。彼の方も、おそらくは近衛兵に見つかりにくい場所を選んできたつもりが、まさかここで景姜や琉劔と鉢合わせるとは思っていなかったのだろう。

「くそっ、ついてねえな……」

不機嫌そうに吐き捨てて、延哲は踵《きびす》を返した。しかし歩き出す直前に、やや逡巡しつつ半身振り返り、琉劔の方を見やった。

「……なあ、それって本当にナクサなのか？」

問われて、琉劔は無意識に左手で剣に触れる。

「そんなに気になるのか？」

「まあ、珍しいし？」

琉劔はちらりと景姜と目を合わせた。今更延哲に知られたところで、この前のようなことはないとは思うが。

「……確証はない。ただ、特徴は一致している、ということだ」

「へえ……そうなんだ」

琉劔の答えを聞いて、延哲は意外にも満足げに微笑んだ。

まるでこちらを陥《おとし》いれるような、ひと匙《さじ》の悪意を混ぜた笑みだ。

「もしかして、それ持ってるから優遇されてんの？」

その真意を計りかねて、琉劔は眉を顰《ひそ》める。

「優遇？」

「王の友人だなんて嘘だろ？　混《ま》ざり者《もの》と友達になる奴なんかいるかよ」

延哲は鼻で笑う。

「招來天尊《しょうらいてんそん》様とナクサの御加護が、ずーっと続くといいなぁ？　ま、俺は馬尭《ばぎょう》様に守ってもらうけど」

「黙れ！　さっさと帰って、便所の掃除でもしていろ！」

再度景姜に怒鳴られ、延哲は首をすくめ、小走りにその場を後にした。

「すまんな、よく言い聞かせていたはずなんだが……」

景姜が、申し訳なさそうに琉劔を振り返った。

「いえ、お気になさらず」

まだ十代だというところに更生の望みはあるものの、あのままでは近いうちにまた騒動を起こすだろう。そしてまた、尻ぬぐいのために父親が金品を持って出かけていくのか。

「商家の人間だけに、彼も馬尭神の方を贔屓《ひいき》しているんでしょうか」

わざわざ彼が馬尭神を持ち出したことが気になり、琉劔は尋ねた。

「あいつは、曽祖父が尭《ぎょう》国人なんだ。関哲が馬尭神の祠や御堂を寄進してるせいもあって、縁が深いんだろう」

景姜がため息まじりに説明する。招來天尊を敬愛している彼にとっては、あまり面白くない話だろう。

「何の神を拝んでいようが構わんが――」

香草の煙を吸って、ビャクが口を開いた。

「関哲も延哲も、ここんとこでかい顔しすぎなんだよ。ここの人間になら、何をやってもいいと思ってやがる。関哲も仕事をくれるのはいいが、そのほとんどが危ない場所での埋め立てだの、伐採だの、きついやつばっかりだ。そこで怪我をしようがお構いなし。あそこは親子で、ここを替えの利く手足くらいにしか思ってねえ」

灯火器に新たな香草を詰めて、ビャクは顎《あご》を撫《な》でる。

「ま、それは王宮も同じか。なあ、旦那？　結局役人も、人が集まらねえ仕事だけ、ここに持ってくるもんなぁ」

問われて、景姜が複雑そうに息をついた。

「そもそも役人が、ここへ個人的に仕事を振るのは違法だ。そういうときはすぐに知らせろと、前にも言ったはずだぞ」

「だって金くれるからよお。そりゃみんな受けちまうわな。だが金払いだけなら、関哲の方がいいぞ。役人は態度もでかい上に金も渋る。いいとこなしだ」

ビャクは燻らせていた香草を一枚とると、それを丸めて口に咥《くわ》えた。そうした方が、強く香りを楽しめるのだろう。

「なんか、慈空《じくう》と行った紀慶《きけい》国の眠浮《みんふー》を思い出すね」

琉劔の後ろで、日樹《ひつき》が瑞雲《ずいうん》に囁《ささや》いた。

「ここは役人まで絡んでる分、眠浮より性質《たち》が悪いな。しかも彼らは非民《ひみん》なわけでもねえ。併合された以上は、泛旦国の民だ」

瑞雲が同意しつつ腕を組んだ。要は、こういうやり方を王宮が黙認し、彼らを救済もせず、安い労働力としてそのまま放置しているということだ。おそらくダギには、知らされていないだろう。王であるなら、こういった国の暗部にまで目を向けねばならない。

「それで、訊きたいことってのはなんだ?」

口に咥えた葉っぱを奥歯で嚙《か》みながら、ビャクが尋ねた。景姜の目線を受けて、琉劔は一歩前に出る。

「嘵嘵神《りょうりょうしん》についてお尋ねしたいのですが」

「へえ、哓哓様について？　珍しいねあんた」

ビャクは目を瞠《みは》り、まじまじと琉劔を見つめる。邪神とすら呼ばれ、この国では受け入れられがたい神だということは、彼らにも自覚があるようだった。

「私は旅人のため詳しくはないのですが、未哓族以外にも、この国で哓哓神を信仰している人はいるのでしょうか」

人を贄とする儀式は、この国では禁じられたと聞いた。しかし言い換えれば、人以外を贄とするのであれば、儀式は可能だということだ。だからこそ、哓哓神の信仰が今でも絶えていないのだろう。目にする機会が多ければ、興味を持つ人間は自ずと出てくるはずだ。

「面白いことを訊くねぇ。確かにこの国じゃ陽《ひ》の目を見ない信仰だが、実は珍しい話でもねえよ」

香草を嚙んで、ビャクはにやりと笑う。

「哓哓様はとにかく力の強い神だ。捧《ささ》げ物さえきちんとやれば、どんな願いだって叶えてくださる。その噂を聞きつけて、どうしても叶えたい願いのある奴が、祀り方を訊きに来ることはたまにあるもんさ」

「なんだと……！」

聞いていた景姜が、驚きで眉を吊り上げた。招來天尊の敬虔《けいけん》な信徒である彼にとって、多神教国家とはいえ、邪神を拝むことなど許しがたいのだろう。

「招來天尊様ってのは、確かにご立派な神だが、『導きの神』だからなぁ。国神にするにゃいいかもしれんが、生活が苦しいだの、病気が治らないだの、今すぐ神に縋《すが》りたい民草にとっちゃ、そんな悠長なことは言ってられんのよ。対価を支払えば、欲しいものをくれる神様の方を頼る奴がいたって、不思議じゃあないだろう」

「暁暁神って、そんなになんでも叶えてくれるんですか？」

日樹が不思議そうに尋ねる。

「捧げる贄が、願いに見合ってりゃあな。実際それで願いを叶えてもらったやつは、俺の周りに何人もいる。なかなか叶わねえときは、術者に金を渡して一緒に拝んでもらったりもするぜ」

では、なぜ未暁族はここでの暮らしに甘んじているのか、という問いを、琉劔はかろうじて呑み込んだ。おそらくは、それに見合う贄が用意できないから、などと言われてはぐらかされるだろう。今はここでわざわざ揉《も》める必要もない。

「たとえば庶民ではなく、高貴な身分の方の中にも、そのような方はいらっしゃいますか」

王太后が暁暁神を拝むようになっていたとしたら、一体それは何が目的だったのか。琉劔の問いに、ビャクはこちらを値踏みするような顔で口端を吊り上げた。

「ああ、いるぜ。ただそういう奴らは、本人がここに来ることはない。だいたい使いの者を寄こすんで、そいつに祀り方を教えてやる。暁暁様の秘術の中には、結構えげつないものもあるんだが、使いの者を寄こすような奴ほどそういう術を知りたがるんだ」

「えげつないもの、というと？」

「誰かを呪うだの、殺すだのっていう類《たぐい》のやつさ」

声を低くして、ビャクは告げる。

「逆に、新たなものを得るための儀式もある。そういや六、七年前にも、祀り方を教えた奴から、身寄りのない二歳以下の子どもを三人集められないかと相談されたことがあったなぁ。結局俺は断ったが、どこからか調達したようだったぜ」

調達という不穏な物言いに、琉劔は眉を顰めた。

「俺は本当の依頼主の名前は知らない。だが、よほどお悩みだったんだろうさ。まさか三から一を生む儀式を本気でやるとはね。昔はよくやっていたようだが、犠牲が大きいんで、今では俺らでも滅多にやらねえ術だ」

「三から、一を生む……」

つぶやくように繰り返して、その意味に気付いた瞬間、琉劔の背中を鳥肌と戦慄が駆けあがった。

「それは……三人の子どもを贄として捧げる代わりに、祭人が身ごもるということですか？」

ビャクは黄ばんだ歯を見せて笑う。

「ま、そういうことだな。まったく、やんごとないお方の考えることは恐ろしいぜ」

琉劔は苦い感情を逃がすように、ひと呼吸分だけ目を閉じた。
六、七年前、どうしても子どもを欲していた人物には、一人心当たりがある。
「……それは、今の王太后ですか？」

琉劔の言葉に、景姜が息を呑んでこちらに目を向けた。

「ダギと弟の巴栈《はさん》の年齢差は十歳。つまり十年間、王太后には子どもができなかった……」

琉劔は、以前酒場で聞いた話を思い出した。当時は、赤ん坊を連れて王宮の前を通ることさえ憚《はばか》られたという。長子が混ざり者だったこともあり、王太后は焦ったはずだ。どうにかして早く、後継ぎになる子どもを産まなければ、妾《めかけ》たちに取って代わられてしまう。そのためには手段など選ばなかったのではないか。

巴栈は、今年で六歳になる。

「まさか……いくら王太后様でもそこまでは……」

景姜が呻《うめ》くように声にした。

「俺は王太后だなんて言ってねぇよ？　本当の依頼人は知らねえからなぁ。ま、贄を調達した奴は、絹だの玉だのっていう珍しい東方の高級品を、たんまりもらったっていう話だが」

ビャクは惚《とぼ》けて肩をすくめ、新しい香草を灯火器に詰めた。この国で絹や玉を用意できる人間は、さほど多くはない。

「でも待って、それって弟太子が生まれる前の話でしょ？　じゃあ離宮にあった右目だけ入った神像は？　左目や口が描かれてないってことは、願掛けの途中なんだよね？」

日樹が律儀に手を挙げて発言する。確かに、三から一を生む儀式はすでに成功し、巴桟が生まれている。右目だけが描かれた神像を琉劔たちが見たということは、王太后が再び新しい願いを叶えようとしているということになる。

「右目を入れるのは、満願日の七日前。左目は四日前。口を描くのは前日だ。その後神像は、贄とともに埋められる。右目を入れて以降、途中で儀式をやめれば、嘵嘵様の怒りを買って祭人に災いが起こると言われてるんで、右目が入ってるなら確実に儀式が進行している証だ」

ビャクは黄色く濁った双眼を、再び琉劔に向ける。

「お前さんたちが右目を見てから、何日が経った？　下手すりゃもう満願日を過ぎてるんじゃねえか？」

琉劔は、離宮を訪れた日から今日までの日数を慎重に数えた。少なくとも四日が経過している。最短であれば今日が満願日であり、最長であれば三日後が満願日だ。そして明日と明後日どちらかが満願日であっても、おかしくはない。

「……なんか、嫌な予感がすんなぁ」

瑞雲がぼそりとつぶやいて腕を組む。

「明日はダギが初めて祭主を務める祈年祭《としごいのまつり》だぞ。おまけに即位一周年だ。それに合わせてなんか企んでんじゃねえだろうな」

「でも、企むと言っても何を？　ダギのことは王太后が望んで呼び戻したんだよね？」

「あ、ああ。ダギを呼び戻して王にすることは、王太后様のご命令で、趠砂《たくしゃ》様が進められたと聞いてる」

日樹の問いに、景姜が頷く。

「俺がずっと腑《ふ》に落ちねえのはそこだよ。そもそもダギを追放してから、嘵嘵神にまで縋って弟を産んでるくせに、王が死んだあと、なんでわざわざ捨てた兄の方を呼び戻す必要がある？　王位を継ぐ年齢なんか、王太后の一声でいくらでも変えられるだろ」

これまで幾度となく話題に上がった疑問を、瑞雲が再び提示する。

「末息子でもなく、王太后でもなく、ダギじゃないといけない理由があったってことか？」

神妙に額を突き合わせていた琉劔たちの傍で、ビャクが堪《こら》え切れないように肩を震わせ、喉の奥で笑った。

「なんだビャク？」

気づいた景姜が声をかける。

「いや、つくづく、思い切りのいい御人だと思ってよお」

笑い声に混ぜながらそう言って、ビャクは新たに巻いた香草を咥えた。

「どういう意味だ？」

「いやいや、こりゃ俺の勝手な想像だからな」

「かまわん、言え」

「とんでもねえよ。不敬罪でしょっぴかれたらたまったもんじゃねえ」

ビャクは大げさに肩をすくめ、両腕をさすってみせる。それを見て景姜が小さく息を吐き、懐から取り出した小銭を握らせた。

「いやぁ、まあ、これは本当にここだけの話にしてくれよ？」

ビャクはにやりと片頬で笑って、小銭を腰に吊るした袋へ無造作に収める。

「今の話を聞いてて思ったんだが、そのやんごとない御方は、擬王《ぎおう》の儀式をやろうとしてるんじゃねえか？」

「ギオウ？」

その文言を、琉劔は繰り返す。確かそれは、王太后と趙砂の話を盗み聞いた浬灑《りしゃ》が、話していたものではなかったか。

「俺の出身地のあたりじゃ、昔はよくやってた儀式だ。前の王や長が、不吉な死に方をしたときに、祓《はら》いとして次の正式な王までの間に置く、擬似《ぎじ》の王だ」

「擬似の王……それで擬王」

「不吉なものや悪いものが次の王に憑《つ》かないよう、擬王にそれらを全部引き受けさせるんだ。そして――」

香草の香りを吸い込んだビャクが、一拍置いてぬらりと光る目を琉劔へ向ける。

「擬王を臣民の前で殺して贄とし、その血を神像に捧げることで、祓いは完了したとされる」

混ざり者がこの国の王になった理由。

そのすべてが今、抗《あらが》えぬ糸として繋《つな》がる。

「臣民の前で殺すだと……？　本気で言ってんのか？」

珍しく焦りと怒気をはらんだ口調で、瑞雲がビャクに詰め寄った。

「要はこっそり殺すんじゃなくて、役目の終わりを皆で見届けろってことだよ」

ビャクが瑞雲を片手であしらう。

「まあ俺には、誰のことを言ってんのかわかんねえけどな」

惚けて香草を吸いながら、ビャクが喉を鳴らして笑った。

離宮で見かけた、右目の入った神像。

あれが本当に、擬王の儀式が無事に完了できるよう祈ったものだとしたら。

「擬王が祓いとして機能するには、どのくらいの期間が必要ですか？」

琉劔の問いに、ビャクは垢の浮いた首を掻《か》きながら答える。

「きっかり一年だ。太陽がまた同じ場所から昇る日まで」

「一年……」

琉劔は呻くように繰り返した。

確か明日に行われる祈年祭は、ダギの即位からちょうど一年だ。それに合わせて、王宮側が神事の日にちを変えたとさえ聞いた。

王宮内の神堂で執《と》り行われる神事とはいえ、そこには神官や役人も参列する。彼らを見届け役の臣民とみなすということだろうか。

「……王太后は、神事の最中にダギを殺す気なのかもしれない」

そう考えれば、すべての辻褄《つじつま》が合う。

弟が即位するまでの五年という繋ぎどころではなく、ダギは最初から、一年の祓いの期間が終われば殺される予定だったのだろう。

「嘵嘵神の像を隠し持って参列すれば、血を神像に捧げるという部分も叶えられる。万一の反発を考えても、市井の人々の前で殺すより、よほど後始末は楽だ。民には、王は病気で身罷《みまか》ったと報告すればいいだけのこと」

自分で口にしながら、琉劔は吐き気を覚えて胸を押さえた。こんな予想は、できれば外れて欲しい。

「くそっ!」

行き場のない怒りをぶつけるように、瑞雲が傍にあった割れた日干し煉瓦を蹴り上げる。粉々に砕けた破片が、土煙を上げてあたりに飛び散った。そして顔を上げるや否や、元来た道を引き返した。

「俺は王宮に戻るぞ。このままダギを殺されてたまるか!」

その声を追うようにして、琉劔たちも走り出した。

「主上は先ほどより潔斎《けっさい》に入られましたので、祈年祭《としごいのまつり》が終わるまでお会いになることはできません」

沌街《とんがい》より王宮に取って返した琉劔《りゅうけん》たちは、すぐにダギを捜したが、神堂の入口で神官たちにそう断られた。

「それなら神官長に取り次いでくれ。一刻を争うかもしれねえ事態だ」

琉劔の代わりに近衛司《このえのつかさ》である景姜《けいきょう》が直接交渉したが、神官たちは困惑した様子で首を振る。

「申し訳ございませんが、神官長も潔斎に入っております。神官長だけでなく、神事に携わる神官もまた外との接触を禁じられていますので……」

「そこをなんとかならねえか」

「慣例を破ることは神事を汚すことになります。近衛司様であれば、よくおわかりのはずです」

「それはそうだが……」

このままでは押し問答が続くだけだ。琉劔がちらりと後方に目を向けると、目立たぬようわざと瑞雲《ずいうん》の陰に入っていた日樹《ひつき》が、すでに駆け出そうとするところだった。彼であれば、斎宮《いつきのみや》の中にも侵入が可能だろう。

「何をしている!」

しかし一瞬の目配せを交わす間に、鋭い声が辺りに響き、日樹の足が止まった。

神堂と表宮を繋ぐ道から、兵士たちが隊列を成してこちらに向かって歩いて来る。先頭にいるのは、一人だけ日金色《あかがね》の鎧《よろい》を着た小柄な男だ。白髪交じりの頭髪ではあるものの、その眼光には隙《すき》がない。

「なんで大青司《おおあおのつかさ》が……」

景姜が愕然《がくぜん》とつぶやき、我に返ったように拝をする。国によって多少官吏組織に違いはあるだろうが、大青司といえば軍部を取り仕切る兵部や、その長を指す。近衛司もその下に入るので、要は景姜の上官だ。

「近衛司よ、今がどんな時かわかっていて、神堂で騒いでいるのか?」

大青司は、門口にいた神官たちに後を任せるよう合図をして、門を閉じさせる。施錠の音が大きく響くのを、琉劔は拝をしたまま聞いた。

「申し訳ありません。一刻を争うことゆえ……」

「お前ともあろう者が、神聖な潔斎を汚すことがどういうことか、わかっていないわけではあるまい」

「しかし……」

「畏れながら、大青司長《だいせいしちょう》様」

口ごもる景姜の代わりに、琉劔は拝の姿勢を崩さずに口を開いた。

「ダギ王の御身《おんみ》にかかわる火急の用にて、我々が近衛司様にお願いをいたしました。すべては私共の無知ゆえのこと。お許しください」

大青司が靴底を鳴らして、こちらに向き直るのがわかる。

「景姜、こちらは？」

「主上のご友人です」

景姜が答えるのを聞いて、やや面倒くさそうなため息の後に、大青司は琉劔たちに面を上げるよう言った。琉劔の目に、老年に差し掛かった神経質そうな男の顔が映る。兵部《ひょうぶ》というより、民部《みんぶ》あたりにいそうな顔だなと、琉劔は斯城《しき》国の面々を思い浮かべた。およそ軍兵には向いていない体格だが、余程計略に長けているか、兵を育てることが上手いのか。

「たとえご友人であっても、国祭への口出しは無用でございます。神堂内は神官が、そして外周は豪部《ごうぶ》に代わり兵部がお受けいたします。主上の御身が危険にさらされることなど、露《つゆ》ほどもございませぬ」

丁寧な口調だが、断固として譲らない姿勢が露骨に見える。

「兵部が外周を……？　今回に限ってなぜ……」

知らされていなかったのか、景姜が戸惑いつつ尋ねた。

「しかも近衛兵ではなく、軍兵を置くのですか？」

「趠砂《たくしゃ》様からのご命令だ。豪人《たけひと》の数が減り、近衛兵はそちらに割り振られている。動ける軍兵がいるなら、それを使うことは不思議ではあるまい」

さて、これはどちらだと、大青司の顔を見ながら琉劔は思案する。

浬灑《りしゃ》の話からすると、趠砂もまた擬王の儀式を把握しており、王太后とともにダギを殺そうとしていると考えていいだろう。その計画を、他にどのくらいの者が知っているのか。趠砂から命を下されたというこの大青司は、果たしてどちらの側か。そう思案していた琉劔の左肩を、不意に瑞雲が強い力で摑んだ。その勢いに不穏なものを感じて、琉劔は振り返る。瑞雲にしてみれば、弟のようなダギが死ぬか生きるかの瀬戸際《せとぎわ》だ。強行突破もやりかねない。

「待て、瑞雲――」

「申し訳ございません、大青司長様」

琉劔が止めようとした直後、場違いなほど朗らかな声で瑞雲は口にした。

「勝手がわからず、大変失礼なことを。ダギ王は初めて祭主を務めることを、かなり重圧に感じられていたご様子。顔を見て励ましをと思っておりましたが、こちらの短慮でございました」

清流のような清々《すがすが》しい一礼を受けて、大青司が呆けたように、微笑みをたたえた白磁の頰を見上げる。

「景姜様はこちらの無理な願いを、どうにか叶えようとしてくださったにすぎません。

どうぞご寛大に」

穏便に収めようとする瑞雲を見て、琉劔と日樹は彼に合わせて手拝をする。ここでは一旦引いた方がいいという算段だろう。無理に騒いで、監禁でもされてしまえば動けなくなる。沌街から戻るまでの間に、いくらか冷静さを取り戻したか。

大青司は気を取り直すように咳払《せきばら》いをして、景姜に向き直った。

「あまり勝手に動くな。持ち場に戻れ」

「承知いたしました」

景姜と目配せして、琉劔たちはその場をあとにする。

歩きながら見上げた神堂の青い屋根は、何事もなかったように静まり返っていた。


神堂前で一度景姜《けいきよう》と別れた琉劔《りゆうけん》たちは、夜になって東明殿《とうめいでん》で密かに落ち合った。

「ここに来る前にざっと見回ってきたが、神堂の周辺は軍兵がぎっちりだ。虫一匹入り込める隙間がねえ。誰に訊いても、神堂の警護を大青司長《だいせいしちよう》自ら出てきてやるなんざ知らなかったって話だし、信じたくはねえが……大青司長も王太后側か……」

景姜がやり切れない様子で息を吐く。趠砂《たくしや》の命令だと本人が言っていたことも踏まえると、そう考えて間違いないだろう。

「ダギを擬王として殺す前に、誰かに殺されたら計画が全部だめになるから、あれだけ警戒してんのかな?」

日樹《ひつき》が窓の外を窺《うかが》いながら尋ねる。ここからは神堂の屋根がかろうじて見えるだけだ。

「誰かにっつーより、神官に圧力かけてんじゃねえか? この状況でダギに危害を加える奴らがいるとしたら、関係性から言っても一番可能性があるのは神官たちだからな」

瑞雲《ずいうん》が腹立ちを紛らわせるように、手近にあった酒をあおる。

「外側をこれ見よがしに軍兵が警備してりゃあ、神官側も、何者かが侵入して王を害した、なんてことにはできねえだろ」

来客があれば茶を淹れるのが彼の流儀なのだが、さすがに今はその余裕もないようだ。

「なるほど。神官たちが今でもダギが王であることに納得してないってことは、王太后の味方じゃないってことだもんね。じゃあある意味、神官が周りを固めてる潔斎中が一番安全なのかな?」

「そうかもな」

二人の会話を聞きながら、琉劔は景姜に目を向ける。

「景姜さんは、こちらの味方だと思っていいのですか?」

これからのことを考える前に、まずそのことをはっきりさせなくてはならない。混ざり者の王が穢《けが》れを抱えて死んでくれるなら、その方がいいと考える人間は、この国に決して少なくはないだろう。今更その全員を、説得できるとは思っていない。

「俺は――」

何か言おうとした景姜が、思案する面持ちで口をつぐんだ。そして一拍置いて、決意を込めるように顔を上げる。

「混ざり者だとかそうじゃないとか、そういうことは関係ねえんだ」

景姜は、首から下げたナクサを祈るように掴んだ。

「そもそも招來天尊《しょうらいてんそん》様を裏切り、邪神に贄を捧げようとする王太后の道理なんざ、通してやる義理はねえ。……正直、まだ半信半疑なところはあるが、だからといってこのまま手をこまねいているわけにもいかん」

景姜は自分に言い聞かせるように口にして、首飾りを握ったまま、「どうか神の御名のもとに」と小さくつぶやいた。

「……それに俺は、あいつの初勅《しょちょく》の先を、見届けたくもある」

もしかすると彼も孤児だったのだろうか。養童院を作ったダギがそうだったように、そのダギを見ている彼もまた、貧しい暮らしを知っているのかもしれない。

「じゃあ、改めてどうするか考えようか」

窓から離れて、日樹が敷布の上に座る。

「さっきも言ったけど、ダギの潔斎中は安全だと思うんだ。問題は出てきてからだよね？」

問われて、琉劔は頷いた。

「おそらく王太后派は、神事の直前か最中に事に及ぶだろう。この神事自体、そもそも祈年祭《としごいのまつり》が目的ではなく、ダギを殺すことを目的として設定されていると考えた方がいい。あちらもそれなりに計画しているだろうな」

王太后や趙砂本人が直接手を下すとは考えにくい。おそらくは雇われた者が、ダギの命を狙いにくるはずだ。

「神事が始まるまでに、ダギを連れ出せればいいんだろうけど……」

「日樹でも無理そうか？」

「俺だけが神堂に入るなら簡単だけど、そこからダギを連れ出してってなると、ちょっと厳しいかなぁ……」

日樹が腕を組んで唸《うな》った。彼の羽衣《はごろも》は、彼以外の人間も吊り上げることは可能だが、その分速さは落ちてしまう。そもそもこの羽衣という『種《たね》』は、闇戸《くらと》のように足場が悪く、大樹が乱立する場所でこそ、存分に機動力が発揮されるものだ。

「なあ、景姜さんよ」

すでに商人という設定など忘れたような顔で、瑞雲が呼びかける。

「あの御参師《ごさんし》は王太后の教育係だって聞いたんだが、本当か？」

「ああ、王太后が嫁いできた直後からそうだったと聞いている」

「それなら、普通は喨喨神《りょうりょうしん》に手を出そうとする王太后を止めるもんじゃねえのか？　趙砂自身は、招來天尊の熱心な信徒なんだろ？」

一度は捨てられ、呼び戻されたかと思えば贄にされるためだったというダギの扱いを、瑞雲は余程腹に据《す》えかねているのだろう。不知魚人《いさなびと》には、不幸な境遇から逃げ出してきた隊員も多い。

「しかも王太后がやろうとしていることは、国神の神事を血で汚すことになる。いくら教育係で情があるとはいえ、ちょっと甘やかしすぎじゃねぇのか。それとも趙砂は、王太后に逆らえねぇような弱みでも握られてんのか？」

「瑞雲、いくら景姜さんでもそこまではわかんない――」

さすがに日樹が止めに入ろうとしたが、それを景姜自らが手をあげて制した。

「お前さんの言う通りだ。あの参議はいろいろ黒い噂もあってな。清濁併《せいだくあわ》せ呑んであの地位まで上り詰めた御人だ。その人が、なんの腹もなく邪神の儀式を行うなんていう危ない橋を渡ろうとするのは、確かに腑に落ちねえ。しかも、王太后の愚かさを誰より知ってる人だ」

胡坐《あぐら》をかいた膝に肘《ひじ》を突き、景姜は自身の顎髭《あごひげ》を撫でる。

「参議が王太后に従わざるを得ない何かがあるか、もしくは――」

「わざと王太后に従ったふりをしている。または、趙砂が王太后を操っているという可能性もなくはないですが……」

景姜の言葉に続けて、琉劔は口にした。考えられる可能性としては、そんなところか。

「だとしても、趙砂の真の思惑がわからん。王族でもないあの方が、今更主上を殺した

「ところで得られる利得はなんだ?」

景姜が眉根を寄せて尋ねる。

「利得……」

つぶやいて、琉劔は口ごもった。そもそも王太后と趙砂が不仲だという話は聞こえてこない。王太后にとっては、夫亡き後、趙砂は頼れる存在であるはずだ。そして趙砂にとってみても、すでに参議まで上り詰めた今、わざわざ邪神を受け入れてまで王太后の機嫌を取る必要があるとは考えにくい。

「……ていうかさ、そもそも本当に神事の最中に殺すつもりなのかな?」

ふと日樹が顔を上げて、そう口にした。

「ビャクは擬王を臣民の前で殺し、その血を神像に捧げることで、祓いは完了したとされるって言ってたよね? それって別に神堂で神事の最中にやらないといけないわけじゃないよ。どこかの部屋で、内通者を同席させてやっちゃえば面倒臭くないのに」

その問いを受けて、琉劔は思案する。

「見届け人に、ある程度の人数が必要なんじゃないのか? だからより多くの人の目に映る神事の最中に——」

「ある程度ってどれくらい? 人数がちゃんと決まってるなら、具体的に言いそうじゃない? 祓いの期間は一年だってはっきり言ってたのに」

「まあ……確かに」

「それに神堂で血を流すなんて、信徒や神官たちからしたら一番嫌なことでしょ？　いくら神堂と仲が悪いからって、ちょっとやりすぎじゃない？　招來天尊まで穢しかねないでしょ？」

神を祀る空間は、常に清浄でなくてはならない。そのことは、祝子《ほおりこ》であった琉劔が一番よくわかっている。神官たちの一番の奉仕は、布教でも神事でもなく、清掃作業にあると言っても過言ではない。神聖な場所を故意に穢した者は、禁固などのかなり重い罰を受けることもあった。

「だから、事に及ぶのは神事の最中じゃなくて、もしかしたらもっと前に――」

「いや」

日樹の言葉を制して、琉劔は静かに息を呑んだ。

神の依《よ》り代《しろ》として仕えていた頃の記憶が、ひとつの可能性を示唆する。

「もしかすると趙砂には、王太后とは別の目的があるのかもしれない」

「別の？」

「ダギを殺すことじゃなくて、招來天尊を穢すことに目的があるのだとしたら……」

神前での殺人などあってはならない。それをわかっていて、趙砂は王太后の望みを足掛かりに、本懐を遂げようとしているのではないだろうか。

「しかし、招來天尊《うろた》を穢してどうする？　神官たちが激怒するだけじゃすまねえぞ？」

景姜がやや狼狽えるように尋ねた。

「もしかするとその神官たちを、一掃しようとしているのかもしれません」

「一掃……？」

琉劔の言葉に、景姜が眉を顰める。

「そもそも王宮と神堂は、長い間紙の権利を争っていて仲が悪い。神官長をはじめとする神官をすべて辞めさせることができれば、紙に関する権利も、金も、全て王宮側が手に入れることができます」

「そうは言っても……簡単にはいかねえぞ。そもそも神官は神にお仕えする者たちだ。それをすべて辞めさせるなんざ、いくら招來天尊様を穢しても――」

言いかけた景姜が、何かに思い至って言葉を切った。

無意識に呑んだ空気が、喉を鳴らす。

「まさか……いや、さすがにそんなことは……」

おそらく、彼が辿り着いた想像は当たっているだろう。

琉劔は言葉を選びながら口を開いた。

「先ほど沌街《とんがい》で会った延哲《えんてつ》の態度に、妙な違和感があったんです。やけに馬尭神《ばぎようしん》を贔屓する言い方も」

琉劔は、対峙した延哲の笑みを思い返す。

ナクサの剣が本物かもしれないと知って、こちらを憐《あわ》れむような、蔑むような笑みだった。

「思い返せば、赤の神堂で襲われた時も、彼はナクサの剣を『今ならまだ高値で売れるはずだ』と言っていました。彼は招來天尊の権威や、ナクサの剣の価値がいずれなくなることを、知っていたのではないでしょうか。だとすると、情報源は父である関哲《かんてつ》以外にありません。擬王はあくまでも派手な目くらまし。趙砂と関哲が裏で手を組んで仕組むのは、ナクサが金屑になるような国への改変。つまり——国神の交代です」

はっきりと言葉にされて、景姜が呆然と琉劔を見つめた。

「国神が替われば、神官も入れ替わる。現在神堂が持っている紙の権利を、王宮預かりにすることも容易でしょう」

「……なるほど。それが、趙砂の利得か」

瑞雲が酒瓶を持ったままつぶやいた。製紙業はこの国の主幹産業だ。そこから入る多額の金は、おそらく趙砂や、その協力者たちに流れる算段になっているのかもしれない。それくらいの旨味がなければ、いくら何でもこんなに大掛かりな計画を考えないだろう。

「関哲に衣草の栽培を任せることで、あいつにも多少の金を融通してやるってとこか」

「し、しかし、招來天尊様を高座から下ろすなんざ、いくらなんでも民が納得するはずがねえ！　神官を一掃できても、民を敵にまわすことになるぞ？　それこそかつての架《か》礼《れむ》王だって、国神を替えることはできなかったんだ！」

景姜が慌てたように腰を浮かせ、両腕を広げて訴える。

「王宮を襲われでもしたら、本末転倒じゃねえか！」

「そうさせないよう、おそらく招來天尊の後継には、馬尭神を据えるつもりなのでしょう」

琉劔の言葉に、景姜が馬尭？　と小さくつぶやいた。

「商人たちに馴染みのある馬尭神であれば、民の抵抗は少ない上に、関哲の関係者を王宮の思惑通りに動く神官として送り込むこともできる。おそらくは、招來天尊の穢れを祓い切るまでなどと、期限や理由をつけるでしょう……」

そうして民を抑え込んでしまえば、あとは趙砂たちの思惑通りだ。

「王太后の邪神信仰からはじまり、ダギを贄にすることを利用した、国家転覆にも等しい計画です」

言い切って、琉劔は奥歯を嚙みしめる。

招來天尊を信仰する民をも愚弄《ぐろう》し、ダギの命を命とも思わない、あまりにも非道な行いだ。

「なんてことだ……」

景姜が力なく、床の上に崩れ落ちる。

「そんなことを、招來天尊様がお許しになるはずがねえ……。主上の命を奪うばかりか、金に目が眩《くら》んで、国神まで替えるなんざ……」

そう言って、どうか神の御名のもとに、と唱える彼の声は、いつになく弱々しい。

「ねえ、そこにいるなら入ってきたら？」

ふと顔を上げた日樹が、部屋の扉の向こうへ呼びかけた。それでも扉が開かないので、日樹が自ら開けに行く。

そこで呆然と立ち尽くしていたのは、浬灑《りしゃ》だった。

「……本当なんですか、今の話……」

驚愕を押し殺せないまま、浬灑は尋ねる。

「主上が殺されて、国神が替わるって、本当なんですか？」

どう答えようか迷っている日樹の代わりに、琉劔が口を開いた。ここまでしっかり聞かれてしまえば、隠し通すことは不可能だろう。

「今のところ、そう考えることですべての辻褄が合う」

「じゃあ主上は、最初から殺されるために呼び戻されたってこと？」

声が大きくなる浬灑を、日樹が部屋の中に引き入れる。東明殿には自分たち以外いないが、どこで誰が聞いているかもわからない。

「俺たちも、その推測が当たっていて欲しいなどとは思っていない」

部屋の中を、重苦しい空気が漂っていた。ダギの潔斎は、明日の神事当日の朝まで続く。琉劔たちが接触できるのは、まさに神事が始まり、彼が神堂へ姿を見せた時だ。救い出そうにも、おそらくダギに事情を説明している暇はない。

琉劔たちの反応を見て、浬灑は大袈裟に身震いし、自身の肩を両手で交差するように抱きしめた。

「なんなのこの王宮⁉　頭おかしい奴しかいないんじゃないの⁉　ほんとに気持ち悪いんだけど！　いるんだかいないんだかわかんない神様のために人間一人殺すって、それもわざわざ呼び戻した長子を？　死んだと思ってたのがたまたま生きてたから、ちょうどいいって話？　しかもそれに便乗して金儲けまでしようっての？」

もはや上級女官の立場など忘れ、浬灑はまくしたてる。

「あーやだやだやだやだ！　いくら給金が良くても、もうこんなとこにいるのはごめんよ！　明日自分がついでに贄にされたって不思議じゃないわよね⁉　なんでこんな国のために死ななきゃいけないのよ！　っざけんな！」

早口に心からの叫びを吐き出したかと思うと、浬灑はその場で白練色の装束を脱ぎ捨てた。下には下着代わりの前あてを着ているが、当然あまり人前で見せるものではない。

「私、本日をもって退職させていただきますから！」

「勝手にすりゃあいいが、俺らに言うな。上官に言え」

浬灑の剣幕に驚いていた琉劔に代わり、瑞雲が応える。

「あーそうでしたねお客様ですものね！　じゃあ景姜様から言っといてもらえます⁉」

「お、俺が言うのか？」

「それからお客様、申し訳ないですけど今後のお食事は他の女官に頼んでくださいませね！」

「浬灑」

早足で部屋を出て行こうとする彼女に、琉劔は呼びかける。

「それでいいのか？」

少なくとも彼女は、ダギを狗王《いぬおう》としてではなく、一人の人間として見ていた。大人たちの思惑で弄《もてあそ》ばれる彼を、案じていないわけではないだろう。

「……だって、私に何ができます？」

露わになった浬灑の薄い背中には、肩から中央部にかけて大きな傷跡があった。

「身分を偽って王宮に入り込んだ箱師《はこし》に、何ができると思ってるんですか？　半端な正義感振りかざして、かわいそうとか頑張ってとか、そんな安い言葉でどうにかなるほど人生甘くないんですよ。まして人間一人をあっさり殺そうとする国を相手に、私がどうにかできるとでも思ってます？　できることと言ったら、私が生き延びることだけです。そう決めたんです」

捨て台詞《ぜりふ》のようにその言葉を残し、浬灑はあっという間に部屋を出ていった。王宮で働いた正規の給金と、盗みで得た報酬。それを持って、すぐに姿を消すだろう。元々それが目当てで王宮にいた女だ。ダギとは所詮雇用関係で、情がある自分たちとは違う。

「あれ……本当に浬灑か……？」

嵐に巻き込まれた顔で、景姜がぼそりとつぶやいた。彼は彼女の裏の顔を知らないので、急に気でも触れたように見えただろう。

「あんまり気にすんな。浬灑のことは知らぬ存ぜぬで通しゃいい」

瑞雲が酒瓶を置いて立ち上がり、浬灑の置いて行った装束を拾い上げる。これも売ればそこそこの金になったと思うのだが、それを捨ててでも王宮と縁を切りたかったのか。

「こっちにつくなら使える手もあったが、あいつにはあいつの人生があるからな」

「あ、それ、俺も考えてたんだよね。盗みの常習犯なら、人目につかずに神堂に忍び込める場所知ってるかなって」

「……盗み？」

意味を呑み込めていない景姜が首を傾げたが、面倒なことになりそうなので琉劔たちはあえて聞こえなかったふりをする。

「とにかく今は、正確な情報を集めたい。ダギがいつどこで殺されるのか。それを知るのが先決だ」

そう口にしながら、琉劔は腕を組んだ。そうなると王太后か、趙砂側の人間からの情報提供が必要になる。しかし自分たちには、そのあてがない。王宮内のことを熟知していたであろう、浬灑という駒も失った。

「景姜さん、誰かこちら側についてくれそうな人に心当たりはありませんか」

琉劔の問いに、景姜はようやく我に返るようにして背筋を伸ばす。

「信仰心の篤《あつ》い者なら、この計画を許すはずがねえ。そういう味方なら作れなくもないが、ダギを救い出すとなると……」

難しい顔で思案に沈む景姜の隣で、日樹がふと閃《ひらめ》いたように顔を上げる。

「王宮内のしがらみがなくて、王太后の動向に詳しそうで、お金で動きそうな人なら……、あそこに一人いるね」

日樹が指さした先、窓の外に見える離宮は、夕闇の中でなお白く佇んでいた。

二、

夜の帳《とばり》が下り、灯火器の明かりの中で、関哲《かんてつ》は卓の上に広げた帳面へ一心不乱に目を落としていた。そこには、泛川《はんかわ》流域で栽培されている衣草の予想収穫量が、区画ごとに細かく記されている。関哲自らが何度も現地へ足を運び、その目で確かめながら書きつけたものだ。収穫した衣草を紙にするまでの時間と費用も、抜かりなく計算してある。製紙法は神堂が公にはしていないものの、方法自体は大方の予想がつく。問題は分量や時間、使用している道具などの詳細がわからないことだ。

「新しく道具を誂《あつら》えたとしても……順調にいけばすぐに元は取り返せる……」

乾燥した土地を好む綿花と違い、衣草は湿地で栽培するため、慣れるまではやや苦労するかもしれないが、神堂が抱えていた小作人にそのまま作業をさせればいい。これまでの倍の給金を出すと言えば、残る者もきっと多いはずだ。

「計画が上手くいけば、間違いなく神司《かんづかさ》は罷免になるだろう。神官も一掃して、代わりに趠砂《たくしゃ》様の息がかかった者を送り込む……。そうだ、うちの息子を推《お》してもらうのもいいかもしれない」

あれこれと想像を膨らませる関哲の独白が、灯火器の影に揺れる。事業を継がせるには、あの息子は少々頭が悪すぎる。いっそあいつには神に仕えてもらって、娘の方に仕事は任せるようにしよう。あちらの方がまだ聞き分けがいいので、こちらも口を出しやすい。そうすれば蹄屋《ひづめや》はこれからも安泰だ。

帳面に、息子を神官へ——と書きつけようとして、関哲は物音に顔を上げる。書斎を出て居間の方へ向かうと、ちょうど帰ってきた息子の延哲《えんてつ》が、水を飲んでいるところだった。

「謹慎中だというのにどこへ行ってたんだ！　あまり目立つことをするなと言っただろう」

すでに妻と娘は寝室に入っている。関哲はなるべく声を抑えながら、息子を咎《とが》めた。

「ずっと家にいたら息が詰まるんだよ。いいだろ別に」

延哲は顔を歪《ゆが》めながら吐き捨て、器に残った水を飲んだ。どこかで酒でも飲んできたのか、少し顔色が上気しているように見える。

「また金を持って謝罪に行かせるようなことはしないでくれ。穏便に収めるのにいくらかかったと思ってる⁉」

「わかってるよ！」

苛立ちに任せて、延哲が声を大きくする。長子だったこともあり、幼い頃から甘やかして育てた自覚はある。気付いた時にはもう遅く、自尊心だけを肥大させてしまった。知らなかったとはいえ、まさか王の友人にまで手を出すような人間になるとは。

いつか商売の邪魔になるくらいなら、橋渡しの役目をしろと言いくるめて、神官にさせる方がよっぽどいい。

「なあ、それより、あの話って本気なんだよな？」

書斎に戻ろうとした関哲の背中に、延哲が呼びかけた。

「国神を替えるなんて、本当にできんのかよ」

その問いに、関哲は初めて趙砂にその計画を打ち明けられた時のことを思い出した。

ダギの血で神堂と招來天尊《しょうらいてんそん》を穢し、神司にはその責任を取らせて退官に追い込む。さらに新しい国神として馬尭神《ばぎょうしん》を置き、招來天尊に仕える今の神官を一掃する。そして衣草や製紙の権利を手に入れ、そこから湧き出る金の一部は協力者の懐へ。国神を替えることについて民の反発もあろうが、招來天尊を拝むことを禁じるわけではなく、まして馬尭神の人気も高いので、それほど大事にはならないだろう。

そのおぞましいほどの構想を、趙砂は関哲の前で淡々と語った。

せっかく擬王として命を差し出していただくのですから、ついでにもう少し役に立っていただきましょう。

あの時は自分も、あまりの事の大きさに、延哲と同じように戸惑い、本当に実行するのかと何度も確かめた。しかし衣草や紙の権利を神堂から速やかに奪い取るには、これしか方法がないと言われて腹を決めたのだ。加えて尭国人《ぎょう》の祖父を持つ関哲にとって、馬尭神が国神となるのは喜ばしいことでもあった。

いくら混ざり者だといえど、王の長子を殺すということに後ろめたさがなかったといえば嘘になる。さらに招來天尊を穢し、国神を替えるという計画に、戸惑いと畏怖を覚えたことも事実だ。

しかしそのことよりも、手にするであろう莫大な金に目が眩んでしまった。

そもそも自分たちは、王太后の計画に便乗するだけのこと。

悪いのは邪神に縋った王太后だ。

悪いのは富を独占しようとする神堂だ。

だいたいダギが混ざり者などでなかったら、殺されることもなかった。

きっと招來天尊様ならわかってくださる。

自分たちは何も間違っていない——。

「お前、そのことを触れまわってないだろうな？　仲間内にも話すなと言っただろう」

関哲は冷たい視線を息子に向ける。

「い、言ってねえよ！　そもそもできるかどうかもわかんねえだろ！」

妙に狼狽えながら、延哲は言い返した。

「まあ、見ていればいい」

関哲は薄い笑みと共に口にする。

「明日の神事は、この国の歴史に深く残るものになるだろうさ」


その日の執務を終えた趙砂《たくしゃ》は、従者へ鹿車《ろくしゃ》で待つように言い、自分は奥宮の離宮へ向かった。部下から、王太后が潔斎に入っていないと報告を受けたためだ。本来であれば、王族である彼女もダギと同じように斎宮へ入らねばならない。

「もう少し早く来てくれたら、一緒に夕食をいただけたのに」

趙砂の訪問を、王太后は呆《あき》れるほどの暢気《のんき》さで出迎えた。ちょうど彗玲《すいれい》や巴桟《はさん》と夕食を終えたところだったらしく、茶を準備するよう侍女に言い付ける。部屋の中には、肉料理に使われたであろう香辛料の香りが漂っていた。神事に参列するものは、王族でなくとも前日の食事は多少控えめにするものなのだが。

彼女の我儘《わがまま》など今に始まったことではないと、趙砂はひとつ息を吐く。

「……遊依《ゆうい》様」

「たくしゃ！　あのね、これ見て！」

巴桟は趙砂の訪問を喜び、新調してもらったお気に入りの玩具を次々と見せてくる。その傍らには、乳母に代わって彗玲がついていた。相変わらず軽薄な笑みを浮かべる男だ。

「ご機嫌ね、巴桟様」

「さっき、万桃《ばんとう》をたくさん食べてご満悦なの。最近は食事には手をつけないくせに、果実ばかり食べたがるのよ」

まるで親に言いつけるように、遊依は口にする。それを容認しているのも、彼女自身なのだが。

「遊依様、明日は祭主と一緒に側手《そばて》をお務めでしょう？　本来なら潔斎に入らなくてはいけないのでは？」

側手とは、祭主の補佐のような役目をする者のことだ。祭主が王の場合、その親族が務めることが多い。

やんわりと指摘した趙砂の言葉に、遊依は若い娘のように唇を尖《とが》らせた。

「だって斎宮に行ったら、お菓子が食べられないじゃない。それに甘いお茶も。あそこでは何杯も白湯を飲まされるのよ？」

先代王の存命中、彼女は何度か側手を務めている。その時の節制がよほど応えたのか、隙あらばこうして潔斎を免れようとするのだ。今となっては招來天尊《しょうらいてんそん》を拝むことさえやめてしまったので、もはや使命感も罪悪感もない。

「それに、今回の神事は本当の神事じゃないんだから、別にいいじゃない」

遊依は拗《す》ねるように口にした。

「巴桟様、向こうのお部屋で遊びましょう」

その場に流れた空気を察し、彗玲が巴桟をなだめすかして部屋を出ていく。茶を運んで来た侍女も、すぐに部屋の外へ下がった。

「……本当によろしいのですね？」

二人きりになった部屋の中で、趙砂は静かに問いかけた。

遊依は、可愛らしく小首を傾げて尋ねる。

「なにが？」

「ダギのことです」

明日、夜が明けて神事が始まれば、ダギは趙砂側が用意した偽の神官に、高座の前で刺殺されることになっている。立ち位置から言えば、ちょうど王太后の隣で息絶えることになるだろう。

「どうしてそんなことを私に訊くの？」

湯気の立つ器を手に取って、遊依は苦笑する。

「ちゃんと驚いた演技をしろということ？　それは確かに、できるかどうか心配だけど」

甘い茶を啜《すす》り、遊依はそれを味わって満足げに息を吐く。そこには、明日息子を殺される母としての、憐れみも悲しみもない。

「だけどどうにかなるわよ。喨喨神《りようりようしん》様の神像にも、さっき口を描いたのよ。にっこり笑った可愛らしい口を描けたから、きっとうまくいくわ」

七年前、第二子の妊娠を求めて、彼女は同じように嘵嘵神に祈った。

三人の幼い命を犠牲にして。

「遊依様がそれでよろしいのなら、かまいません。望んだことですものね」

嘵嘵神へ贄を捧げた後に授かった息子を、遊依は溺愛している。そして当然のように、彼が玉座に上ることを信じている。

「……望んだこと？」

聞き慣れない外国の言葉を問い返すように、遊依がぎこちなく繰り返した。

「ダギを擬王にすることは、遊依様が望まれたのでしょう？」

何かおかしなことを言っただろうかと、趙砂はさらに尋ねた。すると遊依は、ふと肩の力を抜くようにして苦笑する。

「何を言ってるの趙砂、あの子をここに連れてきたのはあなたでしょう？」

口元を押さえ、くだらない冗談を聞かされたかのように、遊依は笑う。

「私は穢れを祓うために、誰でもいいから擬王を置きたいと言っただけよ？」

「しかし、こちらが提案した者は全て遊依様が却下されて――」

「だって罪人なんて玉座に上がらせたくないもの。余計に汚れてしまうわ」

当時の記憶と感情が、趙砂の中でじわりと滲《にじ》み出る。遊依が擬王を置きたいと言い出したのは、春江《しゅんこう》の隣町を訪れていた役人から、ダギが生きているかもしれないという一報が王宮にもたらされた翌日のことだった。

罪人は嫌だ。

奴隷同然の他民族も嫌だ。

たとえ擬似の王であっても、それなりの血筋の者でなければ納得できない。

かといって自分の近しい人を、擬王にするなんて考えられない。

そう言って泣きわめく彼女に、趙砂は随分頭を悩ませた。少しでも窘《たしな》めようとすれば、夫を亡くしたばかりの私に趙砂は優しくないと責められ、意地悪をされただの、嫌がらせをされただのと周囲に吹聴されて、こちらが悪者になってしまう。王の親戚でもある実家にも泣きつかれ、あちこちから責め立てられて趙砂の立場が悪くなるのだ。彼女の我儘と癇癪《かんしゃく》は今に始まったわけではなかったが、邪神の信仰だけに、相談できる人が限られていたことが、余計に趙砂を疲弊《ひへい》させた。

「ダギが生きていれば擬王にできると言ったのは、あなたでしょう?」

遊依の無垢な言葉に、趙砂は無意識に拳《こぶし》を握る。まるで誘導されるように、それを提案してしまったことは事実だ。あの時は、それしか方法がないように思うほど追い詰められていた。

「……しかしあの時、遊依様も反対はされませんでした」

「だってせっかく趙砂が提案してくれたんだもの。今まで却下してばかりだったから、ここでまた断ったら悪いかと思って」

虫すら殺せないような、純真な少女の顔。

しおらしく、弱々しく、庇護《ひご》欲を掻き立てる柔らかな頬で彼女は口にする。

「ダギを殺すと決めたのは、あなたよ、趙砂」

言い放たれた言葉が、無慈悲な音を立てて趙砂の胸を食い破った。

もうずっと前から、裂ける度になんとか繋いでいた薄皮の傷口を、今度こそ抉《えぐ》るように。

そして同時に、趙砂の両手にあの日の感触が蘇《よみがえ》る。

生まれたばかりの我が子を
まだ体から湯気の立つ温かい我が子を
この手で縊《くび》り殺した、あの日の感触だ。

「私知ってるのよ。あなたが関哲《かんてつ》や、太政司《だじょうのつかさ》たちと組んでやろうとしていること。ダギの死を利用しようとしているのは、結局あなたも同じじゃない」

艶やかな唇が、吐息と共に笑みを漏らす。

「でも大丈夫、神堂には黙っておいてあげるわ。安心して」

膝の上できつく両手を握りしめる趙砂へ、労わるように遊依は呼びかける。

「ねえ趙砂、私、あなたには感謝しているのよ。本当の母のようにすら思ってる」

ダギを呼び戻すことを決めた時、あの時も彼女は、同じような笑みを浮かべていた。

一切の責任を負うことなく、周りが勝手にやったと言い訳ができる環境を整えて。

「これからもよろしくね」

蜜菓子のように甘く優しく投げかけられた言葉に、趠砂はずっと渇いていた体の奥深いところが、砂のように崩れていくのを感じていた。


「王太子妃の教育係を頼みたい」

先々代の王から直々に頼まれた日のことを、趠砂《たくしゃ》はよく覚えている。人知れず生まれ、この手で殺した我が子の、十年目の命日のことだったからだ。

子どもの父親は地方で役人をしている幼馴染で、所要のために王都へ立ち寄った際の一度きりの逢瀬であり、彼は趠砂が妊娠したことすら知らなかったはずだ。気心の知れた彼となら、穏やかな家庭を築けたかもしれない。けれど、すでに汚職と賄賂《わいろ》にまみれた自分の人生へ彼を巻き込むわけにはいかず、かといって父親を伏せて産んだ子どもなど、どこで自分の足を引っ張るかわからなかった。

結局は保身のために、我が子を犠牲にしたのだ。

それが果たして正しかったのかどうかわからぬまま、趠砂は何食わぬ顔で宮仕えを続けていた。

「御随意に」

当時、太政司《だじようのつかさ》に取り立てられた趠砂は、その働きぶりから王の覚えもよかった。当然断ることなどできず、趙砂は日々の業務の傍ら王太子妃を迎える準備をした。

王の親戚である陶《とう》家から嫁いできた遊依《ゆうい》は、両親から溺愛された箱入り娘で、あまりにも世の中のことを知らず、教育には骨が折れた。一番厄介だったのは、どんなことであろうと、自分の非を一切認めない他罰的なところだった。幼い頃から、転べば地面が悪い、怪我をすれば道具が悪いと言う母親に育てられたせいで、彼女はそのやり方を見事に受け継いで大人になっていた。おまけに人心の掌握に長け、言葉ひとつ、眼差しひとつで人を動かし、可愛らしく無邪気な王太子妃を演じることが得意だった。

王太子妃が嫁いできて間もなく、彼女のことを愚妃だと陰口を叩いた侍女たちがいたが、王太子妃は鷹揚《おうよう》な振る舞いでその者らを許し、放免にした。しかし一方で、夫である王太子には「あんなことを言われたが王太子妃としての務めを果たしたい」と健気《けなげ》に言い、生家には「あの陰口を思い出して眠れない」と相談し、痩せ細った姿で公務に出る王太子妃は、王宮内で多くの同情を誘うこととなり、原因となった侍女たちは、静かな針の筵《むしろ》に耐えられず、いつの間にか王宮からいなくなった。そういうやり口を使うのが、彼女は天才的にうまいのだ。

ほどなく第一子を出産して、その子が混ざり者だと知った時も、彼女はただ「その気持ち悪いものをどこかへやって！」と叫ぶだけだった。「殺せ」でも「捨てろ」でもなく、「誰かが自分の目の届かないどこかへ持っていけ」と、産み落とした責任すら放棄した。乳すら与えず、名前さえ付けず、悲劇の中心で涙を流す遊依の思惑通り、彼女には何も知らされないまま、春江《しゅんこう》にいるという殺しを仕事にしていた男のもとに、第一子は連れていかれた。可哀想な王太子妃は、「だって私は知らなかったんだもの」と困ったように俯《うつむ》いていれば、それ以上責められることもなかった。

おそらくあれが決定打になったのだろうと、離宮を出た趙砂は、やや冷えた頭で過去を振り返った。あの一件以降、遊依への軽蔑《けいべつ》は確実に嫌悪に変わった。彼女のやり方は上手く、注意深く見ていなければあの狡猾《こうかつ》さに気付けない。特に男性は騙されやすく、夫である王太子はまさにその典型で、趙砂が匙を投げて以降、彼女を諫《いさ》める者はいなくなった。

第二子がなかなかできずにいた頃は、いい気味だとも思った。

誰かから吹き込まれたらしい、嘹嘹神《りょうりょうしん》に縋り始めたのを知った時は、わざと制止せず、贄の邪神に縋る彼女を滑稽《こっけい》だとすら思っていた。

趙砂は、軍兵が警備する神堂の屋根に目を向ける。青い化粧石で彩られた屋根は、その色彩を密やかに夜陰の中へ溶け込ませていた。

——本当によろしいのですね？

先ほど、王太后に尋ねた言葉を心中で繰り返して、趙砂は夜の中に白い息を吐いた。

今更それを訊いてどうしたかったのだろう。遊依が中止すると言うとでも思っていたのか。突然ダギへの母性に目覚めて、やめたいと言い出すとでも思っていたのか。一体あの女に何を期待していたのだろう。そうなれば、自分たちの計画も頓挫するというのに。

明日、ダギは神堂で殺され、贄としての擬王は完成する。

国神は替わり、神司《かんづかさ》は職を失い、紙に関する一切の権利は王宮側へ移行する。

そして速やかに即位に関する法の改正が行われ、新たな王には巴桟《はさん》が就くのだ。

国母である王太后を後見人として。

趙砂は、渇きを覚える胸にそっと手をやる。

今宵遊依に会って、ようやく気が付いてしまった。今更自分の人生に後悔などないと思っていたが、たったひとつ叶えられずに終わってしまったこと。

あの女にはなれて、自分にはなれなかったもの——。

趙砂は静かに顔を上げ、鹿車を待たせていた場所までを黙々と歩いた。そして従者が扉を開けた鹿車に乗り込むと、前を見据えたまま氷のような頬で告げる。

「沌街《とんがい》へ行ってちょうだい」

優秀な従者は、夜の冷気に身を竦ませながら、御意と返事をして御者台に乗り込んだ。

「おやおやおや?」

鹿車に乗り込む趠砂《たくしゃ》の声を、植え込みに身を潜《ひそ》めつつかろうじて聞き取った彗玲《すいれい》は、走り出す鹿車を見えなくなるまで見送った。

「この時間から沌街ねえ……」

先ほどまで、遊依《ゆうい》と趠砂の会話を扉越しに聞いていた彗玲は、大方《おおかた》聞き終えたところで密かにその場を離れ、趠砂を追いかけて外へやってきた。そろそろ『日廣金《ひひろのかね》』について何の情報ももたらしてくれない王太后より、いろいろとこの国の情報を握っていそうな趠砂に鞍替えするべきかと思い、粉のひとつでもかけておこうとしたのだが、どことなく張り詰めた雰囲気に声をかけることをためらってしまった。

「あんまり深入りしない方がよさそうだな」

ぼやいて、彗玲は離宮へと踵を返す。ダギが明日殺されることは予想通りだったのだが、それよりも趠砂と遊依の関係が、思った以上に複雑だったことに驚いた。王太后の腹黒さには自分も気付いていたが、彗玲が考えていた以上に、趠砂にはいろいろな感情が折り重なっているのではないだろうか。

「それにしても、いくら利害の一致があったとはいえ、怖いこと考えるよねえ」

夜の冷気に身を縮めながら、彗玲は離宮の通用口をくぐる。なんだかすっかり興が冷めてしまった。今更遊依の相手をしに部屋へ戻る気にもならない。具合が悪くなったふりでもして、今日は自室に引っ込むべきか。

「混ざり者とはいえ不憫《ふびん》だな。捨てられた時に運よく生き延びたかと思えば、贄になるために連れ戻されるなんてね。いっそ死んでた方が幸せだったんじゃない？」

廊下の窓からは、ダギの友人たちが滞在している東明殿が見える。彼らは明日の祈年祭《としごいのまつり》に参列すると聞いたが、一体どんな気持ちで友人が贄になる姿を眺めるのだろう。

「……だからこんな国、とっとと出ていけばよかったのに」

一度茶を共にしただけの関係ではあるが、同情くらいはしてやってもいい。ダギが殺される現場を目にして、彼らがそのまま国外へ出してもらえるとは思えない。おそらくは口を塞ぐため、ダギの道連れにされるだろう。だからこそ彗玲は、堅苦しいことが苦手なので神事には参加しないと言ってある。ただ、いつまでこの国にいるかは、悩ましいところではあるのだが。

「『日廣金』も見つからないし――」

ため息まじりに再び歩き出そうとした矢先。

「動くな」

不意に背後を取られて口元を押さえられた。耳元で囁くのは男の声だ。充嗣《じゅうし》かと思ったが、彼ならこんなふうに自分を拘束する必要はない。

声も出せず、誰だと問う暇《いとま》もなく、彗玲は近くの空き部屋へと連れ込まれた。

五章　その椅子に座る者

一、

祈年祭《としごいのまつり》当日、神堂は日の出とともに神官たちによって清められ、祭事に必ず用いられる久了《くりよう》の香が焚かれた。高座の上にある依《よ》り代《しろ》の御椅子《おいす》も美しく飾り付けられ、御椅子を覆う天幕は、祭事用の煌《きら》びやかな刺繍《ししゅう》が入ったものに取り換えられている。たわんだ襞《ひだ》のひとつひとつまで美しく整えられており、翠砂《たくしゃ》は深い夜のような瞳でその高座を見上げた。

今日も朝からずっと体中が渇いている。

けれど所詮それはまやかしだ。

水を飲んでも酒を浴びても、翠砂の中の砂漠はすべてを飲み込んで侵食していく。

「……翠砂様のお気持ちは、理解しております」

あと一刻もしないうちに、この神堂には続々と参列者が集まり始めるだろう。それまでのほんのわずかな時間に、翠砂に呼び出された太政司《だじょうのつかさ》である祥斉《しょうさい》は、ともすれば言葉足らずだったかもしれない趙砂の密談を、乾いた砂が水を吸うように理解した。

「……いずれこのようなことが起こるのではないかと、予感はしておりました」

緊張か、それとも驚きのせいか、祥斉は額に滲《にじ》んだ汗を拭う。

趙砂は彼を落ち着かせるように、穏やかな笑みを向けた。

「驚いたでしょう。けれどあなただけには、話しておこうと思ったのよ」

「私だけ……しか、知らされておらぬのですか?」

「誰が何を考えているかなんて、本当のところはわからないもの」

趙砂の言葉に、祥斉は誇らしげに頰《ほお》を上気させた。彼にしてみれば、憧れの大先輩に、信用していると言われたも同然のことだ。これ以上に嬉しいことはないだろう。

「どうか、力を貸してくれるかしら?」

彼もまた頼られれば嬉しいのだ。

懇願されると断れないのだ。

よいところを見せようとして、一線を踏み越える自分と似ている。

――それをわかっていて、言葉を選ぶ醜さよ。

「ご安心ください。必ず趙砂様の力になってみせます!」

趙砂の思惑通り、祥斉は胸を張って応えた。

どこからか、乾いた砂が風に巻き上げられる音がする。

それを趙砂は、微笑んで聞き流した。

神堂に集まった参列者は、床に敷かれた敷布の上に片膝を立てて座り、供物《くもつ》を持った神官や祭主を出迎える。市井の人々は赤の神堂の方で行われる神事に参加するので、こちらに来ることはないが、王宮内で働く役人や、参列を許された上級女官たちで、神堂内はいっぱいになる。そのため官位の低いものは神堂には入れず、前庭で神事を見守ることになるのだ。

趙砂は神が祀《まつ》られた高座に一番近い最前列で、そっと周囲を見回した。王家の親類をはじめ、官位の高い役人たちや、招かれた州司《しゅうのつかさ》が前列を固め、趙砂の二列後ろには特別に関哲《かんてつ》が参列を許されている。ダギの友人だというあの三人組は、一人が体調を崩してしまったというので、もう一人が看病に付き添い、結果風天《ふうてん》と名乗っていた髪の長い男だけが参列をするという。王からの口添えがあったのか、一般人だが中ほどの列にその姿があった。その後の面倒を考えれば、いっそ全員で欠席してくれればよかったものを、と趙砂は思う。

やがて楽師団が打ち鳴らす大きな太鼓と、それに続けて祓《はら》いの効果があるとされる金属製の合わせ鐘が打ち鳴らされ、神事の始まりを告げた。それとともに、控えの間に待機していた神官たちが、供物を載せた高杯《たかつき》を持ち神堂へと入ってくる。

祈年祭は、その年の豊作を願う神事のため、捧《ささ》げられる供物は衣草《ころもそう》などの農作物や、泛川《はんかわ》で獲れる魚や貝類だ。前年はこれだけのものが採れたと、神に報告することから始まる。それが終わると、今度は楽師が打ち鳴らす金音に合わせて、側手《そばて》である王太后が、太陽を表す日金《あかがね》製の鏡を持って神堂内を進んでくる。いつの間にか新調した、見事な花の刺繡が入った光沢のある礼拝服は、滑らかな生地が肌に添い、彼女の華奢《きゃしゃ》な体を見せつけている。王太后自身はいつもと変わりなく、その艶やかな唇に笑みすらたたえていた。

王太后が高座の前へ辿り着くと、それに合わせて再度金音が鳴らされて、いよいよ祭主であるダギが入場する。神官長に先導され、後ろに神官たちを従えたダギは、足先までを覆う丈の長い装束を着て、同じ生地で作られたつばのない帽子をかぶり、息がかからぬよう目の下までを覆う布の口面をつけている。手には、代々王に受け継がれる月金《しろがね》色の短杖。

ダギが高座の下までやって来て王太后の隣に並ぶと、二人は神の依り代である御椅子に向かって拝をして、その椅子に短杖を置くために、一歩ずつ高座を上がっていく。御椅子へとたどり着くまでの階段は、全部で五十段ある。二人が一段ずつ高座を上るのを、趙砂は食い入るように見つめた。

五

六

七……

段数を数えながら、趙砂は無意識に両手を握りしめる。

……十一
十二
十三……

そして十五段目をダギの足が踏んだ瞬間、彼はまるで装束のたわみを直すような自然な動作で懐に手をやり、引き抜いた小剣で迷うことなく王太后の脇腹を刺し貫いた。

趙砂は、一瞬だけ祈るように目を閉じる。

あまりにも躊躇《ちゅうちょ》のない、滑らかなダギの動きに、その場にいた多くの者には何が起こったのかわからず、堂内は静まり返ったままだ。幸か不幸か、趙砂の位置から王太后の顔は見えず、ただその場に縫い留められたように動かない。ダギが小剣を引き抜くと、その反動でぐらりと体が傾き、遊依《ゆうい》はそのまま重い砂袋が落ちるような速度で、階段を転がり落ちた。

その光景に、ようやく神堂内で悲鳴が上がる。

続けて彼女を保護しようと、慌ただしく走り出す足音。

しかし王太后の身体は、もはや鮮血に染まって小刻みに痙攣《けいれん》し、その双眼はあらぬ方向を見つめている。やがて刃に仕込んでおいた毒が効いたのか、半端に開いた口元が微かに動いた直後、強く全身が強張ったかと思うと、ゆるりと弛緩《しかん》した。その傍らでは、彼女の懐から転がり落ちた小さな木像が、薄《うっす》らとした笑みを浮かべていた。

「そんな……！　一体どういうことだ……」

趙砂の二列後ろで、関哲が呆然とつぶやくのが聞こえた。当然だろう。趙砂自身も、昨夜までこんなことは考えもしなかった。けれど今になってみれば、どうしてこんな簡単なことが思いつかなかったのだろう。

邪魔なら消してしまえばよかったのだ。

今までずっと、そうして生きてきた。

「ダギ王、ご乱心である！」

阿鼻叫喚と化す神堂内で雄叫びを上げたのは、大青司《おおあおのつかさ》の蜂起《ほうき》だった。彼にとっても予想外の出来事だったはずだが、さすがは軍兵を率いるだけの胆力を持つ男だ。抜かりなく周囲に目を走らせつつ、自分の標的を逃がすまいと咆哮《ほうこう》する。

「この清浄なる神堂で、実の母の血を流させるなど言語道断！　万死に値する所業！　大青司長《だいせいしちょう》の名をもって首を取ることを許可する！」

その号令で控えていた軍兵が飛び出していったが、それよりも早くダギに駆け寄った影があった。

「お待ちください！」

そう叫んで、軍兵の前に立ちふさがったのは、近衛司《このえのつかさ》である景姜《けいきょう》だった。

「まず優先すべきは王太后様にできうる限りの治療を。そして主上からは事情をお伺いするべきかと！」

至極真っ当な主張に、軍兵が上司の顔を窺《うかが》うように振り返る。その間に、ダギの手から小剣を奪い取ったのは、風天だった。彼は惨劇を前にしても慌てる素振りはなく、抵抗するダギの腕を背中に回して身動きを封じる。それを見て、趙砂は慌てて立ち上がった。彼があんなに近くでダギと接触するとは想定外だ。王太后を刺したダギへ、大青司が兵をけしかけるであろうことは予想がついていたので、その通りにいけばすでにダギの首は刎《は》ねられているはずだった。そしてそれを、趙砂の息がかかった神官が素早く回収する手筈《てはず》になっていた。

「皆、静粛に!」

趙砂は声を大きくする。

注目をこちらに集め、どうにかして風天や景姜の気を逸らしたい。

あと少し。

あと少しでこの国が変わるのだ。

「痛ましい惨状に言葉もありませんが――」

趙砂の言葉に、神堂内は砂嵐が引くように静かになる。

王太后のもとには豪人《たけひと》が駆けつけたが、溢れ出した大量の血が生き物のように床を這い、手遅れであることはもはや誰の目にも明らかだ。

「まずは、王太后様に祈りを……」

見開いたままの王太后の双眼は、豪人の手によって瞼《まぶた》が閉じられた。

「想定外の出来事とはいえ、招來天尊《しょうらいてんそん》と神堂は血によって穢《けが》されてしまいました。神事の清浄を守れなかった神官の罪は、重いと判じざるをえません」

「なんだと……？」

両脇を神官に支えられながら、神官長が低く呻《うめ》いた。

「この状況を、我らが引き起こしたとでも!?」

「神事で王族の血が流れるなど前代未聞！　その責任を取らずして何が神司《かんづかさ》か！」

趙砂は雷のように一喝する。

「今、この時より、神司の組織を解体し、太政司の管理下に置きます。招來天尊様もまた、穢れが落ちるまで高座から退いていただきましょう」

「お待ちください！　いくら趙砂様でもそのようなことを勝手にお決めになっては……！」

宰相が慌てて止めに入るが、趙砂はそれを気怠《けだる》く一瞥《いちべつ》した。

「では、他に誰が決めるというのです？」

唯一の決定権を持つ王が、よりによってこの神堂において、その手で母を殺《あや》めたことを、この場にいる全員が目撃している。

「そ、それは……」

案の定、宰相は答えることができずに口ごもった。

「宰相殿、ここは趙砂様の仰せのままに」

「いずれにせよ神堂の咎《とが》は免れますまい」

趙砂の協力者である大紫司《おおしのつかさ》や大赤司《おおせきのつかさ》にたしなめられて、宰相は強引に膝を突かされる。彼らとて王太后が殺された事情はわかっていないだろうが、とりあえずこちらについておけば分があると踏んだのだろう。

趙砂は供物が並べられた高杯の前に進み出て、神堂に集まった人々へ向き直った。そこにいるすべての人の視線が、一人の参議である趙砂へと注がれる。

心に溢《あふ》れたのは憎しみか野心か。

それとも、母になってみたかったという、些細で理不尽な嫉妬か。

判別のつかない感情に身を任せる趙砂の傍へ、太政司の祥斉が侍《はべ》るように歩み寄った。

「よいか皆の者よ！　これは泛旦《はんたん》国の重大な危機！　今こそ我らの心をひとつにするときぞ！」

どこか恍惚《こうこつ》とした面持ちで、太政司は叫ぶ。

「今この時より、趙砂様を国母と心得よ！」

神堂の中に響き渡った声に、大紫司や大赤司が真っ先にひれ伏した。それに続けて、皆が次々と平伏していく。趙砂の力は、王宮の誰もが知るところだ。睨《にら》まれれば生きていけないことをよく知っている。戸惑っていた宰相も、最後には苦渋の顔で敷布に手をついた。

喉が渇いていた。

ずっと、体中のすべてが渇いていていた。

それを癒すのは上等な絹の手巾ではなく。まして金でもなく。

我が子を生かせなかった代わりに、国の母となること――。

それなのに、この場に平伏する全員の背中を眺めながら、趯砂は思ったよりも高揚しない自分の気持ちにやや戸惑っていた。

邪魔者はいなくなったのに。

もうあの我儘《わがまま》に付き合わされることもないのに。

皆に必要とされる『母』になれるはずなのに。

趯砂は不透明な胸の内を払拭《ふっしょく》するように、風天が捕らえたままのダギへ目を向けた。

「親殺しは、王と言えど重罪。ダギ王の首を刎ねよ」

そう命じた一瞬、ダギの腕を押さえる風天と目が合った。

深い蒼《あお》の瞳は、趯砂が思っている以上に冷静だ。閃《ひらめ》くようにその理由に思い至って、趯砂は息を呑む。まさか、すでに気付いているのか。

しかしその直後、ダギが激しく身をよじって風天の手から抜け出し、高座を飛び降りる。

「待て！」

風天が声をかけたが、ダギはかまわず走り出そうとして、敷布の重なりに足を取られて転んだ。その拍子に、口面がずれて素顔が露《あら》わになる。彼は慌てて口面を直そうとしたが、それよりも早く大青司長がダギの前に立ちふさがった。すぐさま口面が剝《は》ぎ取られ、顎《あご》を摑まれたダギは、その顔がよく見えるよう窓からの陽《ひ》に当てられる。そして蜂織の指が、彼の口元に塗られた肌と同じ色の顔料を拭った。

「……御参師《ごさんし》にお尋ねしたい」

大青司の低い声が、趙砂の胸に矢のように突き刺さった。

「これは、誰だ?」

ダギの露わになった素顔は、髪や瞳の色こそ同じであるものの、顔料が拭われた口元には他部族の刺青《いれずみ》が入っており、明らかに別人だった。

「あの強固な警備の中、狗王《いぬおう》の替え玉を用意できるとすれば、お主しかおらぬ」

神堂内を、さざ波が立つようにざわめきが支配する。よく見ようとして立ち上がった大赤司が、少年の顔を確認して趙砂に詰め寄った。

「どういうことですか、御参師!」

彼らが聞かされていたのは、ダギの贄《にえ》としての抹殺。それだけだ。大青司に至っては、それが前提にあったからこそ、ダギが王になることを許したと言っても過言ではない。

「裏切ったか、参議殿。混《ま》ざり者《もの》を殺せると聞いて、そちらについたというのに」

「なんのことでしょう?」

大青司の問いに、趙砂はあくまでも冷静に首を傾げた。惚《とぼ》けることなど、もう何十回も繰り返してここにいるのだ。

「仮にそれがダギでないというのなら、お捜しになったらいかがです?」

微笑みさえ添えて言い放った趙砂に、大青司は一瞬怯《ひる》んだように鼻に皺を寄せたが、すぐに踵を返して兵へ号令をかける。

「狗王を捜せ！　見つけ次第殺してかまわぬ！　首級をあげよ！」

軍兵から応と太く声が返り、我先にと神堂から駆けだしていった。これから彼らによって、王宮の棚の隅まで捜索が行われるだろう。今日この日のために、彼らは混ざり者を王と呼ぶ屈辱に耐え忍んできたのだ。

騒然とする神堂の中で、いつの間にか風天の姿はどこかへ消えている。それならそれでいいと、趙砂は小さく息を吐いた。

その時ふと視界に入った、高座の上に祀られた空の御椅子。

確かに空であるはずなのに、そこに座る誰かと目が合った気がして、趙砂の背中を言い様のない空恐ろしさが這い上がった。


遠くで太鼓の音が聞こえる。

それに続けて金属の何かが打ち鳴らされる甲高い音も。

逆に、それまで近くで聞こえていた話し声も足音も聞こえなくなった。

湿った土と、黴《かび》のにおい。

それはダギが春江《しゅんこう》で暮らしていた頃に、嗅《か》いでいたにおいと似ている。あの霊堂も、神堂も、同じようなにおいがしていた。

「ダギ、生きてるか⁉」

その声と共に瞼の裏が明るくなって、ダギはゆっくりと目を開けた。眩《まぶ》しさに一瞬目が眩《くら》んだあと、こちらを覗《のぞ》き込む瑞雲《ずいうん》の顔を認識する。

「兄貴……」

声を出そうとしたが、掠《かす》れていて上手く音にできなかった。まだ夢の中にいるように、頭の中もはっきりしない。

「まさか本当にここにいるとはね。一発で引き当てるあたり、俺の勘もまだまだ鈍ってないね」

その聞き覚えのある声は、彗玲《すいれい》だろうか。

斎宮《いつきのみや》の中央にある祭主の部屋。その床下に掘った穴の中に、ダギは夜明け前から横たえるように入れられていたのだ。瑞雲の手によって引き上げられると、心配そうにしている日樹《ひつき》の姿も見えた。

「しかし、誰もいない廊下で背後を取られて、真っ暗な部屋に連れ去られたときは、さすがに今までの人生の回顧録を見たよ。あれで俺が協力するって言わなかったら、どうする気だったんだ」

「彗玲さんがお金で動く人で助かったよ」

「それ褒めてる？」

「おまけに斎宮の中にも詳しいなんてね」

「まあ、何度か忍び込んでるし」

日樹と彗玲が会話する中、ダギは手足を縛られていた縄を切ってもらい、水を飲ませてもらう。冷たい水が喉を通って腹の中に落ち、ようやく目が覚めた気がした。

「……何が起こってんの……？　あと……なんでわかったの……」

諸々を省略して、ダギは一番の疑問を瑞雲に問う。数刻前に斎宮の中で起こったことは、決して彼らは知り得ないはずだ。

「話すと長くなるんだが、まあ要は、お前の身代わりになりそうな奴が、沌街《とんがい》からここに連れてこられたんで、ずっと斎宮の出入口を張ってたんだ。だがお前が出てくる様子はない。だとしたら隠したんだろうっていう結論になった。趠砂《たくしゃ》が何を考えてんのかはわかんねえが、ほとぼりが冷めるまでお前をここに匿《かくま》っておきたかったんだろう」

「趠砂が……？」

ダギは意味が吞み込めずに問い返す。

「今朝、まだ暗いうちに誰かが俺の部屋に入って来て、なんか、変なにおいのやつを嗅がされてここに……。それが趠砂だったってこと？」

「いや、それは趠砂に協力してる神官だろう。あのばあさん、呆《あき》れるほどいろんなとこに顔が利くんだな」

そう言った瑞雲は、ふと目元の笑みを取り払って、ダギを見つめた。

「ダギ、今から大事な話をする」

初めて見る瑞雲の顔に気圧《けお》され、ダギは無意識に息を詰める。

「今日の神事に参列していたら、お前はおそらくその場で殺されていたはずだ。王太后と趙砂は、お前に先代王の不審死という穢れを背負わせ、贄として殺そうとしたんだ。そういう儀式が、嘵嘵神《りょうりょうしん》の信仰の中に伝わっている」

「え……」

あまりにも突拍子のない話に、ダギの口元は戸惑いの笑みさえ作ろうとした。

「俺が、贄……？」

口にしても、実感などない。そもそも贄という名称自体、この国では滅多に聞かない言葉だ。

「そのためにわざわざ、春江から呼び戻されたってこと……？」

「そういうことだ」

目を逸らさずに、瑞雲は頷く。

「でも、だったらなんで俺はここにいんの……？　神事は？　もう始まった？」

「始まってるはずだ。さっき言った通り、お前にすり替わった少年を祭主として」

ようやく事態の全容が見えてきて、ダギは視線を床に落とした。

「その身代わりの奴……、もう殺された？」

沌街から連れてこられたという彼は、おそらく身寄りのない貧しい少年だろう。今日ここで命を落としても、いなくなったことを不審に思う者が周囲にいない人物。そういう者が選ばれたはずだ。

養い親を亡くした直後の、自分のような孤独な子どもが。

「神堂《あっち》には、風天《ふうてん》と景姜《けいきょう》がいる。お前を救い出すことを最優先に考えれば、身代わりがダギのふりをしたまま死んでくれる方が、俺たちにとってはありがたい。……が、風天が納得しなくてな。やめておけとは言ったんだが、軽んじられていい命などない、とか言うもんだからよ」

瑞雲が呆れ気味に説明する。その言葉が、ダギの胸に小さな明かりを灯したようだった。同時に、風天がこの場にいない理由がわかって安堵する。

「じゃあ――」

「待って」

ダギが言いかけた時、日樹が制するように右手を上げた。そして静かにするよう合図して、耳をそばだてる。ダギたちも物音を立てないよう、息を殺した。

身代わりの祭主と神官たちは、神事が始まる前に斎宮と神堂を繋《つな》ぐ控えの間に移動しており、その間斎宮は完全な無人となる。この時間であれば、見張りの軍兵もすべて神堂の方へ移動しているはずだが、そのうちにわかに神堂の方が騒がしくなった。

「……身代わりがばれたか？」

瑞雲が日樹に問う。

「わかんない。でも……風天は戻ったよ」

耳を澄ましていた日樹がふと立ち上がり、扉の隙間《すきま》から廊下の方へ顔を出して手招きする。

「こっちこっち」

その声に招かれて、日樹の言う通り風天が姿を見せた。ダギには足音など聞こえなかったのだが、日樹にはわかるのだろうか。

「ダギ、無事だったか」

こちらの姿を見つけて、風天はあからさまに愁眉《しゅうび》を開いた。

「……神事、どうなった？」

神堂の方から聞こえてくる騒ぎが、どんどんこちらにも近づいているようにも感じる。ダギの問いに、風天は少し言葉を選ぶように間を取ったが、意を決して口を開いた。

「王太后が殺された」

その言葉に、ダギよりも早く反応したのは彗玲だった。

「……なんで？」

あまりにも予想外のことだったのか、彼は完全に虚を突かれた顔をしていた。

「俺にもわからない。だが、刺したのはダギの身代わりをしていた少年だ。おそらく、趙砂に命じられていたんだろう」

「趙砂が……」

呆然とつぶやいて、彗玲はそれ以降押し黙った。

「趙砂と王太后が、俺を殺そうとしてたんじゃなかったの？」

「俺たちもそう思っていたんだが、事態はもう少し複雑なようだ」

所詮は仲間割れだったのだろうか。ダギは困惑して目を伏せる。王宮に戻ってから、母とは数えるほどしか顔を合わせていない。憎んでいたし、恨《うら》んでいたが、まさか殺されるとは思っていなかった。

「それで、その刺した身代わりはどうなった？」

外を窺いながら、瑞雲が尋ねる。

「ダギではないことがばれて、逃げた。金を貰って引き受けたんだろうが、王太后殺しを実行したのはあいつだ。俺にはこれ以上庇《かば》う義理もない。ここから先はあいつの運だ。それに神堂はもうそれどころじゃない。大青司長《だいせいしちょう》が、何が何でもダギを見つけ出して殺す気だ」

外の騒ぎはそのせいかと、ダギはぼんやり理解した。大青司長が自分のことを嫌っていることは知っている。王になると決まったときに、最後まで激しく反対していたのは彼だと聞いた。とにかく彼は、混ざり者を嫌悪しているのだ。もしかすると、今日この日に、自分を殺すという前提で、王になることを了承したのかもしれない。

「逃げるぞダギ。表宮の東門に黒鹿《くろじし》を呼んである。もう来てるはずだ」

瑞雲に促されるが、ダギはすぐには立ち上がれなかった。まるで身体が底なしの沼に嵌《はま》っているかのように動かせない。手足をついて体を起こすのが億劫《おっくう》で、わけもなく涙が溢れそうになる。

実の母である王太后。

分け隔てなく接してくれていたように見えた趙砂。

混ざり者というだけで、存在を許してくれない大青司長。

いろいろな人の思惑が混ざり合って、歪《ゆが》み、どす黒く染まってなお、皆がダギの死を願う。

それならばいっそあのとき、路汰《ろた》が死んだあの日、自分も死んでしまえばよかったのだろうか。

「……マセ、……マシマセ」

浬灑《りしゃ》が教えてくれたおまじないが、自然とダギの口からこぼれ出た。正しい道へ導いてくれるというなら、今だけそれに縋《すが》ってもいいだろうか。そういえば彼女はどこにいるのだろう。自分に付いていたばかりに、ひどい目に遭っていないといいのだが。

浬灑だけではなく、景姜も。

瑞雲たちも、皆、自分のせいで傷つかないでいて欲しい。

「イヤサカマシマセ……スメライヤサカ」

祈るように唱えて顔を上げると、愕然《がくぜん》としている風天と目が合った。

「今……何と言った？」

「え……、浬灑に教えてもらったおまじないだけど……」

「そうじゃなくて、そのおまじないの文言だ」

「イヤサカマシマセ、スメライヤサカ……？」

そういえばどういう意味の言葉なのかは、聞いていなかった。

「これを唱えると、スメラノミコトっていう神様が、天鳥船《あめのとりふね》で迎えに来てくれるんだって。あ、そういえばスメラって兄貴たちが探してた――」

「ちょっと待って」

ダギの言葉を遮《さえぎ》って、彗玲が二人の間に割り込んだ。

「今、天鳥船って言った？」

「言った……けど」

ダギは困惑して、風天と彗玲の顔を交互に見た。

「まさか……嘘だろ……狗王《いぬおう》が知ってるなんて盲点――」

頭を抱えた彗玲が、途中で我に返ったように言葉を切った。そして咳払《せきばら》いで誤魔化して、膝を折ってダギと目線を合わせる。

「主上、主上様、その天鳥船について知っていることを全部教えてください」

しかしその彗玲の肩を、風天が負けじと摑んだ。

「待て、俺がスメラについて訊くのが先だ。俺たちはそれを探して、この国へ来たも同然だからな！」

「え、君たちスメラ探してたの？」

意外そうに彗玲が言うのを聞いて、風天が怪訝《けげん》に眉根を寄せる。

「……お前、スメラを知ってるのか？」

「いやあ、知ってるというかなんというか」

「おいおいおい、悠長に話してる暇ねえぞ」

外を気にしながら瑞雲が言うのを聞いて、彗玲が素早く風天を押しのけ、ダギに詰め寄った。

「お願いします主上、天鳥船がどこにあるか教えてください。俺の命がかかってるんです！」

言い様のない迫力に気圧されて、ダギは浬灑にした説明を思い出す。

「春江にある旧王朝の王族の霊堂に、同じ名前の船の模型があるんだ。でも俺が聞いた話によると、その船は川や海を行くためのものじゃなくて、本当は――」

確かこの先は、浬灑には聞かせそびれたのだったか。

「星を飛ぶ船なんだって」

そう口にした直後、斎宮の門が開く音がした。続いて宮内になだれ込んでくる足音。

「いたぞ！　狗王だ！」

「首を刎ねて名を上げろ！」

興奮した軍兵は、飢えた獣のようにダギたちを取り囲む。数が多い上に、声を上げて仲間を呼ぶので、さらにその人数が増えていく。

「旧王朝の霊堂……。確か一回調べた気がするけど、もしかしてあの船の中か……？」

周囲の状況をよそに、ぼそぼそとつぶやいた彗玲が不意に立ち上がった。

「ありがとう主上！　恩に着るよ！」

そう言い残し、軍兵の間を縫って風のように走り去る。

「追いかける？」

日樹が風天に尋ねたが、自分たちを取り囲む軍兵は数を増やし、もはや壁のようになりつつあった。

「いや、行き先はわかってる。追うのはあとだ。まずはここを切り抜ける」

風天が、腰にあるナクサの剣を抜きながら続ける。

「瑞雲、ダギを頼む」

それを聞いて、日樹も短剣を抜き、軍兵を迎え撃つ構えに入る。丸腰の自分は、ここにいても彼らの足手まといにしかならない。

「行け」

風天の声に背を押されるように、ダギは瑞雲と共に走り出した。

二、

「御参師、ご説明をいただけますか!?」

「大青司長《だいせいしちょう》がおっしゃったことは本当でしょうか？」

「最初からこの神聖なる神堂で殺しの計画を？」

先ほどから、趨砂《たくしゃ》を取り囲んで神官たちが声を上げている。すでに神事など続行できるはずもなく、集まった参列者たちはどうすることもできないまま、事の成り行きを見守っていた。

「ええい静まれ！　御参師がそのようなことを企むはずがなかろう！」

太政司《だじょうのつかさ》が一喝するが、解体とまで言われた神官たちが引き下がるはずもない。

「しかしこのような事態で、他に何が考えられると!?」

「大青司長を呼び戻して全て説明させよ！」

すぐそばで浴びせられる怒号を、趨砂は遠くの砂嵐のように聞いていた。その視界には、王太后の遺体が布にくるまれて、運ばれようとしている景色が映っている。泣いている女官は二人。おそらくは仕えていた侍女だろう。彼女たちも王太后の性質《たち》は知っていたはずだが、あんな主人でも失えば悲しんでもらえるのか。

「こんな状況では、ダギ王が玉座にあり続けることは無理だろう」

「ここまで乱れたのは王の責任だ」

「だから混ざり者などだめだと言ったんだ」

「やはり最初から巴《は》桟《さん》様を王にすべきだったのでは」

役人たちの囁《ささや》き合う声が聞こえる。

巴桟は今回の神事には参加していない。おそらくまだ母の死も知らず、離宮で乳母と過ごしているだろう。そのことに思い至って、趙砂はようやく胸が少しだけ重くなった。いずれ母の死は説明せねばなるまい。誰でもない、趙砂自身が。

「大丈夫……大丈夫だ……。死んだのが狗王《いぬおう》ではなく、王太后に変わっただけのこと……」

関哲《かんてつ》は先ほどから独り言を繰り返している。彼にとっては、誰が死んでも衣草の利益さえ懐に入ればそれでいい。

趙砂は、もう一度高座の上にある空の椅子を見上げた。

先ほどの恐怖を覚えるような強烈な視線は、今はもう感じられない。それどころか、神事の開始時にはあれほど鮮やかに見えた椅子の装飾も、急に色褪《いろあ》せて見えた。

自分が招來天尊《しょうらいてんそん》を心から信じられなくなったのは、いつのことだっただろう。

そのことを隠すために、むしろ礼拝には熱心に通ったが、いつも心は空虚だった。

「どうして今更……」

口の中でつぶやいて、趙砂は組んだ両手に力を込める。

どうして今更、ダギを救おうと思ったのか。

王太后を殺すと決めて、ダギを殺す理由がなくなったからか。

それともダギを救うために、王太后を殺そうと思ったのか。

自分でも、それを決めた感情の在処《ありか》がよくわからなかった。

自嘲《じちょう》気味に息を吐いた趙砂が、神官たちへ向きなおろうとした瞬間、何か巨大な物が近くに落とされたような地響きがあった。天井から剝がれた化粧石の欠片《かけら》が落ちる中、間髪入れず激しい横揺れが神堂を襲う。

地破《ちわり》だ、と思った時には、もう何もかもが遅かった。今までの優しい揺りかごのような揺れとは、程度が違い過ぎる。日干し煉瓦を積み上げ、そこに化粧石を貼っただけの神堂は、砂の張りぼてのようにあっけなく崩れ始めた。柱が折れ、天井は一部が落ち、砂埃で視界一面が白く染まる。その中で人々は、脱出しようと我先に出口へ殺到した。訳もわからぬまま人波に弾かれて、趙砂は床に投げ出された。助け起こそうとする手などない。収まる気配のない揺れに、高杯に並べられていた供物は散乱し、誰かがそれを踏んで走り去る。趙砂は逃げる人々に蹴られぬよう、這いずるようにして柱の陰に移動した。すぐそばに人頭大の瓦礫が降ってきて、その弾けた欠片が足に刺さる。痛みに顔を歪めて、趙砂はそれを堪《こら》えるように柱に身を預けた。

目線の先で、神の座る椅子が高座から落ち、床で砕けた。

けれどそんなことは、神官ですらもう誰一人として気にしていない。

息苦しいほどの粉塵の中で、趙砂は招來天尊を信じなくなった日のことをようやく思い出した。

あれはこの手で殺した我が子を人知れぬ場所に埋葬したあとのこと。強烈な後悔に襲われ、縋るように神堂を訪れた。そして我が子のあとを追って毒を飲んだのだ。

どうか我が子の元へ導いてくださいと、意識が途絶えるまで神に祈った。

けれど翌朝、趙砂は神堂の床で朝陽を浴びて目を覚ました。

毒の量が足りなかったのか、自身の身体が強かったのか。

逃げるなと言われた気もすれば、見捨てられたという気もした。

今の自分に、生きろと言われること以上の罰があるだろうか。

それ以来、神を信じることはやめたのだ。

やめた、はずだった。

「……お優しいこと」

悲鳴と叫び声が溢れる中で、趙砂は崩壊する天井を見上げながら苦笑した。

「今になって、その願いを叶えてくださるのですか？」

招來天尊様、とつぶやいた趙砂の掠れた声は、ついに神堂の全景が崩れ落ちる轟音《ごうおん》の中にかき消された。

斎宮から瑞雲《ずいうん》と共に逃げ出したダギは、表宮の方へ出た直後、地破《ちわり》に襲われた。強烈な揺れに立っていることすらできず、その場に倒れ込んだが、傍にあった正殿の壁の一部が崩落し、瓦礫《がれき》を右膝へまともに受けてしまった。

「大丈夫か？」

揺れが収まった後で、瑞雲がすぐにダギの足を確認する。

「折れてはなさそうだが……、歩けそうか？」

「大丈夫」

実際のところ、痛みはかなり激しかったが、今ここで自分が歩けないと言い出すわけにはいかない。

「地破で皆混乱してるだろうし、逃げるなら今、だろ？」

ダギは無理矢理笑顔を作って、無事な足で踏ん張って立ち上がる。

「わかってんじゃねえか」

瑞雲の大きな掌《てのひら》が、乱暴にダギの頭を撫《な》でた。

「……と、言いたいところなんだがなぁ」

瑞雲はダギの頭に手を置いたまま、後方へ半身振り返る。

未だ砂煙の収まらない景色の向こうから、瓦礫を踏み越え、こちらへ真っ直ぐに向かって来るのは――。

「蜂譏《ほうき》……」

ダギは苦くつぶやく。よりにもよってこんなときに、一番見つかりたくない相手だ。

「見つけたぞ、狗王《いぬおう》」

抜き身の剣を握る大青司長《だいせいしちょう》の目は、その剣身よりも危険な光を帯びていた。

「混ざり者の分際で、何事もなく玉座に座れるとでも思っていたか？　趠砂《たくしゃ》が何を考えているかは知らんが、お前をこのまま生かしておくわけにはいかぬ。無事に擬王《ぎおう》の務めを果たせば殺していい。それが、お前が王になることを認める、私の条件だったのだからな」

ダギの与《あずか》り知らぬところで、自分の命を条件にやり取りがされている。その気持ち悪さに、ダギは無意識に胸を押さえた。ただでさえ生まれたばかりの頃に、死を願われた命だというのに。

「あんた、なんでそんなにダギを殺したいんだ？」

瑞雲が眉根を寄せながら尋ねた。

「混ざり者だからか？」

「それ以外に何がある？」

大青司長は、鼻で笑って答える。

「混ざり者は人ではない。人ではない者が、どうして我らと同じ暮らしをする？　まして、なぜ王になどなれる？　前例があってはいかんのだ。そうでなければ、多くの混ざり者が勘違いをする。お前たちは所詮は獣のなりそこないだと、踏みつけ、痛めつけねば、奴らは理解できぬのだ」

不意に、瑞雲の周りの空気が変わった気がして、ダギは彼を見上げた。表情は変わっていないのに、確実に彼の中の何かが切り替わったのがわかる。

「ダギ、一人で走れるか?」

目線は大青司長に向けたまま、瑞雲が尋ねる。

「東門まで行けば、絶対に黒鹿《くろじし》がいる。そいつと逃げろ」

先ほどの地破で、黒鹿が逃げてしまったかもしれないとは微塵も思っていない言い方に、やや違和感を覚えたが、ダギは頷いた。

「兄貴は?」

「俺はこいつを転がしてから追いかける」

瑞雲の手がさりげなく上衣《うわぎ》の中に入って、そこに忍ばせた暗器を摑む。

「あとで会おうぜ」

「絶対だよ」

ダギの言葉に、瑞雲は唇の端を持ち上げて笑った。

地破による影響は、ダギが思った以上にひどいものだった。いたるところで建物が潰れ、あるいは一部が崩壊し、整然としていた表宮は見る影もない。神事の最中だったということもあり、こちらには人が少なかったことが不幸中の幸いだ。それでもあちらこちらで、呆然と立ちすくんでいたり、蹲《うずくま》ったりしている人の姿を見かける。庶民の家よりも余程頑丈に作っているはずの王宮がこれなのだから、王都の方はもっとひどい有様になっているだろう。養童院の子どもたちも無事でいてくれるといいのだが。

「この地破は狗王のせいだ！」

「狗王が地破を起こしたんだ！　あいつは呪われた王だ！」

「事実、王太后様をその手にかけた！」

走っていく軍兵が、口々にそう叫びまわっている。

瓦礫の陰に身を隠しながら、ダギは小さく息をついた。都合のいい流言蜚語《ひご》をまき散らされるのは、今に始まったことではないが、いつもより体のずっと深いところを斬りつけられた気がする。

「……殺してねえし。地破だって起こせるわけねえし……」

つぶやいて、ダギは痛む膝に目を落とす。

あとで会おうぜ。そう言って別れた瑞雲の顔が、脳裏をちらついた。地破で命を落とした者も多くいる中、自分だけが生きようとしていることが、急に浅ましく思えてくる。

救助に加わるべきではないのか。

街の様子を見に行くべきではないのか。

けれど今はとにかくここから逃げなければ、自分自身の命が危うい。

右膝は、先ほどより腫れてきたように思う。一度座ってしまったら、もう二度と立ち上がれないかもしれない。とにかくここから動かなければ、軍兵に見つかるのも時間の問題だ。そうは思うものの、踏み出す一歩の気力が湧いてこない。

「ほんっと手がかかる主上様ね」

不意に後ろから、聞き覚えのある声がした。振り向くよりも早く、右腕を取られて不安定な体を支えられる。ダギは半ば呆気にとられながら、彼女の顔を見上げた。

「東門まで行くんでしょ？」

簡素な漠衣《ばくい》の上に垂領服《たりくび》を羽織った浬灑《りしゃ》は、ダギを促して歩き出そうとする。てっきりもう会えないと思っていたのだが。

「待って浬灑、俺、軍兵に狙われてて——」

「知ってる。お仕えした主上の最期くらい見届けてから出ていこうと思って、さっきまで神堂にいたし。そしたらまあ、あんなことになるとは思わないいじゃない。おまけに主上は偽者だし？　お友達が助け出してくれてよかったですね」

腕を外そうとするダギを強引に遮って、浬灑は周囲を警戒しながら歩き出す。

「……出ていこうとしてたの？」

右足を引きずりながら、ダギは尋ねた。

こちらにちらりと目を向けて、浬灑は再び前を向く。

「だって王を贄にしようなんて考える国、普通に気持ち悪いでしょ」

言葉を選ばない彼女の言い分に、ダギは思わず笑みをこぼした。確かにそうだ。

「私の目的はお金だし、別に稼げればどこでもいいの。運がよければ、姉さんが言ってた『日廣金《ひひろのかね》』が見つかるかな、なんて思ってたけど、そう上手くはいかなかったわ」

「姉さんって、あのおまじない教えてくれた人？」

「そう。私に読み書きも教えてくれた。でも血は繋がってない。私は物心ついた時には孤児で、そこから十六歳まで遊行女《あそびめ》の一座にいたから」

初めて聞く話だった。しかしそれを聞いて、彼女がダギに偏見なく接することにようやく納得がいった。旅をしながら芸と体を売る遊行女であれば、客を選びすぎては儲けが出ない。混ざり者や杜人《とじん》を客にしたこともあっただろう。

「夜寝る前にね、金持ちになったら何する？　って、皆で夢みたいな話するの。その時に姉さんが、泛旦国《はんたん》にある『日廣金』があれば、大金持ちになれるっていう話をしてたわ。……でも、三年前に一座は崖崩れに巻き込まれてほとんどが死んだ。行き場がなくなった私は、姉さんの話を覚えてたからこの国に来たってだけ。そしたら運よく侍女を探してるって話を聞いて……、あとは知っての通りよ」

前方に軍兵の姿を見かけて、ダギと浬灑は壁際に身を寄せた。こんな状況であるというのに、彼らはまだ律儀にダギを捜しているようだった。

「主上が即位してからずっと、地破は狗王のせいだなんて言われ続けてたけど、今となっては狗王狩りの格好の理由ね」

浬灑は走っていく軍兵を目で追いかける。

「狗王を殺すのと、今瓦礫の下にいる人を助けるの、どっちを優先したらいいかもわかんないで、国を守る軍兵なんか名乗らないで欲しいわ。馬っ鹿みたい」

毒を吐いて、浬灑は東門に向かうために、倒壊した兵の宿舎を迂回する道順を選ぶ。

「……この国に来るまで、浬灑はどうやって生きてたんだよ?」

足を引きずりながら、ダギは尋ねた。

「盗みよ、盗み。余ってるところからちょっとずつ分けてもらうの」

前を向いたまま、浬灑はあっさり答える。

「でも真似しない方がいいわよ。やればやるほど惨めになるから」

生きるためにはそれしか方法がなかった。その免罪符のような言い訳を、浬灑はあえて口にしなかった。きっとそれが、彼女の答えなのだろう。

地面に崩れ落ちた建物の傍を通り過ぎようとしたとき、壊れた日干し煉瓦の隙間から、誰かの腕が伸びているのが見えた。身体は完全に瓦礫に埋まっており、血の気のない真っ白な手も、微動だにしない。

再びダギの中に、苦い気持ちが湧き上がる。今ここであの瓦礫をどかすことができれば、あの人は助かるのではと。

ダギの様子に気付いて、浬灑はちらりと白い右手を一瞥し、歩調を緩めることなく歩いた。

「無駄無駄。もう手遅れよ」

「でも」

「あの瓦礫を二人で動かせると思ってるの？　おまけにまだ揺れるかもしれないし、こっちまで巻き込まれちゃ、たまったもんじゃないわよ」

「でもさ！」

「あんた王様でしょ⁉」

浬灑は足を止め、ダギを睨むように見つめる。

「王様が生き残らないと、このあと誰がこの国を立て直すのよ。弟だって、生きてるかどうかわかんないんでしょ？」

そう言われて、ダギはようやく弟のことを思い出した。王太后が阻んで接触させなかったので、兄弟同士の触れ合いなどなかったが、生きていれば彼もまた孤児になったのだ。

「だったら、あんたは生きなきゃいけないの。それが玉座に座った者の責任。それとも、もうこの国からは出ていくつもり？　まあそれならそれでいいと思うけど？　あんたの人生だし？」

低く言って、浬灑は再び歩き出した。

「……結局、生きてなきゃ何もできないのよ。生き延びた奴にしか歴史は語れないし、生き残った奴にしか、死んだ人を覚えておくこともできないの」

彼女もまた、その言葉を噛《か》み締めるように生きてきたのだろう。

じわりとダギの瞳が滲む。

今まで自分は、ただ復讐だとか、鼻を明かしてやりたいだとか、そんなことを考えるばかりで。

王になるという重責が、今更自分の双肩に質量を伴って降りた気がした。

「それから、浬灑っていう私の名前、芸名だから」

さらりと告げられて、ダギは思わず彼女の横顔に目をやる。

「本当の名前は甜夏《てんか》。私を拾った姉さんがつけてくれたの」

「……甜夏」

確かめるように、ダギはその名を口にする。確かに浬灑というどこか背伸びをした豪《ごう》奢《しゃ》な名前よりも、等身大の彼女を表すような響きだった。

「あんたも自分に新しい名前つけなさいよ。そしたらきっと、新しい人生が始まると思う」

ダギは、ようやく見えてきた東門に目を向ける。

ダギという名の少年が歩んできた人生は、あまりに辛く苦しい。親の愛情を受けて、温かな家で眠ることも、満たされるまで食べることも、ずっと許されなかった。

ただ、それでも、この名で今日までを生きた。

「……考えとく」

ダギはぽつりと口にする。浬灑は、何も言わなかった。

東門が見える井戸の近くで、二人は足を止めた。地破の影響か、幸い門扉は開いているものの、門の周りに身を隠せそうな建物はない。見回したところ軍兵の姿もないが、出口を見張られている可能性も否定できなかった。

「どうする?」

ここまでを歩いて、ダギも浬灑も消耗していた。普段であれば造作もない距離だが、今は軍兵に見つかる緊張感と、地破による地面の割れや、瓦礫の散乱で思うように歩を進められない。そもそも武器を持っていない自分たちは、軍兵に抵抗できる手段もなかった。

「ここまで来て、やっぱやめた、とかできねえだろ」

右膝は腫れあがり、とっくに限界を迎えている。浬灑がいなければ、ここまで辿り着くことはできなかっただろう。王都にさえ出てしまえば、いくらでも人々の中に紛れることができる。

「じゃあ……行くよ?」

そう言う浬灑と目を合わせて、ダギは頷く。門までは半里もないが、ゆっくり歩いていれば弓で射られるかもしれないので、全速力で駆け抜けるのみだ。

二人は呼吸を重ね、弾かれるように井戸の陰から飛び出した。思うように足が動かないダギの腕を、浬灑がしっかりと摑んで走る。地面の砂に足を取られ、転びそうになるのを何とか堪えた。

「いたぞ！　狗王だ！」

「首を刎ねろ！」

不意に後ろから声が聞こえて、ダギは振り返る。抜き身の剣を持って、走ってくる軍兵が四人。あれに捕まってしまえば、もう二度と瑞雲たちと会うこともできないだろう。

そして何より、浬灑まで道連れにしてしまう。

「振り向くな！　走れ！」

そう叫ぶ浬灑の声を聞きながら、ダギは路汰《ろた》を亡くした日のことを、なぜだか鮮烈に思い出した。

大切な人だった。少なくとも自分にとっては。

言いたいことはたくさんあるが、彼との思い出がすべて冷たいものだったかと言われると、そうではない。

そしてこの王宮での日々もまた、辛いことばかりではなかった。

それはたぶん、彼女がいたからだ。

ダギは不意に体勢を低くし、左足で地面を滑って速度を落とした。そしてそれに引っ張られた浬灑の腕を、無理やり解く。同時に素早く体を反転させて、傍にあった瓦礫の欠片を摑んだ。

「行け！　あいつらの狙いは俺だから！」

丸腰の自分にどれだけ抵抗できるかはわからないが、湮灑を逃がすことくらいはできるだろう。

「何言ってんの!?」

「行けよ！　こんなとこさっさと出て、もっといいとこで生きろ！」

ダギは、瓦礫の欠片を力いっぱい投げる。右足に力が入らないので、思うように飛距離も出なければ、制御も利かない。それでも他に武器になりそうなものは見当たらなかった。

「……ほんっとに、馬鹿」

湮灑が掠れた声でつぶやく。そして振り切るように踵を返し、東門を目指して走っていく。

ダギはその背中を振り返らなかった。

きっと生きている限り、彼女は覚えていてくれるだろう。

歴史に残らない王の名前を。

それだけで充分だった。

すでに軍兵は目の前まで迫っている。陽の光を鈍く反射する剣が、否応なく目に映る。兵の足を狙って、ダギは最後の瓦礫を投げた。しかしそれは命中せず、砂埃の中に消える。兄貴に武具の扱いを習っておけばよかったと、頭の片隅で思った。彼の持っている暗器ならば、ダギにも使えるものがあったかもしれない。

だがもう、すべてが遅い。

「手間をかけさせやがって！」

足を引きずって逃げようとしたダギの髪を、軍兵の一人が強引に掴んだ。その振り向きざまにダギが吐いた唾《つば》が、ようやく軍兵の頰に命中する。

「ざまあみろ！」

「……っこの野郎！」

激高した軍兵が剣を振り上げた。ダギは目を逸らすことなくその刃を睨みつける。もとより、思い残すことが多くあるほどの人生ではない。間際に浬灑を逃がせたことを思えば、上出来と言っていいだろう。

「殺してみろよ！　狗王の呪いがそんなに怖いか！」

ダギは目を見開いて叫ぶ。

招來天尊《しょうらいてんそん》の教えに、混ざり者を忌避しろという教えはない。それなのに彼らは、尾の生えた自分を嫌悪する。一体彼らは何を信じているのだろう。

何に、怯《おび》えているのだろう。

不意にダギを取り囲んでいた四人の軍兵のうち一人が、くぐもった呻き声を上げた。

そしてそのまま、ぐらりと目を回すように足元から崩れ落ちる。

その向こうに見えた、緋色の混じった黒髪と、握ったナクサの白い煌めき。

夜明けの空に日金《あかがね》の星を宿す双眼。

「貴様！」

と、軍兵の一人が叫んだが、流れるような一閃を受けてあっけなく倒れた。それを見て、ダギを捕らえていた軍兵も、剣の切っ先をそちらに向けた。

「……風天《ふうてん》、だよな？」

ダギは掠れた声で呼びかける。彼の瞳は深い蒼だったはずだが、その色が明らかに変化している。

風天は剣に付いた血を払って、こちらに向き直った。

「ダギ、お前に何を言うべきかずっと考えていた」

淡い紫色の中に、日金の斑《はん》が散る瞳は、状況を忘れて息を呑むほどに美しい。

「だが結局その必要はなかったな。お前は自分の道を、神でも親でもなく、自分の意思で選び取ることを知っている」

風天の近くにいた軍兵が、その目に捉えられてにわかに震え始めた。呼吸が荒くなり、足場を確かめるように後ずさる。

「お、おい」

ダギを捕らえていた軍兵が呼びかけたが、彼は風天の方を凝視したまま、ついには剣を取り落とした。そして腰が抜けたように、その場に座り込む。

「……神だ……神が、ここに……」

「何を言ってる！　しっかりしろ！」

「指揮官に従うのが兵の役目ではあるが――」

三人が倒れ、一人残った軍兵に向けて、風天は語り掛ける。

「お前たちは何を信じている？　神か？　上官か？　それとも狗王が地破を起こすなどという流言か？」

そう口にして、風天はふと思案するように言葉を切った。

「……いや、違うな」

ゆっくりと持ち上げた剣の、滑らかな曲線を描く切っ先。

「何を守ろうとして、お前はそこにいる？」

「――黙れ！」

捕らえていたダギを突き飛ばし、軍兵が風天に斬りかかった。風天はその剣を左手の鞘《さや》で受け流し、同時に胴を狙って低く腰を落とす。しかしそれを素早く察知した軍兵が、深く踏み込まずに身を反らした。

「怪しい術を使いやがって！　お前も狗王の仲間か！」

剣を構え直し、軍兵が叫んだ。

「仲間、ではあるな。間違いなく」

どこか愉快そうに口にして、風天は軽やかに駆けて間合いを詰めたかと思うと、瞬きの間に軍兵の足を払う。崩れた体勢に追い打ちをかけるように鞘で頬を殴りつけ、右手の剣が肩を狙う瞬間。

「――風天後ろ！」

ダギは全身が粟立つのを感じながら叫んだ。と同時に、地面を蹴って走り出す。最初に風天が斬りつけた軍兵が半身を起こし、懐から取り出した小剣を投げつけようとしているのが見えた。しかしダギの右膝はすでに思い通りに動かすことができず、踏ん張れない体は二歩目で地面に叩きつけられる。

だめだ間に合わない。

ダギは必死で手を伸ばしたが届くはずもなく、振り返る風天の動きがやけに遅く見えた。しかしそのダギの視界に、砂煙に紛れて新たな人影が滑り込む。誰だ、と思った時にはもう、小剣を握った軍兵は容赦なく蹴り飛ばされていた。

その人の日焼けした逞《たくま》しい腕に嵌められているのは、見覚えのある白い貝細工の腕輪。

「お嬢ちゃんが呼んでくれなかったら、また間に合わないところだったね」

どこかのんびりとした低い声と、女性にしては珍しいほど太い筋骨の巨軀《きょく》。その向こうに、息を切らして膝に手を突く浬灑の姿。

ダギは地面に倒れたまま、呼吸を忘れてその人を見上げる。

瑞雲や志麻《しま》とよく似た顔立ちは、年を経て深みを増してなお、生命力に溢れるようだった。

間違えるはずなどない。

あれほど会いたくて会いたくて願った人だ。

「遅くなっちまったね、ダギ」

彼女は、片頬を持ち上げて笑う。

「息子《ずいうん》に言われた通り、お前の乗る黒鹿を連れてきたよ」

春江《しゅんこう》で一人きりになったあの頃、不知魚人《いさなびと》になることだけがダギの生きる希望だった。

「お頭《かしら》――」

口にしたダギの声は、もはや音にならない。

雪の降る夜に一人で立ち尽くした、あの日がようやく解けた気がした。

三、

「生きてるか？」

外殿近くで見慣れた背中を見つけて、琉劔《りゅうけん》は呼びかけた。その後ろを、先ほど合流した日樹《ひつき》が身軽な足取りでついてくる。

「見りゃわかんだろ」

瓦礫の上に腰かけ、香草を丸めて嚙んでいた瑞雲《ずいうん》が、気だるそうに振り返った。

「お前じゃなくて、そっちの」

琉劔は、瑞雲の足元に倒れている男を顎で示した。先ほど神堂で雄叫びを上げ、軍兵をダギにけしかけた大青司長《だいせいしちょう》だ。

「俺が情けでもかけると思ったかよ」

瑞雲は香草の残りを、日樹に渡しながら立ち上がる。

「ダギは無事に合流できたようだな」

「うん、さっき琉劔が東門から見送ったって」

「そりゃ結構だ」

お頭がダギを連れて王宮を離れる直前、一発の白砲《はくほう》を上げている。それは不知魚人《いさなびと》たちが、離れた場所にいる仲間へ『完遂』や『成功』を伝える通信手段だ。否定の意味を含む場合は、これが二発になる。おそらく瑞雲はそれを見ていたのだろう。

「お頭にはどこまで伝えてたんだ？」

「昨日の時点でわかってたことまで、だな。俺はダギを迎えに行ってやってくれとしか言ってない。あっちにしてみりゃ、ダギが命を狙われてるっていう情報だけで充分だ」

琉劔の問いに、瑞雲は肩をすくめる。

「とりあえず王宮まで駆けつけて、ダギを追ってくる奴を片っ端からぶん殴ったんだろ。違うか？」

「まあ、概ねそんな感じだ」

瑞雲と志麻《しま》の実母であり、不知魚人のお頭を務める彼女には、この息子ですら頭が上がらないのだ。たとえ殴り合ったとしても、勝てる保証はない。

「お前たち、無事だったか！」

お頭と取り決めた場所へ向かおうとした琉劔たちを見つけて、瓦礫の山の向こうから一人の男が走り寄ってくる。

「景姜《けいきょう》さん！」

日樹が叫ぶ。あちこち埃まみれになり、腕に切り傷などはあるものの、その他に大きな怪我は負っていないようだ。

「主上はどうなった？」

景姜は急いて尋ねる。

「こちらの知人と合流して、無事に王宮を脱出しています」

琉劔の返答を聞いて、景姜はようやく表情を緩ませ、安堵の息を吐いた。

「まさか、神事の途中で地破まで起こるとはな。招來天尊《しょうらいてんそん》様のお怒りに違いねえ……」

耐久性の低い建物ばかりだった王宮は、もはや砂山と化したと言っても過言ではない景色だ。巻き込まれて死んだ者の数は、すぐには把握できないだろう。下手をすればダギも下敷きになっていた。

「あの地破で、王太后様の御遺体は瓦礫に埋まって、趠砂《たくしゃ》様も亡くなっているのが発見された。神堂から一斉に出ようとした奴らが団子になって圧死して、その中に関哲《かんてつ》もいたと報告を受けている。やっぱり招來天尊様は、あの椅子の上ですべてをご覧になってたんだろうよ。そうでなきゃ、こんなこと起こるはずがねえ……」

どうか神の御名のもとに、とつぶやいて、景姜は胸元のナクサを握った。

琉劔の脳裏を、あの高座に祀られた一脚の椅子の姿がよぎる。

「……私には信仰する神がいないので、その御加護がどれほどのものかわかりません。ただ確かなことは、ダギが生き延びることができたのは、少なからず景姜さんが協力してくださったおかげです」

琉劔の言葉に景姜が目を瞠《みは》り、慌てて否定するように手を振る。

「い、いや、俺なんてそんな……」

「いえ、それだけは確実です。本人に代わって、御礼を申し上げます」

琉劔は丁寧に拝をする。そうだ、何もかもを『神の御加護』だけで片付けてはいけない。そうでなければ、自分たちのすべての行動が意味をなさないものになってしまう。

「ダギの弟はどうなった？」

瑞雲の問いに、景姜がそちらに顔を向ける。

「ああ、巴栈《はさん》様はご無事だったと聞いている。離宮はこの辺の建物とは別の造りだったからな。全壊は免れたようだ。……だが」

景姜は重い息を吐いて続ける。

「巴栈様はまだ幼い。趙砂様もお亡くなりになった今、誰がどう指揮をしてこの国を立て直すのか……」

それは生き残った者の最大の課題だ。このまま荒廃するのか、他国に呑み込まれるのか、それとも再びかつての賑わいを取り戻す国となるのか。これればかりは、神に祈るだけではどうにもならない。

「泛旦国《はんたん》の紙がなければ、困る国はたくさんあります。逆に言えば、それと引き換えにして援助と庇護《ひご》を請うのも手段のひとつでしょう。……結局、生きている者がどうにかしていくしか、方法はありません」

琉劔は無意識に拳を握る。近傍の大国である梦江国《ぼうえ》とは、交易も盛んなはずだ。まずはあの大国を味方につければ、道筋は見えるだろう。斯城国《しき》にも要請があれば、応じることはできる。

「……なあ、主上はもう――」

言いかけて、景姜は迷うように言葉を切った。

「……いや、二回も殺されかけた国に、戻って来てくれなんて言えるはずもねえ……」

つぶやくように口にして、景姜は振り切るように顔を上げる。

「達者でなと伝えてくれ」

この国を守る武人の目でそう言って、景姜は力強く手拝をすると、救助活動の輪に加わるため、踵を返して走っていった。


王都の郊外にある岩山の麓で、琉劔《りゅうけん》たちはダギと再会した。この辺りは王宮や王都に比べて被害が少なく、また住居に向かない土地のため、人家もほとんどない。ようやく見つけたと思った家屋は、ほとんどが空き家だ。その家のひとつを拝借する形で、お頭たちは身を隠していた。

「ねえ、ちょっといろいろ説明してくれる？」

ダギに趠砂《たくしゃ》たちの訃報を伝えた後、ようやく温かい食べ物を腹に入れようとしていた瑞雲《ずいうん》に、納得のいかない顔で浬灑《りしゃ》が詰め寄った。王宮から逃げる際に、成り行きでここまでついてきたようだった。

「自分たちのこと、商人って言ってなかった？」

「間違ってねぇだろ？」

「あなた出奔したって聞いたけど？　しかも普通の商人じゃないわよね？　不知魚人《いさなびと》ってどういうこと？　おまけにあの人の息子なの!?」

「どういうことって言われてもなあ、日樹《ひつき》？」

瑞雲が適当にあしらいながら、自分で椀に盛った肉菜汁を啜《すす》る。その隣では、日樹が干し肉を炙《あぶ》っていた。

「息子なのは見たらわかるでしょ。そっくりじゃん。妹の志麻《しま》さんも似てるよ」

「妹までいるの!?」

「ここには来てないみたいだけどね」

不知魚《いさな》の姿もなく、お頭以外の隊員の姿もないことを考えると、おそらく本隊は別のところにいて、お頭だけが単身で乗り込んできたのだろう。それほどダギを救うことが、彼女にとって急を要し、大切なことだったということだ。

「それにしても浬灑さん、ダギの脱出手伝ってくれたんでしょ？　お頭呼んできてくれるとか、さすが目利きだよね。なんでわかったの？」

干し肉を噛みちぎって、日樹が尋ねた。

「わ、わかってたわけじゃ……。ただ助けを呼びに行こうとしたときに、すぐ近くに強そうな人がいたから声をかけただけよ。そしたらそれが不知魚人のお頭だとか、ダギの知り合いだとか、今でも理解が追い付かないし」

「まあ強そうではあるよね」

「不知魚の一頭や二頭、軽く転がしそうだしなぁ」

実の息子のぼやきを聞きながら、琉劔は席を立った。そしてちょうど空き家の前で、見張りをするかのように立っているお頭の背中へ呼びかける。

「お頭」

彼女の本当の名前が何であるのか、琉劔は知らないまま交流が続いている。

「迷ってるみたいだよ」

半身振り返って琉劔にそう告げると、お頭は再び前を向く。その視線の先には、一人で空を仰ぐダギの姿があった。

「随分辛い思いをさせたみたいだね」

「お頭のせいではないでしょう」

「いや、私のせいさ」

お頭は自嘲気味に、低く口にする。

不知魚人は、去る者を追わず、来る者は拒まない。たとえそれが、杜人《とじん》であろうと混ざり者であろうと。商売に行った先で、行き倒れている子どもを拾うことも珍しくはない。そしてその隊員たちを食わせるために、お頭は日々不知魚と旅を続けている。彼女にとってはダギもまた、救うべき子どもの一人だったのだろう。養い親を亡くしたあと、不知魚人に入隊するためにずっと彼らを待ち続けていたというダギの話は、瑞雲から伝わっているはずだ。不知魚を置いてまでこの国へ駆けつけた速さを見ても、お頭が何を想ったかは容易に想像できる。

「……連れていきますか？」

琉劔は、自分より背の高いお頭の顔を見上げる。その方が、余程ダギはのびのびと暮らせるだろう。

瑞雲とよく似た目で琉劔を見下ろし、お頭は片頬を持ち上げて笑んだ。

「それはあいつが決めることだよ」

そう言い残して、踵を返す。

その場に一人残され、琉劔は改めてダギに目を向けた。

弟が生き残っているのだから、ダギ王は地破で死んだことにすればいい。そして不知魚人の一員に加わり、旅をする。それがダギにとって、一番望んでいた展開だろう。

けれど彼は、すぐには決断をしなかった。

歩いて来る琉劔に気付いて、ダギがこちらを振り向く。意外にもこざっぱりした、元気そうな顔をしていた。

「景姜《けいきょう》さんからの伝言を、伝え忘れていた」

琉劔は腰に差した剣に左腕を預け、ダギの隣に並ぶ。

「達者でな、と、言っていたぞ」

「なにそれ。全然戻って来て欲しくなさそうじゃん」

ダギは鼻に皺を寄せて笑い、頭の後ろで手を組んだ。

「ずっと考えてたんだけどさあ、なんで趙砂は俺を助けたんだろう。それだけが全然わかんねぇんだよなあ」

それを訊く前に、彼女は旅立ってしまった。あれほど熱心に招來天尊《しょうらいてんそん》を拝んでいた人が、なぜそこまで金に執着したのかも、本当に金が目的だったのかもわからない。

どうして王太后を殺したのかさえ、自分たちには想像することしかできないのだ。

「わからないことを考え続けるのは、やめた方がいい。そこから抜け出せなくなるだけだ」

どこか自身にも言い聞かせるように、琉劔は口にする。

「趙砂は死んで、お前は生き残った。ただそれだけのことだ」

「……うん、そうだよなぁ」

大きく息を吐いて、ダギは空を仰ぐ。

西へ傾いた太陽は、今日もゆっくりと夜を連れてくる。

「あの地破で、親を亡くした子も多いんだろうな……」

ダギは独り言のようにつぶやく。

「養童院のことも心配だし、景姜を吃驚《びっくり》させせんのもありだし、弟がいいようにされないよう見張らなきゃいけないし……」

ひとつひとつ、言い訳のように指折り数える。

「春江《しゅんこう》から連れ戻されて、その気になれば逃げることだってできたのに、王になるって決めたのは俺だしなぁ……」

母親のせいにも、趙砂のせいにも、ダギはしなかった。

これから先、何が起こったとしても、おそらく彼は神のせいにもしないだろう。

琉劔は隣の少年の横顔へ目を向けた。

かつて同じ決意をした自分の姿と、どこか重なって見える気がする。

「……湮灑を連れていけ」

琉劔は前を向いたまま、腕を組んで告げた。

「もちろん、本人が了承すればの話だが……。侍女じゃなく、傍に置く女史としてもいいだろう。給金さえちゃんと払えば、景姜とともにお前のいい味方になる。それから、趙砂に靡《なび》かなかった役人は大切にしろ。神官も味方につけておけ。衣草は間違いなく泛《はん》旦《たん》国復興の旗頭になる」

呆気にとられるように琉劔を見上げていたダギが、言葉を味わうように噛み締めて笑った。彼にとっては頼れる仲間がいることが、何より大切だ。

「……浬灑、来てくれるかな？」

「たぶんな」

二人の王の密談を、吹き抜ける風が運んでゆく。


翌日、琉劔《りゅうけん》たちが不知魚人《いさなびと》と共にダギを王宮へ送り届けると、夜通し救助活動や瓦礫の片付けに追われ、ようやく休憩に入ったところだった景姜《けいきょう》が、飛びあがるようにして出迎えた。

「主上⁉」

王宮に比べ、建物が密集した王都の方が被害が大きかったため、急遽《きゅうきょ》王宮の中に夜露除けの布が張られただけの、仮設の天幕がいくつか建てられ、生き残った人々が避難する措置が取られている。官位や身分の違いもなく、皆が同じように肩を寄せ合っている状態だ。

「遅くなってごめんな」

「いや、しかし……」

苦笑するダギに、景姜が戸惑って琉劔たちに目をやる。彼にしてみれば、今回の事態はダギを解放してやれる唯一の機会だと思っていたはずだ。

「俺たちが説得したわけじゃねえ。本人が帰るって決めたんだよ」

瑞雲《ずいうん》の言葉に、景姜は改めてダギに目を向ける。

「……いいのか？　そんなに甘くねえぞ？」

国府の役人がどれくらい生き残っているのか、それすらまだきちんと把握できていないはずだ。そこに、今まで政《まつりごと》にかかわってこなかった王が戻ったところで、できることはたかが知れている。おまけにダギには、混ざり者だという偏見もある。

「わかってるよ。でも紙に証印押してるより、俺にできることがある気がするんだ」

ダギは自分の両手を見つめる。自給自足の貧しい暮らしを、彼はすでに経験済みだ。

「それで、浬灑《りしゃ》も戻ってくるのか？」

景姜が、日樹《ひつき》の後ろに隠れるようにしていた浬灑に声をかけた。彼女は気まずそうに顔を出して、眉根を寄せたまま腕を組む。

「主上がどうしてもって頼むから、仕方なくよ。給金は前の倍もらうっていう約束になってるし、支払いが遅れたらすぐ出ていくって言ってあるから！」

どことなく志麻《しま》と気が合いそうな彼女は、不知魚人のような行商集団にいてこそ真価を発揮するのかもしれないが、浬灑はダギの打診を断りはしなかった。

「狗王《いぬおう》にほとんど味方がいないことなんか、よくわかってる。でも今は、敵とか味方とか言ってる場合でもないしな。景姜や浬灑がいてくれるだけ、ありがたいってもんだよ」

命を狙われ、ある意味度胸と覚悟がついたのか、ダギはからりと笑った。

「それから不知魚《いさな》を呼んでもらったから、瓦礫の撤去とかはちょっと楽になると思うぜ」

「不知魚を呼ぶ……？」

景姜が首を傾げて繰り返した。あの巨大な生き物の力を借りれば、人力では動かし難い大量の煉瓦も、片付けられる目途がつくだろう。

「こうなっちまったもんはしょうがないんだからさ、とにかく生きてる奴が頑張るしかねえだろ？」

よし、とひとつ大きく手を打ち鳴らして、ダギは早速、景姜に何を整理して何をすべきかを問いながら、天幕へと歩いていく。それを慌てて浬灑が追いかけた。

琉劔は、少し離れたところに立つお頭を振り返る。目が合った彼女は、これでいいのだと言わんばかりに口端を持ち上げた。たとえ不知魚人の隊員にならなくとも、ダギとの絆が途切れることはないのだろう。いずれ不知魚人が、この国で商売を始める日も来るのかもしれない。

琉劔は、歩いていくダギの背中にもう一度目をやる。

堂々とした彼の黒尾はぴんと上を向いて、空を指していた。

四、

泛旦国《はんたん》の王都から、北へ向かって黒鹿《くろじし》で二日ほど進むと、雪を被る急峻な山の麓に辿り着く。蒼空高くに円を描きながら飛んでいる大型の猛鳥は、弱った獣や行き倒れた人間を狙っているのだろう。その鳥に追われるように琉劔《りゅうけん》たちが山の中へ進むと、ようやく寂れた小さな町が見えてくる。ダギが育った、春江《しゅんこう》の町だ。暑くて乾燥している王都とは違い、こちらは毛皮の防寒具が必要なほど冷え込んでいる。

ダギに教えられた、旧王朝の王族の墓である霊堂と、招來天尊《しょうらいてんそん》を祀っているという神堂は、道らしき道もない鬱蒼とした深い森の奥にあった。墓守がいた頃は、ある程度歩ける道も確保されていたのかもしれないが、ダギが王宮に行ってしまった今、後を継いだ者はいない。さらに昨夜降ったらしい雪が積もり、どこから踏み入ればいいか戸惑うほどだ。そして雪の白さがあってもなお、折り重なった枝葉が生み出す闇のような暗さは、琉劔たちに否応なく闇戸《くらと》のことを思い出させた。

琉劔たちは病狂《やみぐるい》の木《き》草《くさ》に注意しながら、時に日《ひ》樹《つき》の羽衣《はごろも》に頼って森の道を進み、やがて大きな石造りの建物に行き当たった。積もった雪や、木々の枝葉が覆いかぶさるようになっているので全体像が捉えにくいが、どうやら半円形の建物がふたつ組み合わさっているらしい。入口の扉はすでに朽ちて半壊しており、誰でも入れる状態になっている。

「病狂の木の根が、建物の中にまで侵入してることもあるから気をつけてね。土老《どろう》塗ってるから大丈夫だと思うけど」

日樹の忠告を聞きながら、琉劔は霊堂の中へ踏み込む。黴臭さが鼻をつき、足元には吹き込んだ砂が溜まっていた。灯火器で天井を照らすと、思ったよりもしっかりした造りで、早々に崩落するというようなことはなさそうだった。

入口から真っ直ぐ進んだ先に礼拝室があり、そこに天鳥船《あめのとりふね》があったというダギの話を思い出して、琉劔は歩を進めた。言われたとおり、直進した先に扉を見つけて引き開け、目の前に飛び込んできた光景に息を呑む。

「これは……!?」

ダギの話では、ここに帆のある大きな葬船《そうせん》の模型があるという話だったが、琉劔たちが目にしたのは、ばらばらに壊され散乱した木片だった。帆柱は折れて倒れ、船体はほぼ原形をとどめていない。その代わり、船体のほぼ中央にあたる部分に革張りの木箱があり、蓋が開いたその中に、鈍く光る人頭大の金属片があった。

「何だびっくりした、君たちか」

不意に死角から声がかかって、琉劔は剣に手をかけながら振り返る。

「来るとは思ってたけど、早かったね。それにあの騒動を生き延びてるなんて、悪運強いよねぇ。まあそれはお互い様か。再会場所が霊堂っていうのが何とも皮肉だけどさ」

相変わらず軽薄な饒舌《じょうぜつ》ぶりで姿を見せたのは、彗玲《すいれい》だった。

「やはり来ていたか……」

「あんな話聞いたんだから、当然でしょ。ちょっと装備とか揃えるのに手間取ったけど。だいたいこの森、手入れもされてないから霊堂を捜し当てるのに苦労するんだよね」

「この船を壊したのもお前なのか？」

琉劔の問いに、彗玲は上機嫌に頷く。

「そうだよ。前は気づかなかったけど、考えてみれば『天鳥船』を葬船の中に隠すなんて、神官がやりそうなことだよね。必死で隠したはいいものの、後世になってその在処がわからなくなるなんて滑稽だけどさ。まあ組織的にというより、当時の神司《かんづかさ》あたりが独断でやったんだろうね」

木箱の中の金属片に目を向けて、彗玲が満足そうに顎を撫でた。

「神官が隠した……？　なぜそんな必要がある？」

「なぜって……新王朝になったときに、暴君架礼《かれむ》王に処分されそうになったからじゃない？」

聞き覚えのある話に、琉劔は眉を顰《ひそ》める。確かそれは、泛旦国に伝わる招來天尊のご神体の話ではなかったか。

「待って待って、ちょっと情報が追い付かないんだけど、彗玲さんの言う天鳥船って

『日廣金《ひひろのかね》』のことなの？」

日樹が律儀に手を挙げて質問する。それを見て、彗玲が脱力するように肩を落とした。

「そんなことも知らずにここへ来たのかい？」

「俺たちは『日廣金』のことは探してないもん。ここに来たのは、彗玲さんにスメラのことを訊くためだよ」

スメラという神は、『夜空で満ち欠けする星のひとつから来た』という伝承を持っている。そしてダギの話によれば、天鳥船は『星を飛ぶ船』だという。ならばスメラは、天鳥船という星を飛ぶ船に乗って、この地へやってきたという可能性も大いにある。

「ああ、そうだった。君たちはスメラを探していたんだっけ」

彗玲がようやく思い出したような顔で、三人を見渡した。

「そんな実体のない物より、天鳥船の方がよっぽど価値があると思うけどね。市場で取引されてるナクサの値段を知ってるだろ？　加えて招來天尊のご神体でもあるんだよ。血眼《ちまなこ》になって探してる奴らが、うようよいるっていうのに」

信じられないといった様子で、彗玲は肩をすくめる。

「天鳥船が『日廣金』だというのは、本当なのか？」

琉劔の問いに、彗玲は呆れたようにひとつ息を吐いた。

「少なくとも俺に泛旦国で『日廣金』を探せって言ってきた奴は、『日廣金』のことをずっと天鳥船って呼んでたよ」

「……ってことは、お前さん、誰かからの依頼で王宮に潜《もぐ》り込んでたのか？」

「まあいいじゃないか、そういう細かいことは」

瑞雲《ずいうん》の追及に、彗玲は誤魔化すように笑った。

「ということはさあ、天鳥船ってそれでしょ？　その小さいのを『星を飛ぶ船』っていうには、ちょっと無理がない？」

日樹が、木箱の中の金属片を指さす。それは日金《あかがね》でも月金《しろがね》でもない色合いで、光沢はやや鈍い。歪《いびつ》な三角形のような形をしているが、元からそのような形だったというより、どこかからもぎ取られたような、強い力が加わったことを思わせる歪みがある。

「ああ、これは天鳥船の一部らしいからね。神堂の方に全体像の絵が残ってたよ。見るかい？」

彗玲にあっさりと言われて、琉劔たちは戸惑いつつ霊堂の隣にある神堂へ移動する。神堂は霊堂と同じく石作りだが、天辺が平らになった三角錐の建物だった。入口は金属製の扉だが、すでに彗玲がこじ開けた後らしく、半端に開いたまま閉じなくなっている。琉劔たちが中に入ると、すぐに長い階段のある高座が目に入った。その頂上に、色あせた一脚の椅子。その椅子の向こうの壁に描かれた絵を目にして、琉劔は息を呑んだ。

「……あれって、丈《じょう》国で見たやつだよね？」

日樹が確認するように問う。

「あの時は鳥だと思ってたが……あれが船……天鳥船なのか？」

瑞雲も壁画を見上げたまま呆然とつぶやいた。顔料は色あせ、ところどころ線が消えているが、翼を広げた大きな鳥のような姿は、丹内仙女《にないせんにょ》の御堂で見かけたものとよく似ていた。ただ、琉劔たちが川や海で見かける船とは、まったく形が違う。

「星を飛ぶ船……」

琉劔は小さく口にする。スメラは、あの船に乗ってこの地へやってきたというのか。

「君たちにはここに辿り着くきっかけを貰った恩があるから、特別に教えてあげるよ」

壁画に釘づけになっている琉劔たちへ、彗玲がもったいぶるように口にする。

「招來天尊の真名《まな》は、――スメラというらしいよ」

琉劔が愕然と目を見開いた、その直後。

外から白砲を打ち上げたような破裂音が二度聞こえて、その場にいた全員が弾かれたようにそちらへ目を向けた。

「霊堂の方だ！」

そう叫んで、日樹が素早く神堂の外へ出ていく。その後を追った琉劔が先ほどの礼拝室に向かうと、室内から灰色の煙が漏れ出しているのが見えた。

独特のにおいに、琉劔は服の袖で鼻と口を押さえる。おそらくは火薬だろう。一体誰が、何の目的でそれを使ったのか。

「日樹――」

先に駆けつけていた日樹に呼びかけたが、彼は部屋の入口近くで足を止めたまま、呆然と動かない。部屋の中に目を向けると、天井の一部に人が通れるほどの穴が開いており、瓦礫が床に散らばっていた。そして日樹の目線の先には、見知らぬ一人の若い男と、真っ黒に焦げた木箱。

「何者だ」

琉劔は剣に手をかけて誰何《すいか》した。深い森の奥にあるここは、散歩がてら来るような場所ではない。まして先ほどまでその気配も感じなかった。天井の穴といい、普通の相手ではないだろう。

「……やはり、この程度では壊れないか」

琉劔の言葉など聞こえていない様子で、男は黒く焦げたように見える金属片を、手袋をはめた手で撫でた。すると表面についていた煤《すす》が拭われ、先ほど見た通りの鈍い光沢の表面が現れる。

「ねえ充嗣《じゅうし》、この場で爆破するのはやめてくれない？　これでもすごく頑張って見つけたんだよ？」

最後に来た彗玲が、うんざりした様子で壁に背を預けた。

充嗣、と呼ばれた男が顔を上げる。黒髪とやや黄みがかった褐色の目。年齢は、自分たちとさほど変わらないだろう。そしてその左手首に見慣れた蔦《つた》が巻かれていることに、琉劔は気付いた。

「月埜《つきや》……」

日樹が、掠れた声で名を呼んだ。そのことで決定的に確信する。

この男は、杜人《とじん》だ。

「やっぱり君だったんだね。王宮で匂いに気付いたけど追えるほどじゃなくて、確信にまでは至らなかった……。それに彗玲さんが土老も羽衣もなしにこの森に入れるなんて、おかしいと思ってたんだ」

「え、知り合いなんだ？　充嗣じゃないの？　ツキヤ？」

彗玲が呑み込めない様子で尋ねたが、月埜の視線は真っ直ぐに日樹を捉えていた。

「俺たちは、スメラの痕跡をすべて消すつもりだ。日樹、これ以上スメラについて踏み込むな。そいつらと冒険ごっこをするのはもうやめろ」

日樹と出会って以来、琉劔は梯子《はしご》の闇戸の杜人とは積極的に交流を図っている。飛揚《ひよう》がよく顔を出していることもあって、あちらの覚えもよく、訪ねれば誰かしらが声をかけてくるので、当然顔見知りも多い。

その自分が、この月埜という男の顔には覚えがなかった。

日樹からも、その名前を聞いたことはない。

おそらく梯子の闇戸ではなく、縊《くび》れの闇戸か、うねりの闇戸の住人だろう。

「痕跡を消すってどういうこと？」

立ち尽くしていた日樹が、我に返るようにして尋ねた。

「スメラは、杜人《おれ》たちに御柱《おんばしら》を預けた神でしょ？」

日樹の言葉を聞き流しながら、月埜は床に片膝をつき、天鳥船の一部である『日廣金』を持ち上げる。かなり重量があるのか、彼の背中や腕に力が入るのがわかった。

「月埜！」

近寄ろうとして一歩踏み出した日樹の前に、天井の穴から音もなく降りてきた男女が立ちふさがる。二人とも、隠すことなく義衣《ぎい》を着用し、目元を黒い硝子《がらす》の面で覆っていた。

「……日樹、残念だが」

『日廣金』を抱えたまま立ち上がった月埜は、左手首から羽衣を伸ばして天井へ接着させる。

「それが神の御意思だ」

そう言い残して、月埜と二人の仲間は、穴の外へ姿を消した。

終章

いくらこうしていても仕方がない。

体の奥底で囁《ささや》いていた言葉が、いよいよ手足を動かすほど大きくなって、男は足元に転がっていた拳大の金属片を拾い上げた。

先日の爆発によって粉々になった建物と船の破片は、いたるところに散らばっている。巻き込まれた被害者の遺体は、まだすべて回収しきれていない。おまけに、かろうじて拾い集めた腕一本、指のひと欠片などが、一体誰のものかもわからない状態だ。その中に交じって、あの方の遺体も発見された。

――もう終わりだ。

生き残った誰もがそう思った。

実際に後を追った者も何人かいる。

故郷を遠く離れたこの星で、衣食住もままならぬ避難先で、我々は太古より受け継がれ、守らねばならなかった血筋の、最後の一人を失ったのだ。あの方がおらねば、三種の神器を操り、命を生む矛《ほこ》を興すことができない。

そして同時に、自分たちが故郷へと帰る手立ても失われた。

こんなことなら、早々にこの地を発った者たちに、迷うことなくついて行けばよかったのか。

「……それでも、あの方ならば、我らが生きることを望むだろう」

日廣金《ひひろのかね》で作られた船の破片は、男の手の中でなお鈍く輝いた。

「生き残った我々にできることは、あの方の名を……皇尊《すめらのみこと》の名を語り継ぐことだ」


やがて人々は、持ち運べる大きさの船の残骸を七つに分け、七種《なくさ》の民として自分たちの生きる地を探して旅立った。

ある者たちは、畑に適した土地のある場所へ。

ある者たちは、故郷の景色に似た海岸へ。

またある者たちは、果てしない平原へ。

未来永劫、皇尊の名を語り継ぐため。


弥栄益《いやさかま》しませ。

弥栄益しませ。

皇《すめら》、弥栄――。

…………

……

「おい、あれは何だ？」

誰かの声に、もういい加減疲れ果てていた少年は、顔を上げるのも億劫《おっくう》で、しばらく砂の地面を見つめたまま微動だにしなかった。

研究所に残ると言った仲間と別れて出発して、もうどのくらい経ったのかわからないほど歩き続けている。行けども行けども、岩と土ばかりの荒野だ。

「昨日まではなかったぞ」

「何かしら。人工物に見えなくもないけど」

「あんな巨大なものを一晩で建てるのは無理だろう。そもそもこの星に、そんなことができる生物はいないはずだぜ？　それとも未確認の新種か？」

どうせまた故郷の星にはいない動物でも見つけたのだろうと思っていた少年は、その会話を聞いてようやく顔を上げた。

遥か地平線の彼方に、天へと伸びる巨大な梯子《はしご》がある。

雲を突き抜ける高さで、その先端すら見えない。

まるで宇宙まで繋《つな》がっていそうな梯子だ。

「まさかあれは……神器では？」

少年のために水を運んできた男が、信じられない面持ちでつぶやいた。

「……でも、神器は研究所に置いてきたよね？」

少年は水の入ったパックを受け取って問う。

「私も文献で見た限りですが……、三種の神器は、皇尊の管理下にあるときは、三種が混ざり合って変形体として安定しています。しかし分離して単体になると、一気に変態を起こして子実体《しじったい》となり、その姿はまるで巨木のようだとか。まさにあのような梯子の巨木と、縊《くび》れた巨木と、うねるような巨木の三種になるのだそうです。しかし皇尊がいらっしゃるのなら、子実体になるようなことはないはず……」

その時の少年たちには、皇尊がすでに亡いことも、三種の神器がばらばらになって飛び出し巨木になったことも、想像すらできなかった。

「あの梯子……、どこまで続いてるんだろう」

少年は、浄化装置を通してパッキングされた水を口に含む。

「あれを登ったら、地球に帰れるかな？」

つぶやいた故郷への思慕は、吹き抜ける風の音にかき消された。

本書は書き下ろしです

本文デザイン　木村弥世
口絵　ｐ４・５イラスト　岩佐ユウスケ
ｐ7「神と王の世界」　木村弥世

文春文庫

神《かみ》と王《おう》
主《あるじ》なき天鳥船《あめのとりふね》

定価はカバーに表示してあります

2024年5月10日　第1刷

著　者　浅葉《あさば》なつ
発行者　大沼貴之
発行所　株式会社 文藝春秋

東京都千代田区紀尾井町3-23　〒102-8008
TEL 03・3265・1211(代)
文藝春秋ホームページ　http://www.bunshun.co.jp

落丁、乱丁本は、お手数ですが小社製作部宛お送り下さい。送料小社負担でお取替致します。

印刷製本・TOPPAN

Printed in Japan
ISBN978-4-16-792212-2

（　）内は解説者。品切の節はご容赦下さい。

安東能明
夜の署長3
潜熱
ホスト狩り、万引き犯、放火魔、大学病院理事長射殺。夜間犯罪発生率日本一・新宿署の「裏署長」が挑む難事件。やがて20年前の因縁の事件の蓋が開き……人気シリーズ第3弾！
あ-74-3

明石家さんま　原作
Jimmy
一九八〇年代の大阪。幼い頃から失敗ばかりの大西秀明は、高校卒業後なんば花月の舞台進行見習いに。人気絶頂の明石家さんまに出会い、孤独や劣等感を抱きながら芸人として成長していく。
あ-75-1

浅葉なつ
どうかこの声が、あなたに届きますように
地下アイドル時代、心身に傷を負った20歳の奈々子がラジオアシスタントに。「伝説の十秒回」と呼ばれる神回を経て成長する彼女と、切実な日々を生きるリスナーの交流を描く感動作。
あ-77-1

浅葉なつ
神と王
亡国の書
弓可留国が滅亡した日、王太子から宝珠「弓の心臓」を託された慈空。片刃の剣を持つ風天、謎の生物を飼う日樹らと交わり、命がけで敵国へ――新たな神話ファンタジーの誕生！
あ-77-2

浅葉なつ
神と王
謀りの玉座
琉劔の若き叔母であり、虫を偏愛する斯城国副宰相・飛揚。ある小国の招待を受けたが、現王に関する不吉な噂を耳にする――「世界のはじまり」と謎を追う新・神話ファンタジー第二巻。
あ-77-3

天祢　涼
希望が死んだ夜に
14歳の少女が同級生殺害容疑で緊急逮捕された。少女は犯行を認めたが動機を全く語らない。彼女は何を隠しているのか？捜査を進めると意外な真実が明らかになり……。（細谷正充）
あ-78-1

天祢　涼
葬式組曲
喧嘩別れした父の遺言、火葬を嫌がる遺族、息子の遺体が霊安室で消失……社員4名の北条葬儀社に、故人が遺した様々な〝謎〟が待ち受ける。葬式を題材にしたミステリー連作短編集。
あ-78-2

（　）内は解説者。品切の節はご容赦下さい。

朱野帰子
科学オタがマイナスイオンの部署に異動しました
電器メーカーに勤める科学マニアの賢児は、非科学的商品を「廃止すべき」と言い、鼻つまみ者扱いに。自分の信念を曲げられずに戦う全ての働く人に贈る、お仕事小説。（塩田春香）
あ-79-1

秋吉理香子
サイレンス
深雪は婚約者の俊亜貴と故郷の島を訪れるが、彼には秘密があった。結婚をして普通の幸せを手に入れたい深雪の運命が狂い始める。一気読み必至のサスペンス小説。（澤村伊智）
あ-80-1

朝井まかて
銀の猫
嫁ぎ先を離縁され「介抱人」として稼ぐお咲。年寄りたちに人生を教わる一方で、妾奉公を繰り返し身勝手に生きてきた、自分の母親を許せない。江戸の介護を描く傑作長編。（秋山香乃）
あ-81-1

彩瀬まる
くちなし
別れた男の片腕と暮らす女。運命で結ばれた恋人同士に見える花。幻想的な世界がリアルに浮かび上がる繊細で鮮烈な短篇集。直木賞候補作・第五回高校生直木賞受賞作。（千早　茜）
あ-82-1

芦沢　央
カインは言わなかった
公演直前に失踪したダンサーと美しい画家の弟。代役として主役「カイン」に選ばれたルームメイト。芸術の神に魅入られた男と、なぶられ続けた魂。心が震える衝撃の結末。（角田光代）
あ-90-1

石田衣良
池袋ウエストゲートパーク
刺す少年、消える少女、潰し合うギャング団……命がけのストリートを軽やかに疾走する若者たちの現在を、クールに鮮烈に描いた人気シリーズ第一弾。表題作など全四篇収録。（池上冬樹）
い-47-1

石田衣良
池袋ウエストゲートパーク ザ レジェンド
時代を鮮やかに切り取る名シリーズの初期から近作まで、読者投票で人気を集めたレジェンド級エピソード八篇を厳選した〈傑作選〉。マコトとタカシの魅力が全開の、爽快ミステリー！
い-47-36